14/4/99
Alles Liebe dieser
Welt wünschen
Dir liebe Helga
Regine und
Ricarda

Als erwachsener Mann kehrt er zurück in seine Vaterstadt, die Reisetasche voll mit alten Photos, Briefen und Familienpapieren. Und aus der sehnsüchtigen Erinnerung an die Kindheit im dänischen Roskilde erwächst die Erkundung einer rätselhaften Familiengeschichte, die voll exotischer und abenteuerlicher Details steckt.

Damals beim Buddeln im Garten unter der Kastanie entdeckte der klein Ib, Sohn wohlhabender Eltern mit Fabrik, Villa und glanzvollen Festen, ein menschliches Skelett. Ein Soldat aus dem letzten Krieg, vermutete das Kind, vielleicht aber auch eines der Hausmädchen, die von heute auf morgen ganz plötzlich das Haus verlassen mußten. Die Welt der Erwachsenen erscheint von Geheimnissen umzingelt, in die Ib mit Lulú, der kleinen Schwester, die fast ein Engel geworden wäre, eindringen möchte. Im Zentrum der kindlichen Spiele und träumerischen Taten, die das bürgerliche Roskilde mit phantastischen Robinsonaden überziehen, steht die Gestalt des geheimnisumwitterten Großonkel Viggo; das schwarze Schaf der Familie. Als Schiffsjunge bereiste er die Welt, heiratete eine Insulanerin und lebte fortan in der Südsee. An die Großmutter des kleinen Ib schickte er Briefe und Photos, auf denen auch seine schöne dunkle Frau zu sehen ist. Ihr Bild verschmilzt in der Vorstellungskraft des Jungen mit dem Vanillemädchen, das in der Speisekammer wohnt und auf den Vanillezuckertütchen abgebildet ist. »Papa Viggos Südseeprinzessin aus Tahiti« wird zum Fluchtpunkt seines Fernwehs, seiner Sehnsucht und Abenteuerlust.

In einem Netz aus Seemannsgarn und Ahnenforschung verknüpft der Erzähler die vielfältigen Welten, die in diesem Roman aufeinanderprallen. So daß Gewöhnliches und Außergewöhnliches, Nahes und Fernes, Vergangenes und Gegenwärtiges zusammenfinden. »Ib Michael ist ein Magier, der die Phantasie zu ihrem Recht kommen läßt.« *Salzburger Nachrichten*

Ib Michael, 1945 in Roskilde geboren, zählt zu den renommierten, viel gelesenen und äußerst produktiven Autoren seines Landes. Er studierte mittelamerikanische indianische Sprachen und Kulturen. Ausgedehnte Reisen und Expeditionen führten ihn nach Mittel- und Südamerika, Polynesien, China und Tibet. Sein Werk, das Romane, Reisebücher und Gedichte umfaßt, wurde mehrfach ausgezeichnet. 1994 erheilt Ib Michael den Preis der dänischen Literaturakademie. Ebenfalls in deutscher Übersetzung erschien 1997 sein Roman ›Der zwölfte Reiter‹.

Ib Michael

Das Vanillemädchen

Roman

Aus dem Dänischen von
Ursula Schmalbruch

Fischer Taschenbuch Verlag

Für Lulú

Veröffentlicht im Fischer Taschenbuch Verlag GmbH,
Frankfurt am Main, November 1997

Lizenzausgabe mit freundlicher Genehmigung
des Residenz Verlag, Salzburg und Wien
Die Originalausgabe erschien 1989 unter dem Titel
›Vanillepigen‹ bei Gyldendal, Kopenhagen

Druck und Bindung: Clausen & Bosse, Leck
Printed in Germany
ISBN 3-596-13155-3

Gedruckt auf chlor- und säurefreiem Papier

»Sie träumen von Flugzeugen,
und bekommen doch nur Flügel
aus Stroh.«

An einem Novemberabend spät im Jahrhundert kommt ein Mann am Bahnhof in Roskilde an. Er trägt eine Reisetasche in der Hand. Als er auf den Bahnsteig tritt, leuchtet die Hand weiß im Regen, der Feuerfliegen unter die Neonröhren wirbelt. Seine Gestalt schlottert im Wind, er wirft einen Blick auf die Gleise und zieht sich unwillkürlich einen Schritt zurück, als ein Güterzug vorbeidonnert. Der Mann sieht die Dunkelheit vor den Scheinwerfern über die Schienen flüchten. Für einen Augenblick gerät er aus dem Gleichgewicht und wippt auf den Absätzen. Dann schultert er die Tasche und macht sich auf den Weg.

In der Unterführung folgt der Schatten des Mannes, während er hindurcheilt, den Schriftwellen aus Sprayfarben. Als er den Kopf in den kalten Schlund der Straßenbeleuchtung steckt, spürt er, wie sich die Haut des Gesichts über den Jochbeinen zusammenzieht, und stößt einen Seufzer aus: Er ist zurückgekehrt.

Vor sich, auf der anderen Straßenseite, hat er die Fassade der Maschinenfabrik mit Buchstaben in Ruß und Rost hängen. Die Fenster zur Halle sind mit Brettern verschlagen. Weiter links das Sargmagazin, hinter dem Schaufenster mit den Goldbuchstaben ein Sarkophag mit seinem schwarzen Loch unterm Deckel. Die Schwere zerrt an seinem Schritt, als er um die Ecke biegt und, schwindlig von wirbelnden Gedanken und mit abgewandtem Gesicht, das Tempo beschleunigt.

Ein Funken springt. Ihm fällt plötzlich das Niemandsland der Kindheit zwischen dem Sargmagazin und der *Süßen Ecke* ein. Die Strecke, auf der man sich unwillkürlich duckte und ins Laufen kam, während der Blick, nach hinten gewandt, noch an der Scheibe klebte, die – wie sehr er sich auch gegen den Gedanken sträubte – von frühem Tod und Begräbnis kündete. Erst an der Druëta-Reklame konnte er wieder Atem schöpfen, keine bösen Vorzeichen drohten mehr, und die Befreiung läutete mit der Glocke des Milch- und Bäckerladens über seinem Kopf, wenn er in den Geruch von Plundergebäck eintrat.

An der Ecke zur Grønnestraße bleibt er stehen. Er starrt ungläubig in ein Schaufenster, in dem Tropenfische in grünem Licht zwischen Wasserpflanzen umhergleiten und ein kleiner Glasschnabel Blasen an die Oberfläche schickt. Dann bemerkt er, daß hier keine Bäckerei mehr ist, sondern eine Tierhandlung. Sie löst die gleiche Erleichterung aus, so viele Jahre später, nachdem sein Leben die Mitte überschritten hat und aus eigenem Antrieb wieder auf dieses Loch zuströmt. In Käfigen, die oben rundgewölbt sind, sitzen Papageien auf Stangen, blinzeln mit ihren schuppigen Augenlidern und sperren die Schnäbel auf, und ihre blauen Zungen wachsen irgendwo im Innern der Aquarienstille zu Lauten an. Unter den Papageienkäfigen streift eine Pythonschlange ihre Muster über Steine, auf die ein rötlicher Widerschein von der Wärmelampe des Terrariums fällt. Seine Zunge blättert das ganze tropische Vokabular durch, das mitten im Novemberregen süß und vertraut schmeckt.

In seinem Kopf hängen lose Drähte. Manchmal berühren sie einander und sprühen für eine Sekunde Funken, ehe sie durchbrennen. Er reißt sich los und geht weiter die Grønnestraße hinunter. An der Schule der Grauen Mönche vorbei, wo er zwischen den nackten, bekritzelten Wänden der Toilette seine erste Zigarette geraucht und mit einem Bleistift, von dem er die Spitze abgebrochen hatte, zum ersten Mal ein Loch zwischen Mädchenbeine gebohrt hat. Vor ihm zerfällt die Straße in viel zu kleine Häuser. Blaues Licht flimmert in den schiefen Fensterrahmen. Man kann in die Wohnzimmer sehen, wo das Alltagsleben zu Gelatine erstarrt ist, mit Inseln von Strickzeug und Ordnern, Zeitungen und Illustrierten zwischen den Möbeln. Er hat plötzlich das Gefühl, daß die Zimmer, würde man die Mauern entfernen, in schwabbelndem Gelee stehenblieben, durchleuchtet vom blauen Licht der Fernsehschirme.

Es sprüht wieder; ein kurzer Regen, wie wenn die Elektrode zum ersten Mal das Eisen berührt. Er blinzelt. Damals standen hier Bretterzäune aus morschem Holz mit unerwarteten Einblicken auf Löwenzahnbüschel. Hier waren Warenlager mit Emailreklamen für Lakritzen und Fahrradschläuche und der Hof einer Autoschlosserei mit Michelinmännchen, Lichtstreifen von der Schweißflamme und dem durchdringenden Odeur von Kohle, Schmieröl und vulkanisierten Reifen. Die Häuser stehen noch da, schief wie vorher, aber restauriert und mit milchkannenblauen Türen, die so gestrichen sind, daß die rautenförmige Einlegearbeit zu sehen ist. Wo einmal Höfe und Warenlager mit gewundenen Einfahrten zwischen den Holzzäunen waren, schießen Neubauten mit Glasfassaden und Glaserkern hoch.

An der Kreuzung verlangsamt er seine Schritte. Er zögert lange, bevor er die Straße überquert. Dann bleibt er vor seinem Elternhaus stehen und legt den Kopf in den Nacken. Wie Säure prickelt der Regen um seine Augen; Tropfen rinnen unter den Kragen und lösen einen Kälteschauer aus. Wie ein düsterer Rahmen steht das Haus mit triefend nassen Mauern in der Straßenbeleuchtung. In den Fenstern ist kein Licht. Und es ist tintenschwarze Dunkelheit auf der Treppe zur Eingangstür. Das Haus wirkt weder verlassen noch bewohnt, und plötzlich ist er blind für Details und Proportionen, die nicht mehr so sind wie früher. Es ist lediglich eine Silhouette im Novemberdunkel, eine gähnend leere Schale. Als ein Windstoß an den Leitungen der Straßenbeleuchtung rüttelt, schwingt das Haus zwischen Licht und Schatten.

Er läßt den Regen über sich strömen und seine brennende Haut kühlen. Noch ist das Licht der Südsee an seinen Körper geschweißt, noch ist er hager und ohne Erinnerung.

Ein Scheinwerfer trifft seine Pupillen und läßt es in seinem Hirn rot aufleuchten. Mit einem Ruck zieht er den Kopf in den Kragen. Die Scheinwerfer gleiten mit aufgeschlitztem Flügelschlag über ihn hinweg; ein Wasserschwall schlägt vom Asphalt her über seine Hosenbeine. Schnaubend vor Wut sieht er hinter dem Auto her. Die Kälte kriecht von den nassen Beinen in den Unterleib und vernichtet die letzten Reste eines Traums. Er zieht sich von dem Haus zurück, um die Mauer des Heiligen-Geist-Klosters herum; dann macht er kehrt und geht, ohne zurückzublicken, mit schnellen Schritten auf die Hauptstraße zu.

Hier nimmt er ein Zimmer im Hotel Prindsen. Mit knarrenden Tritten verschwindet er die Treppe hinauf und biegt in den Korridor ein, wo der Plüsch des Läufers bis zur Fadenscheinigkeit abgenutzt ist. Er zögert vor der tabakgelben Tür; dann schließt er sich nach einem hastigen Blick über die Schulter ein und zuckt beim Anblick der Blumentapete zusammen. Ohne die Zeit damit zu verschwenden, das Wasser in der Dusche aufzudrehen, reißt er ein Handtuch von der Stange und trocknet sich mit heftigen Bewegungen die Haare. Dann frottiert er sich zähneklappernd in vollen Kleidern, ehe er sie auszieht und in einen Kimono schlüpft, in dessen weicher Baumwolle er sich langsam beruhigt.

Er öffnet die Reisetasche; es fallen ein Stapel Papier und ein Bündel vergilbter Briefe heraus: Und dann Fotografien aus dem ersten Drittel des Jahrhunderts, auf denen Leute vor einem Hintergrund schokoladedunkler Palmenschatten stehen.

Er macht sich daran, die ungerahmten Fotografien auf die grüne Schreibunterlage des Tisches zu legen. So sorgfältig wie eine Patience, die aufgehen soll. Dann setzt er sich davor, das Kinn auf die Hände gestützt. Nur ein Zittern in den Augenlidern verrät, daß der Strom in ihm immer noch abwechselnd an- und ausgeht.

Da ist das Foto von Viggo, dem Onkel seiner Mutter, er steht auf dem Achterdeck seines Schiffs mit einem auf die Sonne gerichteten Sextanten. Ein anderes Bild zeigt ihn vor der Kajüte mit Freunden, alle in weißen Tropenjacken, einer mit einer Pfeife in der Hand. Viggo ist der einzige, der sitzt, die Arme über der Brust verschränkt. Neben ihm steht Lelemata in einem leichten Kleid, ihr dunkles Gesicht hebt sich deutlich vor dem Hintergrund der weißgestrichenen Kajütenwand ab. Hinter ihr steht ein langer, dünnhaariger Mann mit einem Monokel. Auf einem anderen Bild sitzen sie um einen reich gedeckten Tisch, alle mit Weidenkränzen im Haar, und Lelemata steht im Hintergrund, fast verdeckt von herabhängenden Pandanusblättern. Unter dem Tisch sitzt eine Schar von Kindern, die zwischen den Beinen der Erwachsenen hervorstarren. Mit Ausnahme von zwei kleinen Mädchen sind ihre Mienen und Körper verwischt. Damals mußte man sich mucksmäuschenstill verhalten, wenn der Fotograf auf den Auslöser drückte.

Er läßt die Augen zu dem Bild wandern, das er in die oberste Reihe seiner Patience gelegt hat. Ein Lächeln huscht über sein Gesicht und läßt geglättetes Wohlbehagen darauf zurück. Auf die Fotografie ist mit Stempelfarbe gedruckt: *René Petain Photographie, Papeete, Tahiti.* Sie zeigt Lelemata allein im Studio vor dem Hintergrund eines gemalten Meeres mit dunklen Wolken. Hände und Arme hat sie in einem Chinakleid mit Fransen verborgen. Unter den Fransen ahnt man das Drachenmuster. Ihre Augenbrauen sind hochgezogen und zeichnen Möwensilhouetten auf ihre Stirn. Das Haar ist an den Ohren in Schnecken gelegt; eine tropfenförmige Perle hängt an dem einen Ohr und fängt das Licht des Fotografen ein. Eine große und energische Schönheit strahlt aus ihrem Gesicht.

Der Anblick von Papa Viggos Südseeprinzessin macht ihn schwindlig. Sie ist das Vanillemädchen seiner Kindheit, der heißeste Traum seiner Jugend, verwandelt in eine niemals alt werdende Erinnerung auf einer Fotografie. Mit leicht zitternden Händen wühlt er in dem Stapel, bis er das letzte Porträt findet:

Papa Viggo im selben Atelier wie vorher. Vor dem Hintergrund des stürmischen Meeres. Er sitzt schwer in einem Korbsessel. In seiner weißen hochgeschlossenen Jacke, die Hand von der Armlehne tropfend. Eine Gesichtshälfte ist schief wie nach einem Schlaganfall. Auf der anderen Armlehne sitzt Lelemata, den Arm schützend um seinen Nacken gelegt. Mitten in ihrer glatthäutigen Jugend hat sich ein bedenklicher Zug um ihren Mund gelagert. Statt der Perle hat sie eine Blume hinterm Ohr, und das Chinakleid ist durch einen polynesischen Pareo ersetzt. Auf der Rückseite steht mit klecksender Tuschfeder geschrieben: „Ia oa na te Aua“ Mögen die Götter ihre Hand über dich halten!

Es ist Lelematas Schrift.

Er nimmt Viggos letzten, am 18. September 1947, drei Monate vor seinem Tod im Krankenhaus von Rarotonga geschriebenen Brief aus dem Stapel. Zum ersten Mal liest er ihn als ein *Memento mori*, merkwürdig bewegt von dieser wiederholten Begegnung mit dem Großonkel, einst der schwarze Segler seiner Kindheit, dessen Nachkommen er auf einer Koralleninsel im Stillen Ozean gefunden hat. In erster Linie Kinder und Enkel, die das Geschlecht unter dem Namen Rasmussen weiterführen, was auf Penrhyn bedeutet, daß man dem Klan des Häuptlings angehört. Lelemata lebt immer noch, Klanmutter, gebeugt vom Alter, geistig rege und mit einer Stimme, die Sonntag für Sonntag in der Kirche wie der Schrei eines Seeadlers über die Gemeinde hallt. Auf der Insel wird sie immer nur Mama Rongo genannt.

Er nimmt die Fotografien mit einer halbkreisförmigen Bewegung an sich. Sammelt sie in der Hand und läßt sie gegeneinander klatschen, ehe er sie hinlegt. Dann sortiert er die Briefe und fängt von vorn im Stapel an. Eine Weile arbeitet er konzentriert, glättet die Seiten auf der Schreibunterlage, unterstreicht Passagen und hält sie unter die Schreibtischlampe, wenn die Schrift undeutlich wird. Als er die Hälfte durchgesehen hat, schiebt er sie von sich.

Er lehnt sich gegen den mit Fliegendreck betupften Spiegel. Wie eine getonte Fotografie taucht sein Gesicht im Glas auf. Einen Augenblick leuchtet die Iris. Dann sieht er weg und hebt langsam die Hände in dem Raum des Spiegels hoch. Sie haben große weiße Flecken, die in grellem Kontrast zu der gebräunten Haut stehen.

Er massiert seine Augenlider mit den Fingerspitzen. Versucht, in die beruhigende violette Dunkelheit zurückzusinken. Dann sieht er auf. Er taucht in die Tasche und findet eine afrikanische Maske, die er sich vor das Gesicht hält. Dreht sie so, daß sich das Licht in den blankpolierten Holzflächen fängt. Er sitzt lange still, das Gesicht vergrößert und schwer in der Maske verborgen; atmet dann plötzlich durch deren Mund aus und läßt sich in den Spiegel fallen, der zersplittert. Der Schlag ist so hart, daß sich die Maske bis zu den Ohrläppchen spaltet und die Scherben auf die Papiere regnen.

Er legt sich auf das Hotelbett. Läßt sich mühsam atmend in das kühle Bettzeug fallen. Eine weiß gestrichene Leitung verläuft in die Ecke, wo einmal ein Kronleuchter gehangen hat. Zwei Kupferdrähte ragen aus der Umwicklung. Er faltet die Hände unter dem Nacken und starrt auf die Stuckdecke.

Das Hirn leuchtet so verdammt.

I
Soldat

Es ist hundert Jahre und einen Sommer her...

Ich bin ein glückliches Kind. Ich wohne mit meinen eleganten und reichen Eltern in einem großen Haus. Ich werde von meiner Mutter vergoldet, sie ist in Pelze und Puder gehüllt, die mich mit einem Niesreiz in der Nase zurücklassen. Mein Vater hat gestärkte Hemdbrüste, weiß wie die neuen Golfbälle im Flur, und sein Haar ist mit Dr. Dralles Haarwasser zurückgekämmt. Abends verlassen sie mich und fahren auf Gesellschaften, oder ich werde ins Bett gelegt, weil sie selbst Gäste erwarten.

Das große Haus ist voll von Stimmen, raschelndem Satin und Morgenröcken. Es gibt dunkle und helle Räume. Ecken mit Koffern und Karten sowie hohe Säle mit Blumensträußen aus Kristall an der Decke und so langen Tischen, daß man gerade noch den Stuhl mit der hohen Rückenlehne sehen kann, auf dem mein Vater sitzt, Philip Alexander Michael, lebendig und tot. Es gibt lange Korridore mit Kleiderhaken, und an den Wänden glänzen die abgezogenen Felle von Füchsen.

Die ersten drei Wörter, an die ich mich erinnern kann, sind *Soldat*, *Mädchen* und *Krankenwagen*. Ich liege voll banger Ahnungen in einem Gitterbett. Es ist Winter. Die Zweige knacken mit ihren Fingergelenken gegen die Fensterscheiben und zeichnen Umrisse von kleinen Männchen, die mit der Zugluft über die Wände laufen und kalt in den Raum atmen. Das Eis schwillt auf der Innenseite des Fensterrahmens und reißt den Fensterkitt auf. In der Nase wird es auf eine besondere Art naß, kitzelt mit einem Marderhaarpinsel aus Ruß. Dann läßt der Frost die Buckel im Fensterrahmen los, sie rinnen als Wasser herunter und werden zu Pfützen auf dem weißgestrichenen Holz.

Ich habe mein eigenes Zimmer. Ein Lüftungsgitter führt in das Zimmer des Hausmädchens nebenan.

Nachts dringen Laute zu mir, Laute aus einer fremden Welt. Sie kriechen durch das Gitter in die Dunkelheit, wo sie die Form von Geisterstimmen annehmen, stöhnen und meine Nächte mit Seufzern und Kettenrasseln bevölkern. Auf dem Fußboden ertönen Rhythmen von gummibepfropften Holzbeinen und ein langgezogenes Knirschen. Meine Nächte sind voller Entsetzen. Ich habe als Maßnahme gegen die Dunkelheit, daß die Bettdecke überall um mich herum festgesteckt sein muß, sonst können sie mit den Händen herein und mich holen, und wenn sie mich erst einmal gepackt haben, werde ich zu dem Schreien und Knirschen hinausgezogen werden. So lang sind die Nächte.

Im Sommer bestehen die Tage aus Strahlen im Garten, Sonnenflecken mit Violett zwischen den Bäumen, wo alle Gerüche herrschen. An besonderen Tagen gelingt es mir, bis ganz ans Ende des Gartens zu gelangen, wo die große Gartentür auf die Straße geht. Hier beginnt das verbotene Land. Dort draußen sind die Fahrradboten.

Ich habe einen blauen Mantel und eine blaue Mütze mit einem Knopf obendrauf. Von dem Knopf laufen Goldschnüre herunter und umspannen meinen Kinderkopf wie von dem obersten Punkt eines Globus aus. Ich bin allein, in Abständen verloren, die ich nicht begreife. Die Fahnenstange verschwindet golden blitzend am Ende des Himmels.

Im Sommer hören die Tage gar nicht mehr auf. Es dauert Ewigkeiten, bis man zum Abendbrot gerufen wird. Man hat die Zeit vor sich. Es ist lange hell. Auch wenn man in seinem Bett liegt, ist das Zimmer fahl und nicht mehr schwarz, die Vögel sitzen gleich draußen auf den Ästen und schlüpfen in die Träume. Ich träume in Fortsetzungen; bin entweder der Held oder der Verfolgte, und ein zweibeiniger Wolf schneidet mit einer Heckenschere in der Luft. Wenn die Hand aus der Decke hinauskommt, bin ich tot. In den Alpträumen wird ein Wimpel an der Wand größer als der Rest der Welt, und ich schrumpfe viel zu weit drinnen hinter dem Gesicht zu einem Pünktchen.

Eines Tages sitze ich lange mit Eimer und Kinderschaufel zwischen den Bäumen. Von Pilzen durchsetzter Erdgeruch verstopft meine Nase, und die Baumkronen über mir zerschlagen das Licht. Ich beschließe, zu den Wurzeln hinunter zu graben. Vielleicht liegt unter den Bäumen ein verborgener Schatz.

Ich fange unter der großen Kastanie an, die wie ein König auf der Erde steht. Wo die Wurzeln in die Tiefe gehen, mache ich mitten in einer Pilzkolonie ein Loch und höre erst wieder auf, als ich zufällig einen Regenwurm mit der Schaufel durchschneide. Er bewegt sich immer noch – ein braunroter Finger in der Erde – und winkt mich zu sich herunter. Mir ist schwindlig.

Ich erhebe mich aus der Tiefe und komme hinaus in einen Sonnenflecken, der mit mir tanzt. Die Finger stinken eklig nach Popoloch, Lehmkrusten bröckeln von den Händen und hinterlassen auf meinem Handrücken Inseln mit eingetrockneten Rändern. Zum Abendbrot werde ich ausgeschimpft, weil ich den Mantel schmutzig gemacht habe und die Strümpfe herunterhängen. Man muß aufpassen, daß man nicht in Pfützen tritt. Sie können voll von lebendigem Schleim sein, der die Beine hochkriecht.

Die ganze Nacht rieche ich nach Bäbä von der Hand. Ich träume, ich mache die Schatzkiste auf, und es ist ein Aquarium mit Goldfischen drin.

Am nächsten Tag mache ich weiter. Es ist eine heimliche Aufgabe, plötzlich gleicht mein Tag dem der Erwachsenen. Entschlossen verschwinde ich aus dem Blickfeld und tauche erst wieder auf, wenn der Tisch gedeckt ist. Mein Vater nickt mir mit einem Fettstreifen am Kinn zu und sagt etwas, das ich nicht verstehe. Es passiert mir heute noch, daß die Menschen sich plötzlich in Stummfilmfiguren verwandeln und den Mund in den leeren Raum öffnen.

Unter der Kastanie wird das Loch jeden Tag tiefer. Die Zeit schrumpft um mich zusammen und gilt nur noch dem einen Ziel, das ich erreichen will. Das Mädchen sagt, ich gleiche einem kleinen Erwachsenen, wenn ich gehe, und ich strecke den Rücken. Aber wenn der Tag vergangen ist, und ich über die Küchentreppe zurückkehre, die mich in einer dunklen Spirale durch die Reihe von Reitstiefeln hebt und auf den Parkettböden des Hauses absetzt, gibt sie mir einen Klaps und sagt:

– Du bist so dreckig wie der Laufbursche des Kaufmanns!

Als wäre das so schlimm. Ich fühle mich stolz wie ein Spanier.

Sie schrubbt mich mit einer Nagelbürste und gräbt die Erde mit einem Nagelreiniger heraus, daß das Blut hervorperlt. Ich bekomme rote Brennesseln auf den Backen vor Scham und beginne mich in ihre Nächte zu denken, Unverständliches mit einer Stimme murmelnd, die klingt, als würde man den Kopf in eine Tonne stecken.

Am nächsten Morgen mache ich weiter. Eimer und Handschaufel verstecke ich im Lichtschacht vor dem Kellerfenster. Milch und Haferflocken schwappen im Bauch. Ich verschwinde unter die Schatten der Kastanie, während das Licht über meinem Kopf warm wird. Die Zunge in einem Mundwinkel, Schaufel für Schaufel, bis ich eines Tages auf etwas Langes, Hartes stoße.

An diesem Abend verstecke ich mein Werkzeug unter einem Kokssack. Die folgenden Tage grabe ich aus. Das, worauf ich gestoßen bin, gleicht schwarzem Leder – oder Holz – und es strömt ein Dunst aus dem Loch, wie wenn Papa gerade die Reitstiefel abgestellt hat. Ich versuche es mit einer Wäscheklammer auf der Nase, aber das tut weh, und kurz darauf schmeckt die Luft in meinem Hals wie eine verdorbene, säuerlich riechende Puderquaste.

Ich grabe eine Rinne, indem ich dem Leder oder dem halb verfaulten Holz bis an den Rand meiner Traumkiste folge. Ich suche nach einem Schloß oder einer Schließe – die Seeräuberbücher in meinem Zimmer weisen den Weg. Ich weiß in allen Einzelheiten, wie der Schatz auszusehen hat. Auf der Karte ist er immer mit gekreuzten Knochen markiert. Trotzdem bekomme ich einen Schreck, als ich auf einen gelblichweißen Knochen stoße.

Ein Hund hätte daran gerochen und ihn hochgewühlt. Ich halte mir die Hand vor die Augen und zittere am ganzen Körper. Ich laufe schnell ins Haus, noch bevor es dunkel wird, und obwohl ich genau weiß, daß der Tag noch lang ist. Ich sage, ich bin krank und habe Fieber, und das Mädchen fühlt mir die Stirn. Ich werde erst warm, als sie mir ein Thermometer hineinsteckt, direkt in einen Muskel, der zu zittern beginnt. Hinterher rolle ich unbemerkt den verschmierten Schnabel des Thermometers zwischen den Handflächen. Ich darf im Schlafzimmer liegen, bis es dunkel wird und meine Eltern es feierlich in Besitz nehmen.

Der Gedanke an das dort draußen im Garten will mich nicht loslassen, aber die Träume sind fast schlimmer. Ich werde so schnell wie möglich wieder gesund, und mit richtigen Rändern unter den Augen ziehe ich die Geräte hervor. Ich nehme einen Sack mit. Diesmal nähere ich mich dem Loch auf Zehenspitzen und mit vorgestrecktem Hals.

Schon der Anblick zieht mich an. Alles ist, wie ich es verlassen habe. Vielleicht ist inzwischen ein Hund dagewesen, denn der Knochen ragt wie ein Bogen hoch, und darunter erspähe ich einen weiteren.

Es ist ein Gefühl, als packten mich unsichtbare Hände an den Beinen. Ich sinke auf den Boden, und die Kniescheiben werden von der Erde angesaugt. Es hat geregnet, und die Erde ist naß. Ihre Gerüche spiegeln sich in meinem Gesicht.

Der Arm arbeitet wie in einer Art Schlaf. Schabt zwischen den beiden Knochen und gelangt zu einem dritten. Es ist der, an dem die anderen hängen. Das Brustbein.

Ich grabe weiter und lege ein Hüftbein frei, das etwas gelblicher ist. Allmählich geht mir auf, daß ich einen ganzen Mann vor mir in der Erde habe.

Mir schaudert. Ein Luftzug macht aus dem Sonnenschein Schatten, und der frostige Schauer läßt mich kurz mit den Zähnen klappern. Einen Augenblick kommt es mir so vor, als klappere der Kerl in der Erde mit. Ich traue mich gar nicht, in die andere Richtung zu graben, wo ich sicher auf sein grinsendes Gebiß stoßen werde.

Es ist jetzt schon stärker als alles, was ich je gesehen habe. Ich weiß, das Loch wird seine Anziehungskraft nicht verlieren, wird das Dunkel meiner Nächte in einem Wirbel ansaugen wie der Abfluß das schmutzige Wasser im Waschbecken. Auf dem Grund liege ich keuchend selbst.

Als nächstes mache ich mich damit vertraut, wie er aussehen würde. Hole von den Regalen im Wohnzimmer in Leder gebundene Bücher mit Moorleichen, Männern zum Ausklappen und Skeletten. Blättere in Organen und Gliedern, studiere Gehirne, die mitten durchgeschnitten sind und auf einem Baumstamm stecken, an dem man deutlich die Rinde sehen kann. Das rote und blaue Wurzelnetz der Adern in dem Mann, der ein Paar Handflächen vorzeigt, von denen die Haut abgeschält ist.

Und ehe ich in den Garten zurückgehe, will ich ihn angezogen sehen. Ich verbringe die Zeit im Haus, vertieft in Bücher mit Golddruck auf dem Rücken, wo die Wörter der Reihe nach stehen. Ich lese die Bilder. Schlage auf bei *Trachten aus anderen Zeiten und Ländern.*

Das Skelett unter dem Baum ist eine Ankleidepuppe für meine selig erschauernde Seele geworden.

Ich entscheide mich für einen Spanier. Einen schwarzen, bärtigen Reiter mit goldenem Ohrring. Einen, der mit einem Mut in den Garten gesprengt ist, der den der Fahrradboten um vieles übertrifft. Mit dampfenden Nüstern hat er meine Mutter belästigt, und sein Brustkasten bebt wie die Flanken seines Rappen. Sie sinkt auf die Knie und fleht um ihre Tugend – von den Vorlesebüchern weiß ich, daß richtige Prinzessinnen eine Tugend haben, aber ich weiß nicht, was es ist.

Dann steht Papa plötzlich auf der Verandatreppe. Im Frack und mit vornehm angehobenem Profil. Mit seiner größten Golfkeule schlägt er dem Mann den Kopf ab, und Mama fällt in seine Arme. Hinterher begraben sie ihn in der schwarzen Nacht unter der Kastanie.

So muß es zugegangen sein. Ich traue mich nicht, sie zu fragen, denn sie hüten ein furchtbares Geheimnis.

Die andere Möglichkeit ist Großmutter. Großmutter ist einmal jung gewesen, das sagen sie jedenfalls, und ich habe eine Fotografie von ihr von damals gesehen, als sie jung im Gesicht aussah, aber ganz alt in den Kleidern.

Großmutter durfte nicht den Sohn des Kaufmanns heiraten, weil er nicht gut genug für sie war. Er war ganz weiß und zerbröselte im Gesicht wie Milch und Zucker. Eines Tages fanden sie ihn im Garten, an der Liebe gestorben …

Nein, der Spanier ist besser. Ein Mann des Goldes und der Waffen. Ich stelle mir vor, der Kaufmannssohn hätte sich genauso aufgelöst wie ein Stück Zucker im Kaffee. Und es würde höchstens noch eine Öremünze von ihm dasein.

Eines Tages kann ich es nicht mehr allein tragen. Ich sage es dem Mädchen.

– Im Garten liegt ein toter Mann!

– Schnickschnack. So was sagt man nicht!

Und sie zwingt meine Zähne auseinander und wäscht mir die Zunge mit Seife. So geht es, wenn man eine Lüge in seinen Mund nimmt. Da fange ich an, sie zu hassen und drohe ihr auf der Stelle mit meinem Soldaten. Ich muß unter den Baum, um ihm einen Eid abzunehmen. Ich beschließe, daß dies am Mittag stattfinden soll, dann ist es am stillsten, und Papa hält auf der Ottomane Mittagsschlaf.

Es ist schon lange her, so daß ich nicht sicher sein kann, ob das Loch noch da ist. Die Zeit bringt alles zum Verschwinden. Das habe ich schon gelernt. Die Geschenke nach Weihnachten, Süßigkeiten und Schokolade. Alles verschwindet wieder.

Aber das Loch ist noch da. Und dort unten ist etwas passiert, daß einem die Haare zu Berge stehen: ein Fuß ragt heraus! Die Zehen sehen wie abgeknickte Kreidestückchen aus.

Er hat den ersten Schritt aus dem Grab getan…

DIESE NACHT spukt er wieder herum. Es raschelt lange an der Burg in der Ecke, und ein jämmerliches Stöhnen ist zu hören, als dem Gespenst aufgeht, daß es vor einer Spielzeugburg steht und nicht an einem Ort, wo es in den Fluren herumgehen und mit seinen Ketten rasseln kann. Ich liege mucksmäuschenstill und bringe das Gespenst dazu, mit einem Gedanken zu sprechen, der als Blitz direkt zwischen den Stirnfalten herauskommt.

Dreimal hintereinander seufzt es nach einem Pferd, mit einer Stimme, die aus der Tiefe eines eiskalten Brunnens kommt. Dann spricht es mit lauwarmem Atem von welchen, die »Mauren« heißen. Von Marmorpalästen und der Alhambra und anderen Dingen, die ich nicht verstehe. Es stimmt, daß es als Söldner nach Dänemark gekommen ist und in einer Festung gewohnt hat. Aber von seinem Tod will das Gespenst nicht sprechen. Entweder wissen die Toten nicht, daß sie tot sind, oder aber es ist peinlich, tot zu sein, wenn alle anderen lebendig sind.

Es leuchtet im Dunkeln. Ich kann Feuerränder um einen großen Hut mit Federn sehen. Die Hand ruht auf einem Schaft, aber ich kann nicht sehen, ob es ein

Degen oder eine Pistole ist. Ich frage, was es um den Hals hat, und das Gespenst antwortet mit Grabesstimme: »Ein Kreuz!« Ich frage, ob es aus Gold ist, und es nickt, so daß der Hut eine selbstleuchtende Spur zieht. Als es im Fensterrahmen hell wird, verblaßt es von selbst und verschwindet wie ein Luftzug unter dem Fensterkreuz.

Ich lasse jede Nacht das Fenster offenstehen, aber es kommt nicht wieder. Ich traue mich nicht, nach dem Goldkreuz zu suchen. Es ist gefährlich nahe bei seinem Totenkopf, der noch in der Erde liegt, weil ich mich nicht getraut habe, ihn freizugraben. Jeder weiß, daß die Toten Angst vor Kreuzen haben und auf alles mögliche kommen können.

Da höre ich eines Nachts Geräusche. Atemzüge, die über Zähne rasseln. Erst glaube ich, mein Gespenst sei zurückgekommen, und schlage die Augen auf. Ich habe keine Angst vor ihm, es ist ja mein Soldat. Aber da ist niemand. Keine Menschenseele. Es kommt ein wenig Licht von den Gitterlamellen oben. Sie stehen offen, und das Licht, das ein Loch in mein Zimmer macht, kommt aus dem Mädchenzimmer.

Das tun die Laute auch. Jemand schreit aus vollem Halse vor Schmerzen. Ich mache die Sandmännchenlampe an und stehe auf. Ich ziehe den Tisch an die Wand, stelle meinen roten Stuhl obendrauf und klettere mit angehaltenem Atem hinauf.

Das Gitter ist kalt, als ich das Auge daran lege. Der Anblick, der mich trifft, schlägt im Bauch aus, und ich lasse einen fahren, der sich naß in den Schlafanzug legt. Der Raum ist von einer nackten Birne erleuchtet. Eine Leitung mit alter Kalkfarbe in den Windungen führt über die Decke in eine Bakelitglocke mit weißem Schalter. Der Schalter hängt direkt über dem Kopfende des

Bettes. Quer auf dem Bett liegt das Mädchen, die Beine gespreizt und dazwischen etwas, das rot und schwarz und milchartig zugleich ist. Wenn sie Laute von sich gibt, beißt sie sich in die Unterlippe und stößt Luft zwischen den Zähnen aus.

Vor ihr, halb auf dem Fußboden, steht ein Mann und lenkt mit der Hand einen Piephahn, der so häßlich ist, wie man es bei Erwachsenen sieht. Er brüllt währenddessen merkwürdig. Die Hose hängt ihm um die Fersen, und sein Hintern leuchtet zu mir herauf. Das ist nicht das Schlimmste. Das Schlimmste ist auch nicht, daß der Mann mein Vater Philip Alexander ist. Das Schlimmste ist, daß er eine braune Bremsspur in der Unterhose hat.

Warum ich auf Papa zornig bin, weiß ich nicht. Bestimmt nicht deswegen, obwohl ich für so etwas ausgeschimpft würde. Und auch nicht, weil es dem Mädchen weh tut, denn ich hasse es ohnehin. Am nächsten Tag lenke ich meine Schritte schnurstracks in den Garten und mache mich daran, bei meinem Soldaten nach Waffen zu graben. Eine Pistole wäre das beste.

Ich höre erst auf, als ich mit dem Finger auf etwas stoße und Blut herauskommt. Ich merke, daß ich mit bloßen Händen in der Erde gegraben habe. Ich halte inne und wische die Erde von meinem Fund ab. Und wenn es ein Dolch wäre, was dann?

Es ist keiner. Es ist eine Silbernadel mit einer Perle drauf. So eine, wie meine Mutter sie braucht, um den Fuchspelz über dem Busen zusammenzuhalten. Die die Mädchen immer stehlen, wie sie behauptet. Ungläubig starre ich auf das Hüftbein des Soldaten. Und wenn es jetzt eine Frau wäre?

Am selben Abend höre ich Mama am Eßtisch zu Papa sagen, es sei wohl nicht das erste Mal. Sie hat dünne Fäden aus Nylon in ihrer Stimme, und es zittert in einem Mundwinkel. Die Luft um den Eßtisch ist glühend heiß, und aus den Stearinkerzen spritzt Tran. Kurz darauf schmeißt Papa sein Steak auf das Tischtuch.

– Verdammt nochmal, es ist so zäh, daß du Schuhe damit sohlen kannst, zischt er und verschwindet in die Stadt, um im *Palais* zu essen.

Mammi bringt mich selbst zu Bett. Sie spricht ein Gebet mit mir, und aus *Vater unser, der du bist im Himmel* wird *Vater unser, der du ißt im Himmel* ... und hinterher sitzt sie lange bei mir und hält meine Hand. Sie will gerade etwas zu mir sagen, schweigt aber erschrocken, als ihr einfällt, wie klein ich bin.

Dann seufzt sie, und ich muß glauben, es ginge ein Engel durchs Zimmer. Aber es ist ihr Arm, der sich zum Schalter streckt und das Licht ausmacht. Unterwegs streift er an meiner Backe vorbei, so daß ich den kühlen Seidenflaum an ihrem Handgelenk spüre. Sie hinterläßt eine schwache Spur von Parfum, die das Dunkel füllt.

In der Tür bleibt sie als Silhouette stehen.

– Mamas Herzelchen, ist kurz darauf zu hören. Aber da bin ich mir nicht mehr sicher, ob es ihre Stimme ist oder eine andere.

Am nächsten Tag ist das Mädchen weg, und es vergeht über eine Woche, ehe wir ein neues bekommen. Aber jetzt weiß ich wenigstens, was aus den alten wird.

II
Mädchen

Das neue Mädchen heißt Evelyn und hat einen Buckel. Wo die Schürzenbänder sich hinten kreuzen, läuft das eine Band über einen Hügel und läßt den Volant abstehen. Sie hat blasse Backen vom Bügeln und einen Mund mit schmalen Lippen. Sie zieht in das Zimmer des vorigen Mädchens und lüftet es zwei Tage lang, so daß ein kalter Wind durch das Gitter weht.

Sie hat einen Griff, der direkt bis an den Knochen dringt. Mammi spricht nur mit Zuckerstimme zu ihr und hüllt die Mißgestalt in ihr helles Lachen. Sie hat trockene Augen und gelbliche Zähne. Sie schielt nach innen über die Nasenwurzel, und ich höre sie nie lachen, es herrscht auch immer tödliche Stille, wenn sie in ihrer Kammer ist. Nur wenn sie sich anderswo im Haus aufhält, bevölkert sich der Raum wieder, und die Stimmen kehren zurück. Ihr Gesicht riecht nach Reinigungsmittel, aber der Atem ist gelb von den Zähnen, und auf ihrer flachen Brust stecken die Nadelenden einer Brosche und kratzen mir über die Augen, wenn sie mich an ihre Schürze zieht.

Mein Vater ist in ihrer Nähe die Höflichkeit selbst und erzählt nie solche Geschichten, die die Erwachsenen zum Lachen bringen und in den Gesichtern der jungen Mädchen die Farbe aufbranden lassen. Ich entdecke, daß wir nicht nur ein neues Mädchen, sondern auch einen neuen Vater im Haus haben.

Er schmeißt auch nicht mehr das Essen aufs Tischtuch.

Solange ich zurückdenken kann, habe ich mein eigenes Zimmer gehabt. Eines Tages finde ich Evelyn darin – ein großer stummer Schrei vor meinem kleinen Tisch. Ich habe das Steak aufbewahrt, mit dem man Schuhe sohlen konnte. Sie sagen immer, ich verschleiße meine Absätze, weil ich nicht ordentlich auf meinen Füßen gehe. Ich habe sogar versucht, es mit dem Hammer und Nägeln aus der Werkstatt unter dem einen Schuh festzunageln. Als es mir nicht gelang, habe ich es wieder vergessen. Jetzt kriechen die Maden aus meiner Schublade und machen Evelyn sprachlos dastehen, mit der Krümmung des Schreis im Körper. Eine Hand ist vor ihren Mund geflogen.

In dem Augenblick, als sie sie losreißt, um mir eine zu knallen, ist ihr Schicksal besiegelt.

Erst nehme ich im Traum Maß an ihr. Und um mir das Wohlwollen meines Vaters zu sichern, mache ich abends, wenn sie Gesellschaft haben, im Eßzimmer Kopfrechnungen für die Gäste. Das findet immer statt, wenn ich ins Bett gelegt worden bin. Plötzlich schimmert das Licht, und die Träume verblassen. An ihrer Stelle steht Papa, über den schwarzen Herrenschuhen schwankend, mit Zigarre und Alkoholatem. »Komm, Junge, jetzt werden wir ihnen zeigen, was wir können!« Wir gehen die Treppe hinunter. Mit jedem Absatz sinkt das Herz im Leibe.

Er nimmt mich mit zum Eßtisch, unter den Glanz des Kristallüsters. Im Schlafanzug stehe ich dann da und addiere Zahlen im Kopf. Sie sind beim Dessert angelangt, haben laute Stimmen bekommen und stekken mir Schokolade zu. Ich bin schwindlig und schläfrig. Dr. Helge wirft meiner Mutter Blicke zu, und die glasierten Augen der anderen Damen suchen mich. Die große Küßrunde, die dann kommt, läßt mir die Übelkeit im Hals hochsteigen.

Glücklich unter die Bettdecke zurückgekehrt, flüstere ich meinen Fluch über Evelyn.

NACH DREI TAGEN finde ich meinen Lieblingsteddybären im Mülleimer wieder. Es fehlte ihm ein Auge, aber Großmutter hatte einen Knopf hineingenäht, und das verleiht ihm einen Blick, der herrlich schläfrig macht. Ich halte Kriegsrat mit dem Soldaten, und wir sind uns einig, daß es ein Kampf auf Leben und Tod ist. Ich stehe stundenlang im hellen Licht am Fenster und traue mich vorläufig nicht in den Garten. Ich begreife nicht, daß Evelyn so böse Augen haben kann, ohne daß es jemand sieht.

– Im Gegenteil, sagt Mama, nach einem besseren Mädchen kannst du mit der Lupe suchen.

Ich versuche es, aber stolpere nur über meine eigenen Füße.

Vorläufig modelliere ich sie in Knetwachs und drükke anschließend zwei sich kreuzende blaue Knochen auf ihrem Bauch fest. Meinem Soldaten flüstere ich zu, er könne schon anfangen beiseite zu rücken, es komme bald noch jemand.

DER SOMMER GEHT – und Evelyn folgt ihm. Wir sind im Herthatal, ich meine, es sei nach meiner Tante Hertha benannt. Hier packen wir Eßkörbe auf großen Holztischen aus, und das Schwarzbrot bekommt einen Geschmack von morschem Grün. Die Erwachsenen trinken Schnaps, die Kinder bekommen Eis, und wir spielen auf Wippen und Schaukeln. Irgend jemand hat immer einen Onkel, der mit uns Boot fährt. Zu diesem

Zeitpunkt haben sie schon einen sitzen, und mit ihren Zigarren gleichen sie Kanonen, die jederzeit losgehen können. Sie kennen sich alle vom Reiten und schnauben wie Pferde. Wir lachen entzückt in den Booten, wenn sich die Ruder verheddern und uns mit Wasser bespritzen. Seewasser, das den Mund zusammenzieht und in der Nase brennt.

Sonst sind wir uns meistens selbst überlassen. Eine Schar Kinder, die nichts anderes verbindet, als daß die Eltern uns zusammengebracht haben. In den Taschen haben die großen Jungen Frösche und selten einmal eine Natter, die gelb auf ihre bebenden Arme scheißt. Keiner zeigt sie den Erwachsenen. Wir wissen, sie kriegen Angst und machen sich Sorgen. Wir haben uns jedesmal wieder vergessen und lernen uns wieder von neuem kennen, ehe der Lärm losbricht und wir über das Gras stürmen. Die Mädchen für sich. Wir wissen nicht genau, was sie machen. Manchmal überreden sie uns zu irgendeinem Vater-Mutter-Kind-Spiel.

Es ist oft von Kreuzottern die Rede, und Evelyn tritt eine tot. Das wundert mich nicht. Sie stammt von einem Bauernhof. Wir können ohne weiteres eine Natter von einer Kreuzotter unterscheiden. Aber es graust uns ein bißchen, wenn wir auf nackten Füßen durchs Gras rasen.

Spät am Nachmittag fahren wir wieder nach Hause, in Autos, in denen die Sitze brennen und die Luft wie ein Würfel zwischen den Scheiben steht. Es sind Autos mit gewölbten Kotflügeln und Motorhauben. Mitten durch die Frontscheibe geht eine verchromte Leiste. Sie haben gelbe Kunststoffwinker zum Ausklappen.

– Hast du daran gedacht, den Winker rauszutun, sagt meine Mutter und wendet den Kopf, so daß wir sie im Profil sehen. Papa brummt eine mürrische Antwort. Mama soll sich nicht einmischen, wenn er am Steuer sitzt.

Evelyn sitzt stramm neben mir auf dem Rücksitz, der meine Beine steif abstehen läßt. Sie bürstet Erde von meinen Knien, zupft Gras von den Kleidern und läßt einen entrüsteten Blick über die Schrammen gleiten. Zu Hause warten Scheuerbürste und Jod, und zwar nicht mehr das rote, wie bei dem vorigen Mädchen, sondern Schmierseife und Jod, das in den Wunden brennt. Ich sehe, wie sie sich freut.

In der folgenden Zeit weite ich die Allianz mit meinem Vater bis zum äußersten aus. Ich gehe mit ihm in den Stall, obwohl ich eine Heidenangst vor den nervösen Vollblutpferden habe, die mit den Schweifen zucken und nach hinten ausschlagen, wenn man es am wenigsten erwartet. Ihr Wiehern vernichtet meinen Gehörgang, die Schwänze schnellen über die Backe. Es fühlt sich an, als wären sie mit Firnis angestrichen. Ich finde, die Tiere stinken. Wasser trieft mir aus den Augen. Das Schlimmste ist, wenn ich vorne aufsitzen darf. Allein der Sattelknauf ist um vieles schlimmer, als den Hintern versohlt zu kriegen, und ich habe jedesmal eine Riesenangst, runterzufallen, wenn Papa mich zum Spaß einmal losläßt. Aber er ist mächtig stolz auf mich.

Ich darf mit in die Firma kommen. Die Bürofräuleins haben Rollen unter ihren Stühlen. Der Lagerverwalter im Kittel ist ein netter Mann und mag Jungen. Er zeigt die Waren. Wir gehen an den Regalen entlang; einige sind voller Seife und Haarwasser, andere voller Gummiwaren, die er für mich auspackt, während er mir über den Nacken und den Rücken streichelt.

Ich glaube lange, der dickste sei der Chef. Als Papa das entdeckt, sieht er mich mit dem gleichen Blick an, wie wenn ich mich im Kopfrechnen vertan habe. Das ist doch bloß Olsen. Papa versäumt seitdem keine Gelegenheit, mich wissen zu lassen, daß er selbst der Chef ist und das Ganze besitzt. Das Auto, in dem Olsen fährt, gehört ihm, und die Waren, die er verkauft, auch. Olsen bekommt etwas, das Provision heißt – ein Wort, das ich mir aneigne und in allen möglichen Zusammenhängen gebrauche.

In der Firma fangen sie an, mich Junior zu nennen, aber im geheimen bewahre ich meinen größten Respekt vor Olsen. Sie sind alle voller Späße, und man weiß nie genau, woran man ist. Mein Vater ist ja auch nicht den ganzen Tag da wie die anderen. Vielleicht macht er nur Spaß, wenn er sagt, es sei seine Firma.

Zu diesem Zeitpunkt finde ich den Koffer. Ich habe mich auf den Dachboden getraut. Die Lichtstreifen eines langen Nachmittags haben Staub in den Strahlen und trocknen den Raum unter den Dachsparren und Ziegeln aus. Obwohl ich gut sehen kann, zünde ich eine Kerze an. Erst wühle ich lange in den Kisten mit Christbaumschmuck. In einigen furchtbaren Minuten erlebe ich, wie die ganze Magie aus Lametta und Engeln verschwindet, wenn sie weggepackt sind in Engelshaar, das in einem langen Sommer bis zur Unkenntlichkeit ergraut ist.

Es ist eine Luft, daß man husten muß. Es ist heiß und stickig im Licht, und draußen, nach der scharfen Trennlinie zur Dunkelheit, läuft es einem kalt den Rücken hinunter. In der Ecke liegt unter herabgerieseltem Kalk ein Haufen Illustrierter. Ich habe keine Lust, sie mir anzusehen, es sind Erwachsenenbilder. Aber als ich zu wühlen beginne, kommt eine zerkratzte Lederhaut zum Vorschein. Das Leder ist so rissig, daß es an Drachenschuppen erinnert. Ich bin Feuer und Flamme. Die Finger zittern, als ich nach dem rostigen Hängeschloß greife, und es von selbst aufgeht.

Es ist einer der hohen alten Koffer mit Holzrahmen. Er gleicht ganz sicher einer Schatzkiste. Die Scharniere miauen wie eine schwarze Katze, und es knarrt im Gehäuse, als ich – unter Aufbietung aller meiner Kräfte – den Deckel hochhebe.

Alle Spannung verfliegt, als die Staubwolke sich auflöst. In der Kiste liegen nur Briefe mit einer vom Papier aufgesogenen gelben und krakeligen Schrift. Ungleichmäßige Reihen von Wörtern, die ich nicht lesen kann, und eine einzelne kleine Fotografie, die einen dicken Seemann auf dem Deck seines Schiffes zeigt. Ich erkenne ihn sofort wieder, denn Großmutter hat ein Foto von ihm auf ihrer Kommode stehen. Das Bild ist ganz braun, als ich es ins Licht halte.

Er hat dieselbe Seemannsmütze auf, aber hier sitzt er und hält eine Ziehharmonika vor dem Bauch. Es ist Onkel Viggo, das schwarze Schaf der Familie. Er ging als junger Mann zur See, und seither hat ihn niemand mehr gesehen. Aber nach dem, was die Erwachsenen sagen, zu schließen, lebt er mit einer Kannibalenfrau in Sünde auf einer der Inseln, wo man Menschen ißt.

Onkel Viggo ist Großmutters großer und einziger noch lebender Bruder. Er hat mir einmal Zeichnungen geschickt mit einem Fernrohr und Haien und Sternen, die Kreuz des Südens heißen und die man von unserem Teil der Erde aus gar nicht sehen kann. Großmutter bekommt meistens zu Weihnachten einen Brief von ihm, aber manchmal kommen die Briefe erst Monate später an.

Sie hat viele Jahre nichts von ihm gehört. Darum sollen wir lieber nicht von ihm sprechen. Und sie hat den Koffer mit seinen Briefen auf unsere Dachkammer gestellt. Ich fühle mich auf Abwegen, bloß weil ich mit dem Foto in der Hand hier sitze. Ich spüre die Bande des Blutes. Mit einem Gefühl heimlicher Verschwörung lege ich das Foto zu den Briefen zurück. Dann gelobe ich bei der Kiste, daß ich auch ein schwarzes Schaf werden will.

Als der Herbst kommt und den Garten schließt und mich damit auch von dem Grab entfernt, das ich seit längerer Zeit nur halbherzig besucht habe, fange ich im Kindergarten an.

Der erste Tag ist ein Triumph. Mama hat mir einen Monty-Anzug gekauft, der nach einem der englischen Generäle benannt ist und aus einem Khakihemd mit richtigen Sternen auf den Schultern und Shorts mit Bügelfalten und großen Taschen besteht. Ich baue mich in all meiner wassergekämmten Pracht auf und lasse die anderen Kinder die Sterne bewundern. Den Rest des Tages sitzen wir an Tischen und malen mit Wasserfarben, die sehr viel größer sind als die in meinen Malkästen zu Hause, und es gibt Puzzles und Holzklötze. Man kann ein Schloß mit einer Turmuhr darauf bauen. Plötzlich verstehe ich, wie unser eigenes Haus gebaut worden ist. Jedem der vielen Räume entspricht ein Klotz.

Dann schlägt Evelyn zu. Seit langem sitzt sie in ihrer Freizeit an einer heimlichen Arbeit. Ich höre die Geräusche und ihr Summen, wenn sie in der Mädchenkammer werkt; aber ich darf nicht hineingehen. Ich sterbe natürlich vor Neugierde, aber sie bleibt fest. Ich würde es schon noch zu sehen bekommen. Wenn es fertig sei. Bis dahin könne ich soviel quengeln, wie ich wolle.

Eines Morgens ist es fertig. Gerade als ich in den

Kindergarten soll, kommt Evelyn mit einem Päckchen und knickst tief vor meiner Mutter. Ob sie mir ein Geschenk geben dürfe, das sie selbst gemacht habe. Mama setzt ihren kleinen spitzen Mund auf, wie immer, wenn sie die Lage nicht so ganz überschaut. Es ist etwas leichter, den Dienstboten Geschenke zu machen, als selbst welche anzunehmen. Aber wegen des Kindes sagt sie ja und läßt mich auspacken, während sie mehrere Male ausruft, das sei doch viel zu viel, und ihre frischen Dauerwellen schüttelt.

All mein Blut weicht zurück, und meine Nasenspitze wird kalt. In dem Paket liegt ein selbstgestrickter Anzug mit Bluse und Hose aus Kratzwolle. Er liegt so leblos da wie eine Stoffpuppe und macht sich über meinen Monty-Anzug lustig. Mama merkt schon, was mit mir los ist, darum wirft sie mir ganz schnell einen Blick zu, während sie Evelyn mit etwas Gezwitscher dankt. Mit leicht angestrengter Stimme fragt sie mich dann, ob ich ihn nicht anziehen wolle.

Das war keine Frage. Ich kann die Tränen nicht mehr zurückhalten, und während sie abwechselnd schimpfen, »so ein großer Junge«, ringen sie mit meinen Armen und Beinen, bis ich in dem Anzug bin. Überall bricht kribbelnd der Schweiß aus. Dann kratzt es noch mehr, und ich schreie jetzt wie am Spieß. Eine rote Hysterie schnürt mir den Hals zu, ich nehme kaum wahr, daß Mama mir eine runterhaut.

Sie kriegen mich wieder auf den Boden der Wirklichkeit, wie es seitdem heißt, wenn die Wut überhand nimmt. Arme und Beine zittern noch lange, und ich schnappe immer noch nach Luft. Der ganze Protest bleibt mir im Hals stecken, wo Worte und Sätze sich anhäufen, so daß ich mich daran verschlucke. Auf dem Weg in den Kindergarten bekomme ich den Schluckauf, und flüssige Frösche hüpfen in meinem Bauch herum.

Der Tag ist eine einzige lange Niederlage und endet mit einer Katastrophe. Ich verirre mich in dem Wald aus auf mich zeigenden Fingern, und meine Ohren brennen rot vor lauter Igittegitt-Rufen. Um die verdammten Bälge mit einer kühnen Tat zu beschämen und ihnen den Mund zu stopfen, spanne ich eine Flaggenleine bis an den Zaun und versuche, diese ganze Strecke darauf zu balancieren. Nach einem atemlos zurückgelegten Stück, als es schließlich ganz still um mich ist und der Triumph in Reichweite, stürze ich ab und reiße mir die Lippe auf. Die Kinder schreien, der Himmel donnert über mir, und ich bekomme mehr Blut in den Mund als je zuvor.

Ich werde zu Dr. Helge gefahren, der ein blendend weißes Licht über mich zieht und die Wunde reinigt. Er murmelt Worte, die von weither kommen. Seine Finger sind trocken, wie nur Arztfinger es sein können. Sie riechen nach Äther, als er die Zange an meine klopfende Wunde setzt. Ohne Betäubung klemmt er eine Stahlklammer hinein. Ein Strom von Metall schreit in meinem Schädel, und ich falle in Ohnmacht.

Ich habe heute noch die Narbe. Mit der Zeit ist sie zu einer Vogelklaue im Mundwinkel zusammengeschrumpft. Aber damals stellte ich mir darunter einen *Teufelsfuß* vor, und sie füllte meinen Himmel mit Haß. Evelyn hatte ihren ersten vernichtenden Sieg errungen.

KURZ DARAUF gelingt es mir, eine Flasche Wein zu stehlen, die mein Vater entkorkt und zur Seite gestellt hat. Eine niedrigstehende Sonne scheint ins Wohnzimmer. Draußen im Garten lodert golden die große Kastanie. Ich finde das Grab offen, aber an den Rändern eingesunken. Es sind große Blätter hineingefallen. Ich lasse sie liegen. Die Knochen, die ich nicht mehr sehe, riechen modrig. Ich flüstere eine liebevolle Beschwörung und leere den Wein aus der Flasche in das Loch. Ein säuerlicher Eisengeruch steigt hoch. Ich murmle Worte in meiner geheimen Sprache, die die Toten erwecken soll.

Die ganze Nacht höre ich Gesang und Becherklang von draußen. Stimmen, die eine fremde Sprache sprechen, voll roter und goldener Worte. Sie kommen bis an mein Fenster herauf und lassen mich zum ersten Mal seit undenklichen Zeiten mit einem Lächeln auf den Lippen einschlafen.

EVELYN BEKOMMT die Schuld für das mit dem Wein zugewiesen, obwohl es nie aufgeklärt wird. Die Toten im Garten haben mich schon einen Schritt weitergebracht, und ich ernenne den Soldaten zu ihrem General.

III
Engel

Meine kleine Schwester ist schon ein Engel und fast tot.

Sie liegt in einem Glassarg, den sie *eiserne Lunge* nennen, in einem großen Krankenhaus in Kopenhagen, und einmal die Woche darf ich sie mit Mama besuchen. Kinder dürfen nicht ins Krankenzimmer. Während des ganzen Besuches stehe ich draußen vor dem Fenster und werfe meine blaue Mütze in die Luft, immer wieder. Schließlich klettere ich an der Mauer hoch, wo Blätter mit weinroten Rändern hängen, so groß wie Erwachsenenhände. Ich bekomme die Fensterbank zu greifen, kralle mich mit den Fingerspitzen fest und schaue hinein.

Dort drinnen ist das Licht blau. Es ist merkwürdig still, und die Engel gehen zwischen Särgen und Betten in einem großen Aquarium herum, wo sie Himmel statt Wasser haben. Es dringen keine Gerüche heraus, aber ein wenig Moos auf der Fensterbank treibt mir Tränen in die Augen. Mein Atem schlägt sich auf der Scheibe nieder und läßt einen Schimmelpilz wachsen, und durch seine Verzweigungen, die mir den Atem rauben, erkenne ich meine kleine Schwester.

Ein Nebelbild unter einem Puppenkokon aus Glas. Ein winziges bißchen vergrößert, glaube ich. Schwarzes Haar zeichnet sich auf ihrer Stirn ab. Feucht und mit Schlangenlocken. Der Körper liegt unbeweglich da und formt unter dem Laken einen Stiel. Das Gesicht ist ganz still und in einen weißen Traum eingeschlossen, der ewig dauern soll. Über ihrem Mund ist ein wenig Feuchtigkeit auf dem Glas, dieselbe Figur, die sich in der Wärme vor meinen Lippen abzeichnet. Darum lebt sie. Das schönste Wesen auf der ganzen Welt.

Sie ist es, die ich ein- und ausatme, und obwohl sie so still daliegt, daß man nicht die geringste Bewegung unter dem Laken erkennen kann, bekommt sie Luft, solange ich atme. Wenn Evelyn mich unterkriegt, werden wir verschwinden – wie zwei Bilder im selben Spiegel – und das Aquarium wird dunkel und leer werden.

Ich sehe meine Mutter bei den Engeln. Sie haben ihr ein weißes Tuch vor den Mund gebunden, damit sie nicht zwitschert und die Puppen aus ihrem Schlaf weckt. Als ihr Blick durch den Raum schwebt und sie mein Gesicht auf der anderen Seite der Scheibe sieht, fliegen ihre Arme erschrocken in die Luft, und die Engel brausen auf sie zu. Im selben Augenblick bricht die Stange unter meinem Fuß, und ich rutsche durch das splitternde Spalier aus dem Bild, während ich nach Blättern und Stengeln greife. Ich lande auf dem Kiesweg, der mir die Luft aus dem Körper schlägt, und bleibe liegen. Erst als durch den Kies Schritte gegen mein Ohr hämmern, stoße ich ein Geheul aus, das das Entsetzen, keine Luft mehr zu bekommen, aufsprengt.

Sie bürsten die Erde von meinem Mantel, und ich komme in einen durchdringend nach Jod riechenden Raum, wo sie meine Hautabschürfungen bepinseln und mir Pflaster aufkleben. Mama ist zu einem der Engel geworden und sagt immerzu »wie konntest du«, aber nicht mit schimpfender Stimme, und wo ihre Hände mich berühren, hört es auf, weh zu tun. Sie schenken mir Bonbons, die scharf nach ihren Ätherfingern und dem Himmel schmecken, in dem sie wohnen. Die Stimmen werden zu einer einschläfernden Melodie in meinem Kopf, während sie meine Backen tupfen, und ich nach Lulú fragen darf und Antworten bekomme, die nie weiter gelangen als bis an meine Augen.

IM AUTO auf dem Weg nach Hause schlafe ich ein. Ich falle in ein Loch und auf der anderen Seite wieder hinaus, wo ich Erde vom Mantel abbürste. Vor mir steht ein Junge in meinem Alter. Er hat vor lauter Schmutz einen ganz schwarzen Kopf, eine kurze Hose und eine Monty-Jacke und um den Arm eine Natter, die mich anzischt. Er hat eine Fahrradbotenmütze auf dem Kopf, und aus dem erdfarbenen Gesicht leuchten mir die Augen entgegen.

– Ich habe einen Soldaten, murmle ich und kratze mit der Schuhspitze in der Erde, ein richtiges Totengrab!

– Na und, sagt er und stülpt die Lippe vor.

– Meine Schwester liegt im Krankenhaus, fahre ich fort, sie stirbt sicher bald.

Er streckt den Arm nach mir aus. Die Natter zieht sich in ihrem blanken Geringel zischend in sich selbst zurück. Mich schaudert, ein Sommerschaudern, und hoch oben häuten sich die Baumkronen im Wind.

– Ich will dir die Höhle zeigen, sagt er und lockt mich vor, indem er einen Rückwärtschritt macht, ehe er auf dem Absatz kehrtmacht und losläuft.

Erst gehe ich, dann laufe ich hinter ihm her.

Ich stehe direkt hinter ihm und atme schwer, während meine Augen das Dunkel durchdringen. Die Decke der Höhle ist von dicken Wurzeln verknotet. Kleine Erdrutsche rieseln von oben herab. Es riecht genau wie unter der Kastanie im Garten. Es gibt alle möglichen

Farben hier, die Wände leuchten von selbst, wie ich es im Tivoli gesehen habe, und wenn man ein lautes Wort sagt, fällt es einem tot wie ein Vogel vor die Füße.

Er dreht sich um. Seine Augen sind rund und blau wie meine.

– Hier sind Kreuzottern, sagt er.

– Ach was, versuche ich zu sagen, aber mir fällt bei dem Versuch der Unterkiefer herunter. Er schleicht sich hinter mich, um mich dann mit einem Laut zu erschrecken, als ein Totenkopf durch die Höhle gerollt kommt und vor meinen Füßen liegenbleibt. In dem Schädel knirscht es, als wolle er etwas sagen. Das Gebiß klappert. Unter meinen Schuhkappen ziehen sich die Zehen zusammen.

Ich will mich schnell mit dem Jungen verschwören, aber als ich mich umdrehe, ist er weg. Ein Zischen entfährt dem Totenkopf, dann liegt er still. Ich sehe, wie die Natter mit den gelben Flecken am Hinterkopf sich hineinschlängelt. Sie zieht die Dunkelheit mit sich, die Wände der Höhle beginnen zu flattern, ich spüre, wie sich die Knochenfinger in meine Schulter bohren und eine Stimme meinen Namen wiederholt, zu dem ich mich – immer noch schlafend – nicht bekennen will.

Es ist Evelyn. Sie schüttelt mich. Als ich endlich die Augen aufschlage, ist die Dunkelheit immer noch da. Das Auto steht in der Garage, eingehüllt in seinen Dunst aus Öl, Gummi und Benzin, an der Wand hängen Fußmatten, damit man beim Aussteigen nicht den Lack an der Autotür zerkratzt. Es ist eine Betonkühle in der Luft, die an die Höhle erinnert. Mama ist schon hineingelaufen zu Papa, der von einem Ausflug nach Ledreborg zurückgekehrt ist, wo er zusammen mit dem Grafen reitet.

Schlaftrunken komme ich auf die Beine. An der Garagendecke leuchtet hinter einem Gitter eine gelbliche Lampe. Am unteren Ende von Evelyns Knochenarm hängend werde ich ins Licht gezerrt, das grell über den Bäumen des Gartens steht. Alles flammt gelb und rot, das Weinlaub über der Mauer, die gezackten Blätter der Kastanie, die einen Mann durchsägen können.

Auf dem Rasen liegen die umgewendeten braunen Augen der Kastanien, das Helle nach außen. Ich habe mehrmals schon die Hülle angefaßt; sie fühlt sich an wie mein Gummilaken und hinterläßt etwas Klebriges an den Fingerspitzen. Heute werde ich vorbeigezogen, Evelyn läßt mir keine Zeit zum Stehenbleiben, unter den Baumkronen baumelt ihr Gesicht wie eine Gartenlampe, an der der Wind rüttelt. Sie schimpft, aber ich höre nicht hin. Ich habe bestimmt auf den Sitz gepinkelt.

Die Hose ist nur halbwegs trocken und hat einen gewissen Geruch.

Am Ende des Gartenwegs sehe ich, wie Papa sich über Mama beugt und sie lange küßt. Er hat noch seinen Reitdreß an: roter Mantel mit schwarzen Samtrevers, weiße Handschuhe, Lackstiefel und Helm. Er hat die Reitpeitsche in den Stiefelschaft gesteckt. Der Hosenboden aus braunem Waschleder ist mir zugekehrt und gleicht einem merkwürdigen Tier mit Flügeln, wo die Reithose sich bauscht.

Bevor wir an der Treppe angelangt sind, hat er meiner Mutter mit der flachen Hand einen Klaps auf den Hintern gegeben, und sie gehen ins Schlafzimmer hinauf, sie hat den Kopf gegen Papas Schulter gelehnt. Evelyn zieht mich in den Hinterhof. Ich stolpere mit dem Kopf in die Wäsche, große Laken voller Wind, die mich mit ihren Wasserbäuchen gegen die Mauer drücken.

In der Küche steht Großmutter. Sie ist den ganzen Tag hier gewesen, um Papas Ei für den Lunch zu kochen und das Abendessen vorzubereiten. Sie hat eine blaue Schürze an und einen Knoten im Nacken mit einer Menge Haarnadeln. Der Knoten ist über ein kleines Kissen frisiert. Wenn sie Mittagsschlaf hält, liegt es auf der Ablage im Badezimmer neben dem Glas mit ihren Zähnen.

Großmutter hilft mir aus dem Mantel und hängt ihn auf einen Bügel. Meine Mütze kommt auf einen Haken, ich bekomme eine saubere Unterhose und die Kratzwolle angezogen, gegen die ich nicht zu protestieren wage, weil ich in den Monty-Anzug gepinkelt habe. Dann werde ich in mein Zimmer geschickt, wo ich eine Zeichnung des Krankenhauses mache. Es kommt Rauch aus dem Schornstein, und das Haus hat mehr Fenster und Türen, als auf das Papier passen. In der Mitte liegt meine Schwester in ihrem Glaskokon, und es flattern einige Engel mit Schmetterlingsflügeln herum, die wie Schleifen gezeichnet sind. Der Himmel über dem Haus ist voller liegender Dreien. Möwen zeichne ich gern, weil es so leicht geht und sie wiederzuerkennen sind. Sonst ist nicht vieles wiederzuerkennen, finde ich, aber die Erwachsenen sind zufrieden und loben mich.

Zum Essen gibt es Frikadellen. Papa ist gut gelaunt, lobt Großmutters Essen und zieht meine Mutter auf. Er hat gut reden. Er braucht nichts von der Sagosuppe zu essen. Als sie mit den Frikadellen anfangen, kämpfe ich noch mit den letzten großen Löffeln in meinem Teller. Evelyn bekommt ihre Frikadellen in der Küche, wo sie auf einem hohen Schemel sitzt und sie mit der Gabel zerteilt, ehe sie sie in den Mund steckt. Sie schafft immer bloß ein paar Bissen – dann wird vom Eßtisch gerufen, und sie muß blitzschnell den Mund leerkauen, um zu antworten.

Hinterher bekommen wir Pfannkuchen mit Großmutters Eingemachtem. Ich hätte gern den ganzen Stapel gegessen, aber die Sagosuppe kommt immer wieder hoch und verleiht ihnen einen bitteren Geschmack, so daß ich beim zweiten aufgebe. Papa schenkt Portwein für die Erwachsenen ein. Großmutter hat schon in der Küche ein paar Schnäpse aus der Flasche genommen, die vor Kälte dampft, und zu den Frikadellen haben sie Rotwein getrunken, dessen Farbe in ihren Gesichtern hängenbleibt. Mama versucht zu erzählen, wie ich die Mütze in die Luft warf, aber sie kommt nicht weiter als bis zur Hälfte, weil Papa sie unterbricht.

Großmutter bringt mich ins Bett.

– Erzähl von den Engeln, bitte ich, und sie erzählt mir von den beiden Engeln. Der eine sitzt an meinem rechten Ohr und flüstert mir alles Gute zu, was ich tun soll, und der andere sitzt an meinem linken Ohr und flüstert mir das Böse zu. Der eine ist Gottes guter Engel, der andere ist der Engel des Teufels. Sie singt ein Lied von ihnen, wobei die Warze auf ihrer Backe zittert.

Aber ich habe gar nicht *diese* Engel gemeint, und das Lied habe ich schon hundert Mal gehört. Das beste ist, wenn ich sie dazu überreden kann, Mundharmonika zu spielen, denn dann schwappen ihre Zähne mit der Mundharmonika halb aus dem Mund, und es sieht aus, als würde das Gebiß von selbst spielen.

Sie wackelt auf dem äußersten Rand des Stuhls. Die altmodischen Schnürstiefel schlagen abwechselnd den Takt auf dem Fußboden. Die weißen Haarsträhnen rutschen aus dem Knoten, während sie die Seemannslieder prustet und stampft und die Augen munter über den Ziselierungen der Mundharmonika mitspielen, kleine

Hopser und Polkas, die sie von ihren Brüdern gelernt hat, die zur See fuhren. Großvater habe ich nie gekannt. Sein Schiff ging mit Mann und Maus unter, und wenn sie es ein seltenes Mal erwähnt, steigt das Wasser, in dem er ertrank, in ihren Augen hoch, und die Erinnerungen überwältigen sie.

– Großmama, frage ich, ist Onkel Viggo ein richtiger Seeräuber?

Sie hebt beide Schultern und gibt einen Laut von sich, den sie auch in ihrem Garten ausstößt, wenn sie die Stare vom Erbsenbeet verscheucht.

– Erzähl von dem Soldaten, bettle ich, und das will sie erst nicht, denn ich soll schlafen. Dann drohe ich mit Tränen und daß ich über das Haustelefon im Schlafzimmer unten anrufen werde. Großmutter schimpft ein bißchen, und dann gibt sie nach. Aber nur, wenn ich still liege und ordentlich zuhöre.

Ich liege wie frisch gebügelt auf dem Kopfkissen. Innerlich geglättet vor Freude, daß der Plan gelungen ist. Die Stimme beginnt über die Stirn zu schnurren, und das Licht der Sandmännchenlampe verleiht Großmutters Worten einen besonders goldenen Ton. Der Soldat ist ihr Ururgroßvater.

– Urururur, berichtige ich, und sie sagt, ich solle still sein, und schimpft wieder ein bißchen. Ich glaube ihr nicht so ganz. Sie sagt ständig Dinge, die sie wieder vergißt, und darum sagt sie sie noch einmal.

Großmutter heißt in Wirklichkeit Gómez-Jørgensen, Olga Gómez-Jørgensen – geborene Rasmussen –, aber der Pfarrer in Sankt Jørgensbjerg wollte es nicht ins Kirchenbuch eintragen. Gómez ist der Nachname des Soldaten, und das Wort wächst in meinem Mund. Er kam vor hundert Jahren mit den Spaniern auf ein Schloß in Dänemark, das Koldinghus heißt. Koldinghus ist eine richtige Festung. Hinter meinen halb geschlossenen Augen stehen die Mauern mit Rosenhecken, Kanonen und Schießscharten. Rund um die ganze Burg erstreckt sich der Wallgraben, und die Reiter donnern über die Zugbrücke raus und rein.

Hier greift Großmutter nach der Kette, die sie immer um den Hals trägt, und hält das alte Silbermedaillon vor mich. Wenn man es öffnet, ist im Deckel ein Bild der Jungfrau Maria zu sehen. Ja, das hat dem Soldaten gehört, er war ein richtiger Reitersmann, und er hatte die schönsten braunen Augen.

– Er hatte auch ein Auge für die Mädchen, sagt Großmutter an dieser Stelle, während sie mit den Lippen schmatzt und den Kopf schüttelt. Ich sehe ihn mit zwei schwarzen Teufelsaugen, die wie Pistolenmündungen direkt auf einen zeigen, und einem Auge mitten auf der Stirn, das für die Mädchen und ganz blau ist.

Großmutters Ururgroßmutter war Näherin in Kolding. Später wurde sie Büglerin in Sankt Jørgensbjerg, aber da war Urgroßmutter schon geboren, und die Geschichte mit dem Soldaten war vorbei. Er hatte sie ins Unglück gestürzt – Großmutter spricht tief unten in einem Kohlenkeller, denn jetzt kommt das Schlimmste: Er machte ihr ein Kind! Es rieselt mir kalt den Rücken hinunter, als ich verstehe, daß junge Mädchen genauso viel Angst vor Kindern haben wie ich vor der Dunkelheit und den Stimmen ohne Kopf.

Dann liege ich in Licht gebadet und höre den Rest der Geschichte nicht. *Sie ins Unglück gestürzt*, hallt es in der Leere, merkwürdig losgerissen von Großmutters Stimme. Plötzlich ergibt sich mit messerscharfer Logik, was ich mit Evelyn tun muß:

Sie schwängern!

Kurz darauf macht Großmutter das Licht aus und

steckt die Bettdecke um mich fest, während sie vor sich hin murmelt. Ich schlafe gar nicht. Ich kneife bloß die Augen zusammen. Die Dunkelheit in mir selbst ist der Dunkelheit draußen weitaus vorzuziehen.

Am nächsten Tag rinnt der Regen über die Fenster des Herrenzimmers, so daß sie aussehen wie die Schaufenster des Käsegeschäfts in der Alstraße.

Gleich nach dem Frühstück, als in den Wohnzimmern Staub gewischt wird, beginne ich mit den Nachforschungen. Wie schwängert man überhaupt jemanden? Die großen Lexikonbände, die alle Geheimnisse enthalten, stehen mit abweisenden Rücken vor mir. Wo soll man aufhören und wo anfangen, wenn man die Buchstaben nicht kennt, die in Golddruck auf dem Lederrücken stehen und all die Zauberformeln bilden, die bewirken, daß Erwachsene einfach alles nachschlagen können?

Ich muß mich hindurchblättern und verschwinde dabei in Welten, deren Bilder den Boden unter mir wegziehen, während ich von dem Bazar der Araber zu den Zelten der Beduinen fliege und unterwegs am Baikal-See Aufenthalt mache, wo Nomadenpferde im Steppenwind wogen. Damals waren die Orte stumm, sie hatten keine Namen, und ihre Reihenfolge war von einem Alphabet bestimmt, das ich nicht entschlüsseln konnte.

Die Verschiedenheit der Bilder und das unvermittelte Auftauchen von Feuerwehrautos lassen mich vor Freude glucksen. Um die Welt der Reihe nach serviert zu bekommen, muß man sie an den merkwürdigsten Stellen unterteilen, während die wirren Folgen sich im Hirn zu Musik vereinen.

Ich sitze auf dem dicken Teppich vor dem Tabakschrank. Ein einzelner Band liegt auf meinen Knien wie ein aufgeschlagenes Grabmonument. Lebende und Tote marschieren in Reih und Glied auf, Männer mit großen Schnauzbärten und Ägyptens Mumienkönige mischen ihren Duft mit dem in den Zigarrenkisten im Schrank. Ich spüre die Starre der Jahrhunderte in den braunfleckigen Einbänden und die absolute Herrschaft des Staubs über die Zeit. Ich starre auf den versteinerten Fingerabdruck einer von Kriechtieren und Farnen beherrschten Welt.

Es gibt kolorierte Pflanzen ohne einen anderen Duft als den des rauchgelben Deckblatts aus Pergament, die Moorleiche aus Grauballe läßt meine Haut schrumpfen, und ich verweile bei ihm wie früher schon, während er mit einem Prickeln wie von Kohlensäure in mein Blut sickert. Ich komme zu einer Doppelseite, wo Mann und Frau sich bis aufs Skelett entblößen lassen. Sie stehen beide da mit gesenkten Handflächen und geistesabwesendem Gesichtsausdruck, der sie von jeder Verantwortung befreit, was auch immer man mit ihnen anstellt.

Ich blättere mich durch den Bauch der Frau – ich weiß, daß ich aus dem meiner Mutter gekommen bin, aber ich weiß nicht, wie ich hineingekommen bin –, ganz unten entfaltet er sich plötzlich zu einer Teichrose, und der Finger bleibt nachdenklich stehen. Plötzlich fällt mir von einer anderen Stelle im Lexikon die Zeichnung derselben Teichrose ein, dort aber umgeben von einem Schwarm Kaulquappen, von denen eine hineinschwamm. Auf dem nächsten Bild war sie ein froschartiges kleines Baby geworden, das in dem dicken Bauch einen Purzelbaum machte und an seinen Fingern lutschte.

Der Rest ist ein Kinderspiel.

Ich muß warten, bis der Regen aufgehört hat. Es vergehen mehrere Tage, dann scheint im Garten die Sonne wieder, und ich darf draußen spielen. Ich gehe zum Teich mit den großen Sauerampferblättern. Ich habe ein Einmachglas und ein Netz mitgebracht. Wenn ich das weiße Säckchen durch das Wasser ziehe, biegt sich die Stange in meiner Hand, und das Netz zieht schwer nach unten. Das Wasser, das so dünn wirkt, wenn man einen Finger hineinsteckt, hängt plötzlich mit einer Schwere an meinem Arm, die mich beinahe in die Tiefe zieht.

Ich trete ein paar Schritte vom Ufer zurück, so daß ich kaum mehr mit dem Netz ans Wasser herankomme. Ich fange nur Entengrütze. Kleister, der sich auf den Stoff legt und einen sauren Hauch gegen mein Gesicht schickt. Keine Kaulquappe. Kein Glasaal. Nichts. Aber ich vergesse mein Unterfangen nicht. Allein der Plan ist so gut, daß ich fast alle Schikanen ertragen kann, die Evelyn im Laufe des Jahres einfallen sollten.

NACH DEM ABENDGEBET frage ich:

– Mama, wann stirbt Lulú? und sie stößt ein »Pssst!« aus, das die Gardinen im Sommerwind flattern läßt. Als wäre Lulú schon tot und stünde in dem späten Licht zwischen uns, wo sie alles hören kann. Hinterher weint Mama. Sie sitzt lange auf der Bettkante und schaut auf die Bilder, die sie im Kopf hat. Ich nehme vorsichtig die Hand aus der Decke und lege sie in ihre.

– Gut, daß ich dich habe, seufzt sie und steckt die Decke fest, ganz richtig, bis an die Nasenspitze.

IV
Krankenwagen

Lulú starb in der Zeit des vorigen Mädchens, bevor wir Evelyn bekamen. Bis dahin waren wir Kinder wie alle anderen, und unsere Eltern machten keinen Unterschied zwischen uns.

Wir wohnen im Sommerhaus. Ich rufe mir jetzt, wo die Erinnerung das Fest der Sinne abzulösen beginnt, einen Rasen mit Maulwurfshaufen, Tannenzapfen und Fichtennadeln ins Gedächtnis – Bäume, die den Himmel abschirmen und grüne Schatten werfen. Das Haus hat eine geteilte Tür aus geteerten Brettern, die in der Sonne riechen und Harz schwitzen. Ich entsinne mich eines Turms aus angestrichenem Sperrholz mit richtigen Bullaugen zum Rausschauen. Man kletterte über eine Leiter mit Seilgeländer hinauf. Drinnen, in dem Holzgeruch, waren Etagenbetten, aber wir waren noch zu klein, um dort zu schlafen. Ich entsinne mich auch eines Steuerrads, das an der Wand befestigt war. Man griff in die Speichen, steuerte und sah über das Grundstück, wo Gras und Tannen wogten. Ich war Kapitän und befuhr die sieben Meere.

Großmutter, die so etwas konnte, half mir, aus einer Zeitung einen Kapitänshut zu falten. In einem alten Fotoalbum, in dem die Bilder an den Ecken mit Herzen befestigt sind, sieht man Lulú und mich auf Dreirädern sitzen. Wir lachen pausbäckig, nackt unter unseren Papierhüten in der Sonne. Zu diesem Zeitpunkt des Sommers ist Lulú noch ein dicker kleiner Purzel in

Volanthose mit einem Kopf voll dunkler Locken. Und ich bin der Große. Sie ist anderthalb Jahre alt und ich dreieinhalb. Wir halten gerade vor einem Brunnen mit einem gesprungenen Holzdeckel.

Das ist das letzte Bild, das gemacht wurde, ehe der Krankenwagen kam.

Jeden Morgen fährt Papa in die Stadt, um sich ums Geschäft zu kümmern. Manchmal kommt er abends nicht nach Hause, dann bekommt Mama einen fernen Blick und sieht lange aus den kleinen Fenstern. *Wenn* er nach Hause kommt, und ich das Geräusch des großen Motors höre, laufe ich schon den Kiesweg hinunter. Er bleibt unter den Kiefern stehen, und ich darf auf das Trittbrett springen und den ganzen Weg entlang darauf stehen, während die Hecke vorbeisaust. Es gibt Mücken in summenden Haufen hier und Schwalben, die tief über die Hecke streichen. Manchmal bekomme ich ein Insekt in den Hals und verschlucke mich, oder sie platzen mit einem scharfen Klatschen auf meinen Backen. Dann biegen wir in das Grundstück ein, und Mama kommt mit der juchzenden Lulú auf dem Arm.

Wir essen im Garten auf Stühlen, deren Beine ins Gras sinken. In Milch und Butter hat sich die Sonnenwärme mit einem bitteren Nachgeschmack gehalten. Lulú hat immer Hunger, sie ißt furchtbar gern; sie hat kleine Fäuste, die stopfen und quetschen. Kekse, Krümel und Erde. Bonbons, von denen Streifen auf dem ganzen Gesicht kleben und aus ihrem Mund aufs Kinn laufen. Wenn sie ißt, lacht sie ständig. Wenn sie auf ihren Kommodenbeinen herumwackelt, die gerade gelernt haben, sie zu tragen, bleibt alles mögliche an ihr hängen. Blätter und Gras haften auf ihrer Haut, die so klebrig ist wie ein Stück Fliegenpapier.

Jetzt sitzt sie in ihrem hohen Stuhl mit der Holzplatte, die vorne geschlossen werden kann, damit sie nicht hinausfällt. Der Stuhl ragt in einem schrägen Winkel vom Rasen hoch. Sie hampelt darin herum und hämmert mit ihrer Gabel. Wir haben beide noch unsere Silbertassen und Silberteller. Auf den Tellern liegen ein Zuckerbrot, ein Apfelbrot, ein Erdbeerbrot.

Eine große Schmeißfliege summt in mein Gesichtsfeld. Sie benützt die Sonnenstrahlen als Rutschbahn, ihr Rücken glitzert in Farben, die das Auge nicht festhalten kann. Die Flügel hüllen sie in ein unsichtbares Gespinst. Im Schatten gleicht sie plötzlich einer von Haaren bedeckten fliegenden Warze.

Sie geht mit hoch angehobenen Beinen auf dem Tischtuch herum. Das Brot ist in meiner Hand hängengeblieben, ich folge ihr dicht mit den Augen. Sie marschiert wie ein kleiner Tambourmajor und kommt ruckweise vorwärts. Ich kann jetzt ihre Augen sehen: tausend Pünktchen, ein Gitter aus fließendem Kristall, in dem die Welt zersplittert.

Sie zerschlägt die Sonne. Sie ist ein kleines Stück Mechanik, so unheimlich präzise und gezielt auf ihrem Weg über das Tischtuch. Die Stimmen um den Tisch versickern, hoch oben in den Kiefern wird der Wind mit einem Schwanenzug fortgesogen.

Es ist Sommerstille in der Welt, als die Fliege hochfliegt und sich auf Lulús Zuckerbrot setzt.

Die Stimmen kehren mit einem Schlag zurück. Ich sehe ihre Gesichter mit Augen, die aus einem Traum starren. Papa mit Messer und Gabel hantierend, halb über Mama gelehnt, die den Blick senkt und sich lächelnd mit der Serviette den Mund wischt. Das Mädchen, das sich von hinten mit einer Schüssel nähert, die weiße Schürze und das Häubchen in sterilem Kontrast zu den Schatten des Gartens.

Großmutter ist am Nachmittag nach Hause gefahren, ihr Platz am Tisch ist leer. Zwischen dem leeren Platz und Mama hat Lulú eine Faust in das Zuckerbrot gehämmert und ist dabei, es in den Mund zu stopfen. Ihre Schelmenaugen, fast in den Backen ertrunken, flimmern in veilchenblauem Glanz.

Die Schmeißfliege ist weg. Der Tag hat einen dunkleren Ton angenommen, und unten vom Strand sind laute Vogelschreie zu hören.

AM NÄCHSTEN TAG kommt die Hitzewelle.

Sie läßt die Luft schmelzen und verwandelt die Glieder in Wachs. Es läuft in dicken Streifen an uns herunter, brennt in den Augenwinkeln, und wir müssen nach Luft schnappen wie der Hund des Nachbarn, der flach auf dem Weg liegt, die Zunge heraushängen läßt und die traurigen Augen ganz auf eine Seite dreht.

Erde und Sand brennen unter den Fußsohlen, man hält es weder drinnen noch draußen aus. In der Stube steht die Luft als dicker Würfel zwischen den Holztäfelungen still, und Staub prickelt wie schwebende Funken. Lulú weint viel und atmet stoßweise. Das Mädchen wringt ein paar nasse Lappen in der Waschschüssel aus und legt sie uns auf die Stirn. Einmal in der Stunde wechselt sie sie nach Mamas Anweisungen, aber das Wasser ist lauwarm, und in Armen und Beinen bleibt eine flaumige Mattheit.

Von dem Plumpsklo auf der anderen Seite der Küchenhalbtür, die offensteht, um Durchzug zu schaffen, weht ein scharfer Geruch heran. Es stinkt aus dem Herzloch, Illustrierte, braunes Papier und Holz fügen ihre Aromen hinzu. Es ist trocken und stickig.

Die Hitze dauert den ganzen Sonntag und bis weit in die nächste Woche. Lulú wimmert immerzu, schließlich bleibt sie in ihrem Gitterbett liegen und kann nicht aufstehen.

Es beginnt an der Wurzel des kleinen Fingers und im Bein auf derselben Seite meines Körpers weh zu tun, aber da hat Lulú schon hohes Fieber und einen pfeifenden Atem. Am Nachmittag schläft sie ein. Als sie aufwacht, liegt sie ganz still. Unter einem feuchten Film ist die Haut bläulich, und die Locken kleben direkt darauf; nur die Augen bewegt sie. Sie bittet um Essen mit einem ihrer eigenen Wörter, die zum Ende hin offen sind und so lang gemacht werden können, wie sie Luft hat. Aber als Mama sich mit einem kleinen Keks über das Gitterbett beugt, kann Lulú den Kopf nicht mehr heben. Mit einer kleinen Handbewegung verwelkt der Arm, und sie liegt völlig still unter ihrer Decke, mit Augen, die immer ängstlicher werden.

Mama ist kreideweiß im Gesicht. Sie ist allein mit mir und dem Mädchen und läuft selbst zum Nachbarn, um zu telefonieren. Als der Krankenwagen kommt und den Sommer mit seinem lauten weißen Ton und seinem roten Türenschlagen durchschneidet, hat Lulú ganz aufgehört zu atmen.

Ich sehe es nicht mehr, ich habe es erzählt bekommen. Meine Schwester verschwindet zu einem Pünktchen weit weg, während die Sirene des Krankenwagens über den Kiefern verhallt. Ich bin mit dem Mädchen alleingeblieben und verstecke den Kopf ganz in ihrer Schürze. Mein Herzloch steht offen, weil ich mitten durchgerissen worden bin. Das Mädchen streichelt mir die ganze Zeit den Rücken und sagt »ist ja schon gut, ist ja schon gut«. Der Schmerz jagt im Bein hoch, und wir warten auf den Arzt, den Mama angerufen hat, während ich am ganzen Körper zittere.

DAS WAR DER SOMMER, in dem wir Kinderlähmung bekamen. Lulú kam in die eiserne Lunge und war gelähmt. Meine ging von selbst vorüber; die Ärzte drückten auf Arme und Beine, schlugen mir mit einem Gummihammer unter die Knie. Sie steckten mir einen Spatel in den Hals und leuchteten mir mit einer Untersuchungslampe in die Augen. Es summte im Bein, und der Finger war einen Tag lang taub, dann verschwanden die Kälteschauer wieder. Ich wurde nur kurz von den hellen Nächten gestreift, aber im Gehirn habe ich einen weißen Fleck, der sich an alles erinnert.

V
Das Haus außerhalb der Zeit

Es wurde ein Haus ohne Erinnerungen.

Die Familie kehrte nie mehr dorthin zurück, die Hecke wurde von Brombeergestrüpp überwuchert. Die großen Tannen schlossen sich über dem Haus. Mit der Zeit wuchs das Torfdach ganz in den Rasen hinunter, Ackerwinden sprengten sich einen Weg durch Fensterrahmen und Türritzen, und Schimmel überzog die Strohmatten auf dem Fußboden. Stube und Kinderzimmer lagen in einem gleichbleibenden Halbdunkel hinter Pflanzen, die die Scheiben beschatteten. Die Sommergardinen bröselten herab, und die Fenster sahen milchig aus vor lauter Spinnweben.

Das Plumpsklo wurde von einem im Herbststurm fallenden Baum umgeworfen und schenkte einem Zug madenbleicher Wesen, die den Inhalt der Tonne längst zu Kompost umgesetzt hatten, die Freiheit. Der Sperrholzturm des Kapitäns bekam Risse und verwandelte sich in erstarrte Wellen mit Ritzen, weil die Holzplatten auf ihre vielfache Größe anschwollen. In Balken und Sparren kam der Hausschwamm, das Holz rieselte in dünnen Strähnen vom Dachboden, um sich auf dem Boden des Stundenglases zu sammeln, das zum letzten Mal umgedreht worden war.

ZU HAUSE IN DER VILLA geht das Leben weiter. Während der Sommerferien sind die Möbel mit Laken bedeckt gewesen, und Goßmutter war hier, um die Blumen zu gießen. Im Flur hängen die Füchse in Mottensäcken an ihren Haken. In Schränken und Bettwäscheschubladen liegen Naphtalinkugeln. Der Stiefelknecht sperrt vor dem Spiegel seinen Schnabel auf. Auf der Glasplatte liegen Haarbürsten mit Stielen und Rücken aus Silber, und hervorgehoben im Silber stehen Papas und Mamas Monogramme.

Die Golfschläger strecken die Hälse aus dem Ständer, die Reitstiefel prangen mit ihrem blankgeputzten Leder. Ich bin immer ganz beeindruckt, wenn wir die Räume wieder betreten, denn während unserer Abwesenheit sind sie voll heimlichem Geflüster gewesen, und für mich ist es mehr als ein Lüften, wenn Mama die Fenster aufreißt und die Laken hochflattern.

Sonst bin ich viel mit dem Mädchen allein, bis ich den Soldaten finde und mich das Schicksal kurz darauf mit Evelyn schlägt.

EINEN SCHÖNEN TAGES kann ich schließlich meinen Plan verwirklichen.

Der Tümpel im Garten ist wieder lebendig geworden. An den Stengeln der Teichrosen, die in die Tiefe verschwinden, steigt eine Limonade aus silberklaren Blasen hoch, und ein Gewimmel schubst gegen Blätter und kleine Zweige. Ich überwinde das saugende Gefühl in der Magengrube, ziehe das Netz in einem langsamen Bogen durchs Wasser, und schon beim ersten Versuch füllt sich das Einmachglas.

Unter der Vormittagssonne, die ein Rad über den Baumkronen schlägt, hebe ich das Glas und schüttle vorsichtig die Kaulquappen. Im Licht werden sie durchsichtig. Mit dunklen Kommas drin. Ich sehe meine Finger auf der anderen Seite des Glases unheimlich groß werden und merke an dem sich sträubenden

Nackenhaar, daß ich jetzt etwas richtig Gefährliches mache.

Mama ist in die Stadt gefahren, um in Geschäfte zu gehen. Ich bin mit Evelyn allein zu Hause, sie kocht Wäsche im Keller. Ich schleiche an den Lichtschächten vorbei; die Kellerfenster sind matt vom Dampf des Waschkessels. Ein Fenster steht offen und läßt eine Rauchfahne hinaus. Ich kann sie summen hören, während sie mit einem weißgekochten Holzschaft nach den Wäschestücken fischt, und meine Hand mit dem Einmachglas zittert vor Angst, ich könnte entdeckt werden.

Ich gelange die Küchentreppe hinauf, fast ohne daß etwas überschwappt. Die Stufen knarren und kreischen unter meinen Füßen, daß es im ganzen Haus zu hören sein muß. Ich bleibe stehen und horche, bis sich die Stille wieder in allen Wänden eingenistet hat; dann drücke ich die Tür zur Mädchenkammer auf.

Der Bügelgeruch schlägt mir entgegen. Auf dem Bett ist das Kopfkissen hoch aufgeschüttelt, und das grobe Nachthemd hängt über dem Stuhlrücken und schimmert genauso vergilbt wie ihre Zähne. Aus der Kommodenschublade schlängeln sich die Wollstrümpfe, und auf ihrem Nachttisch liegt ein Gesangbuch mit goldenem Kreuz drauf. Sie hat, halb unters Bett geschoben, einen Porzellannachttopf, und ich bilde mir ein, er sei halbvoll, und halte mir mit der freien Hand die Nase zu.

Ich sehe mich lange nach einer geeigneten Stelle um. Ihre Persönlichkeit, die sich in den herumliegenden Sachen entblößt, ekelt mich. Gleichzeitig brennt die Türöffnung in meinem Rücken, und die Augen beginnen in der Kammer herumzuflackern.

Erst als mir aufgeht, wo ich die Kaulquappen hintun

kann, beruhige ich mich. In die Kommode natürlich! Ich stelle das Einmachglas ab und nehme die Hand von der Nase, um die unterste Schublade aufzukriegen. Mit einer letzten Beschwörung, direkt in das Schlammwasser gemurmelt, stelle ich das Glas auf den Boden der Schublade. Dann lege ich eine ihrer wollenen Unterhosen drüber. Als ich auf Zehenspitzen wieder hinausschleiche, kann ich es fast in der Schublade ticken hören.

Mir ist nicht ganz klar, wie es wirkt oder wie lange es dauern wird, ehe etwas geschieht. Aber ich weiß von den Bildern in meinem tiefsten Inneren, daß eine einzige Kaulquappe ausreicht, um sie zu schwängern. Und eines Tages, früher oder später, wird Evelyn die Hand hineinstecken und sie berühren …

AUSSERHALB DER ZEIT wuchs das Haus.

Vom Keller bis zum Dachboden lief ein Geflecht von Treppen, und wenn ich an einem Tag die Stufen gezählt hatte, war ihre Anzahl am nächsten Tag wieder gewachsen. Es gab breite Treppen mit Läufern und Messingstangen, weiße Treppen, an denen entlang sich die Etagen auf einen schwindelerregenden Kristalleuchter zu hinaufwanden, mit einem Geländer ganz oben, wo nur der Herrgott hinkam, um sich vorzulehnen und seine Stimme durch die Schächte poltern zu lassen. Es gab Erker mit weißen Büsten, strenge Herren mit gerunzelter Stirn. Über den Läufern hingen Porträtgemälde der Männer und Frauen des Geschlechts, die mit uneingeschränkter Herrschaft über das Gesims starrten. Die Damen mit einem Strauß in der Hand; die Herren mit einem Fernglas, einem Degen oder einer Dokumentenrolle mit Lacksiegel.

Da war die Treppe, vor der ich schaudernd zurückwich – eine Wendeltreppe, die in einer staubigen Ecke unterm Dach begann und in einer bodenlosen Tiefe jenseits des Kohlenkellers endete. Schließlich gab es noch die Küchentreppe, wo Kälte und Feuchtigkeit herrschen, mit ihrem Widerhall von abgenützten Stufen, Familienkrächen, Waschfrauen, Scherenschleifern und Vagabunden mit ihrem Abfallgeruch und einem speckigen Hut in der Hand – regelmäßig unterbrochen durch den Fanfarenklang von Fahrradboten und Milchjungen, die in großen Sprüngen die Treppe hinaufkamen.

Es rumorte im ganzen Haus. Ich verlief mich darin, während die Gänge wuchsen und die Flure mit fieberhafter Hast Ausläufer bekamen. In einer Nacht kamen, wie Knospen, neue Zimmer dazu und bevölkerten die Villa mit mehr Personen, als ich verkraften konnte.

VERLOREN STEHE ICH da mit dem Talglicht der Erinnerung in der Hand, während die Türen auf- und zuschlagen und die Zugluft die Schatten tanzen läßt. Ich fürchte mich, im Korridor unvermutet mit jemandem zusammenzutreffen, der Teppich in der Diele dämpft nicht mehr die Schritte, die ich überall höre. Das Geländer knarrt vor Wachstumsschmerzen, eine Gardine flattert hinaus, und auf den Messingstangen hoch oben über meinem Kopf klingeln die Ringe.

Wenn das Haus zu groß wird, flüchte ich in die Speisekammer. Die Ordnung auf den Regalen wirkt beruhigend, das Spitzenpapier kühlt die Stirn. Hier sind Krüge mit Eingemachtem, Kuchendosen und ein besonderes Versteck für die Rosinen, das ich längst gefunden habe. Rosinen zusammen mit zerbröselten Schokoladeplättchen sind das Beste, das ich kenne. Ein solches Zuckerbad im Mund macht mich sanft und gut, faul gleitet der Blick von Bord zu Bord. Blaues Emailgeschirr, Wachspapier und Päckchen mit Gelatine. Mehl und Haferflocken im gefilterten Licht aus dem schrägen Kippfenster, das von dem Eisenband, dessen letztes Loch im Zapfen eingehakt ist, offengehalten wird.

In dieser Kammer wohnt das Vanillemädchen, mit dem ich in der Sprache der Neger flüstere. Sie weiß, wo Onkel Viggo ist und wo der Schatz vergraben liegt. Ihr Gesicht und die großen Ohrringe schmücken die Tüte mit den grünen und weißen Streifen. Sie herrscht über eine Insel mit Palmen, und auf der Insel wachsen die sagenumwobenen Bananen, die man nur kaufen kann, wenn man mit dem Schiff über den Sund nach Schweden fährt. Im Lager habe ich Kisten voller Vanilletütchen gesehen. Man reißt eine Ecke des Tütchens ab und streut das Pulver in die Hand. Wenn man mit der Zunge daran leckt, wird es zu einem dunklen Kleister und erwacht im Mund zu einem Traum von fernen Ländern. Ich weiß, daß richtige Vanille ein Stengel ist, der in einem Fragezeichen endet. Mama hat das Apothekerglas voll davon, aber ich mag lieber die Tütchen, wo sie mit Zucker vermischt ist.

Das Vanillemädchen ist die Königin der Gewürze. Seine Fahne ist grün und weiß und weht über der Insel. Lebendigen Leibes wären seine Glieder von derselben Geschmeidigkeit und Farbe, die man am Stengel sehen kann. Aber voll und glänzend, durchströmt von Vanilleblut. Sie ist das Kindermädchen in meiner geheimen Welt, denn bei ihr muß man sich nie waschen, und jede ihrer Berührungen verwandelt Schmerz in Samt.

Immer noch ohne entdeckt zu werden, kreuze ich, den Bauch voller Rosinen und Vanillezucker, von der Speisekammer in das Herrenzimmer hinüber. Hier sitzt Papa mit den Herren, wenn sie Karten spielen, und

Onkel Kai ist feuerrot im Gesicht und brüllt, daß es noch im dritten Stock zu hören ist, wo die Kinderzimmer liegen. Auf den Türen des Tabakschranks springen ein paar Hirsche in Eichenlaub, und das Schlüsselloch ist in Elfenbein gelegt. Innendrin sind Zigarrenkisten mit wilden Männern drauf, Weinflaschen und schwarzer Cognac. In einer besonderen Schublade liegen das Straßenverzeichnis und eine Tüte mit Fotos, auf denen hauptsächlich Papa und Mama in Badeanzügen sind. Es gibt auch eins vom Auto vor dem Sommerhaus in Tisvilde. Das Foto ist zerknittert und gelb an den Rändern. Mit Entsetzen sehe ich, daß das Sommerhaus dabei ist, in einem Schleier, der sich über das ganze Bild zieht, zu vergilben.

Zuunterst in der Schublade finde ich drei kleine Blechdosen mit einem Globus drauf, umkränzt von einem Band mit flatternden Enden. Ich versuche, eine davon zu öffnen, muß aber aufgeben. Die Blechränder schließen dicht und schneiden in die Finger. Ich kann gerade noch die Schublade zuknallen, bevor Mama ins Wohnzimmer tritt, gefolgt von einem Laufburschen mit einer großen Hutschachtel. Der Bursche ist fein in Blau gekleidet mit zwei Reihen blanker Knöpfe auf der Jacke. Er hat ein Pagenkäppchen auf mit Lackriemen unter dem Kinn. Es rettet mich, daß Mama so freundlich sein und ihm ein gutes Trinkgeld zustecken muß.

Kurz darauf erstattet Evelyn in der Küche Rapport, und sie strecken Laken. Ich darf zusammen mit Mama an dem einen Ende festhalten. Es klingt wie ein Gewitter, wenn die Falten die Wassertropfen in die Luft knallen, und man muß gut festhalten, sonst fällt man direkt hintenüber, wenn Evelyn so zieht, daß man es an ihren Oberarmen sehen kann.

– Ist er artig gewesen, während ich weg war? fragt Mama mit einer Falte im Lächeln.

– O ja, gnädige Frau, er hat ganz allein gespielt.

Mir lacht die Vanille im Leibe.

Die folgenden Tage steigt die Erwartung, während absolut gar nichts passiert. Evelyn ist ganz nett, sie hat einen Brief aus Jütland bekommen, und ich bin genauso artig wie der rechte Engel, spiele lieb, ohne mich schmutzig zu machen, lasse mir keine weiteren Streiche einfallen und beschränke mich darauf, Rosinen zu klauen, wenn sie es nicht sieht. Die Zeit nähert sich, wo ich wieder in den Kindergarten muß. Aber nicht einmal der Gedanke an den selbstgestrickten Anzug kann mich aus der Fassung bringen.

Als Evelyns Geheul schließlich durchs Haus gellt und sie aus dem Mädchenzimmer gestürzt kommt, weiß im Gesicht, die Finger vom Gelee toter Kaulquappen verklebt, bin ich matt von erfüllter Erwartung und verstecke mich nur halbherzig im größten Kleiderschrank des Schlafzimmers. Als sie mich finden, sitze ich niesend in einem Nerzpelz, ich bekomme Schläge und werde zum Stubenarrest in mein Zimmer geschickt, bis Papa nach Hause kommt und mich zur Verantwortung zieht.

Hier sitze ich, mürrisch, aber in meinem eigenen inneren Triumph, starre aus dem Fenster, vor dem die Kastanien mit Licht und Schatten malen. Geistesabwesend male ich eine Palmeninsel mit Hütten, und die Wellen rundum fülle ich mit Haifischflossen. Immer wieder spiele ich hinter geschlossenen Augen das Bild von Evelyn ab, die aus ihrem Zimmer kommt und panisch die Hände in der Schürze abwischt, um sich von dem Geruch der toten Kaulquappen zu befreien.

Spät am Nachmittag, als es soweit ist, bin ich weniger keck. Der Magen zieht sich zusammen, schon im Hals bleibt der Atem stecken, und ich muß nach Luft schnappen. Ich lasse es wie Weinen klingen, damit sie Mitleid mit mir bekommen können. In allen Räumen des Hauses flüstern sie unsichtbar, und ein lähmender Ernst senkt sich vom Dachboden zum Keller. Sie sprechen davon, mich in ein Kinderheim zu schicken. Struwwelpeter taucht mich in Tinte, damit alle sehen können, was ich getan habe.

Als endlich durch den Treppenschacht nach mir gerufen wird, ist das Weinen echt, und ich gehe schniefend die Treppe hinunter, wobei ich versuche, die Zeit mit jedem Schritt in die Länge zu ziehen.

Papa sitzt am Schreibtisch. Vor ihm steht das hohe Telefon mit den Goldrändern. Ich habe ganz aufgehört zu atmen. Es wird weiß um mich herum, und unter dem Wollkragen prickelt der Schweiß. Vielleicht hat er schon im Kinderheim angerufen. Sie sind sicher mit einem Kastenwagen mit schwarzen Gardinen vor den Fenstern unterwegs, um mich zu holen.

Er setzt seine Unterschrift auf ein Stück Papier nach dem anderen. Es sind sicher die Papiere für die Leute, die mich abholen sollen, und ich heule los.

Erst da sieht er hoch und entdeckt mich. Im dem Moment, als unsere Blicke sich begegnen, bemerke ich, daß er keine Ahnung hat, was er tun soll. Er kämpft, um die strenge Miene zu bewahren, und räuspert sich ständig, ohne etwas zu sagen. Die Papiere sind natürlich für das Geschäft. Ich erkenne plötzlich die gelben Rechnungen wieder, die er am Ende des Tages in Mappen klemmt. Über eine freut er sich deutlich mehr als über die anderen, er dreht und wendet sie, legt sie auf die Schreibunterlage, um sie kurz darauf liebevoll glattzustreichen, während er murmelt:

– Verdammt und zugenäht!

Er sagt es nicht einmal zu mir; er sagt es zur Rechnung. Er kämpft darum, richtig anwesend zu sein.

– Du mußt aufhören, Evelyn zu ärgern, sagt er dann und bleibt stecken.

Zum ersten Mal sehe ich ihn aufgeben. Ein Fuchsgrinsen erscheint auf den Lippen, er nimmt eine Zigarre und klopft damit auf die Tischplatte. Lutscht an der Spitze, in die er immer eine Kerbe schneidet, und zündet sie mit dem Tischfeuerzeug an. Mit dem Fuchsgesicht gleicht er den Fahrradboten, bloß erwachsen und fein angezogen. Ich komme ihm eilig zu Hilfe mit einem kleinlauten:

– Ich *habe* schon Schläge bekommen!

Ich habe begriffen, daß der Wind aus einer ganz anderen Richtung weht.

– Du mußt verstehen, daß deine Mutter so etwas nicht wünscht, bringt er schließlich heraus, und die Erleichterung verläßt ihn in einer Rauchwolke. Ich folge ihrem Weg zum Fensterrahmen hinauf, wo der Luftzug sie hochhebt und verdünnt. Er hat immer noch den Füller in der Hand, die Kappe ist abgeschraubt, und die Papiere warten. »Lauf schon raus, spielen«, will er gerade sagen, besinnt sich aber eines Besseren.

– Geh lieber auf dein Zimmer, lassen wir es diesmal genug sein, und daß du mir mit diesen Eseleien aufhörst.

Gerade als ich gehen will, ruft er mich zurück. Ich bekomme immer die leeren Zigarrenkisten. Er hält eine in der Hand. Aber etwas ist anders, denn er bittet mich, sie sofort zu öffnen. Unten, zwischen dem feinen Papier, liegt ein Zweikronenstück. Es zwinkert mir zu wie Papas Auge, als ich die Tür hinter mir zumache.

Schon am Tag darauf ist alles vergessen, und ich gehe mit ihm zum Herrenfriseur. Es wird ein besonderes Brett über die Armlehnen des Frisierstuhls gelegt. Darauf komme ich zu sitzen, und sie legen mir ein weißes Laken um, das bis ganz auf den Boden geht. Papa blättert in einem Magazin und bringt mit Bemerkungen über ein paar Damen in Unterwäsche den Salon zum Summen.

Ich sitze mit einem Mickey-Mouse-Heft in der Hand und gucke mir Bilder an, während mir das Haar vom Kopf fliegt. Man kann den Stuhl drehen und mit einem Fußpedal rauf- und runterpumpen. Zwischendurch schärft Friseur Carlsen an seinem Lederriemen das Rasiermesser und spricht zu Papa hinüber, der das Kinn eingeseift bekommen hat. Papa reißt Witze und lacht darüber selbst so sehr, daß der Rasierschaum auf den Spiegel spritzt.

Jedesmal, wenn Carlsen mich aus Versehen mit der Schere zwickt, löst er ein Zucken unter dem Frisierumhang aus. Schließlich schert er mich bis ganz in den Nacken mit dem Haarschneider, und ich beuge den Kopf vor und wage nicht zu blättern, denn sonst zwickt es. Das Haarwasser danach kühlt schön, die Ohren leuchten rot, und ich fühle mich wie ein richtiger kleiner Herr.

Auf dem Weg nach Hause darf ich vorne sitzen. Die feinen Haare jucken unter dem Hemd, Papa dreht sich ständig nach den Damen der Stadt um. Irgendwann gerät er tatsächlich auf den Bürgersteig, und ich ducke mich auf dem Sitz. Hinterher tut er, als wäre nichts, aber einen Augenblick lang habe ich einen Schrecken über sein Gesicht huschen sehen. Zu Hause erkläre ich:

– Wir sind ausgefahren und haben uns Damen angeschaut! Und das Lachen perlt weiter, von Mamas Mund zu dem von Großmama, die zu Besuch gekommen ist. Sie haben Evelyn freigegeben. Sie darf zu ihrer Familie nach Jütland reisen.

ALS SIE ZURÜCKKOMMT, ist sie bereits verändert. Sie hat dickere Backen bekommen und den zupackenden Griff um meine Schultern verloren, der die Knochen lähmt. Sie trocknet immerzu die Hände an ihrer Schürze ab. Als sie auch noch immer dicker wird, nehme ich den Soldaten in mein Abendgebet auf.

Mit jedem Tag schwillt sie an. Ständig ißt sie heimlich. Mama hat angefangen, sie mit einem säuerlichen Blick zu betrachten, und sagt, es sei wohl an der Zeit, sich etwas zu mäßigen. Bald paßt ihr das schwarze Kleid nicht mehr. Sie ist nervös, geht mit schleichenden Schritten durch die Räume und schlägt beim Staubwischen eine echte Vase in Scherben. Ihre Tage sind gezählt. Nur ich weiß warum. Der Plan ist gelungen, und die Süße des Sieges ist vollkommen.

Der junge Herr des Hauses hat sie schwanger gemacht.

ANSCHLIESSEND VERLIERE ICH einfach das Interesse an ihr. Im Garten halten die Toten ein Fest. An den Ästen der Bäume hängen Papierlampions mit Gesichtern aus grinsenden Halbmonden. Vom Dachboden ist die feine Dame mit ihrem Sonnenschirm herabgestiegen und befächelt sich vornehm in der Sternennacht. Das vorige Mädchen klammert sich an den Soldaten, wiederauferstanden in dem Pelz und mit der Brosche, die sie meiner Mutter gestohlen hat. Der Soldat schwingt eine Weinflasche zum Mund. Sein Bart tropft, der goldene Ohrring glänzt, und er spricht zu ihr tief unten aus dem Hals. Die Flasche wirft er zu den Sternen hinauf, wo sie wegwirbelt, ohne je entzweizugehen. Papa hat einen Kellneranzug an und teilt auf einem Silbertablett Zigarren aus. Die feine Dame hält ihr Gesicht hinter dem Fächer versteckt.

Die Musik verändert sich. Die Brise zwischen den Blättern wird zu einem rhythmischen Lauf. Aus der Nacht heraus hüpfen die Heuschrecken. Der Soldat hat sich erhoben. Plötzlich führt er das Vanillemädchen an der Hand herbei. Sie rauscht in einem Ballkleid über den mondhellen Rasen, um ihren Schwanenhals liegt ein Schmuck aus Samtbändern und Perlen, und ihre Perücke ist weiß und segelt wie ein Schoner zwischen den aufgehängten Lampions. Vom Teich ertönt Gequake, und Großmutter ist zwischen den Bäumen erschienen. Sie hat spitze Haarbüschel an den Ohren bekommen, und ein langer, um die Taille gewundener Schwanz hält die Schürze an ihrem Platz, während sie im Mondschein eine Seemannspolka tanzt. Das Fest dauert bis zum hellen Morgen, dann schlafe ich schließlich ein.

Eine goldene Zeit kommt. Es ist Spätsommer, und das Kastanienlaub verwelkt. Im Garten verdunkelt sich der Teich, und es wird still ringsum. Es gibt Hagebuttenbüsche voller Juckpulver, das man anderen Kindern heimlich in den Nacken streuen kann. Im Kindergarten geht es wie geschmiert. Ich bin derjenige, der hänselt und Mitläufer hat. Ich führe die Spiele an, baue Höhlen und werde Chef eines Klubs, der Blutsbrüderschaften stiften soll. Und mein Mundwerk ist so gut und so voller merkwürdiger Worte, daß ich mich als einziger herausreden kann und mir deswegen nicht in den Finger schneiden muß.

Eines Tages kommt der Laufbursche vom Herrenmodengeschäft mit meinem ersten Matrosenanzug. An einer der weißen Kordeln hängt eine Trillerpfeife; ich pfeife begeistert durch die Räume und springe auf den Eßtisch, um Ausschau zu halten. Ich komme zu einem Fotografen, wo ich ganz still in meinem Matrosenanzug sitzen muß, während er mit einer Kasperlpuppe in der Hand wedelt. Wenn er auf einen Gummiball drückt, verbrennt das Pulver auf der Pfanne, und die Luft in seinem Atelier kratzt noch lange danach in der Nase. Mit einem Lappen nimmt er die Glasplatte heraus und trägt sie in einen Raum mit einem schwarzen Vorhang davor. Noch eine lange Zeit danach hänge ich wassergekämmt in der Ausstellungsvitrine des Fotografen als der neue Star des Ateliers Kehlet.

MIT EVELYNS SCHREIEN versinkt das erste Haus der Kindheit in die Erde. Sie wird nicht entlassen oder weggeschickt, sie ist immer noch im Haus – dem Haus außerhalb der Zeit – aber sie gleitet aus meiner Erinnerung, und ich weiß einfach nicht mehr, was aus ihr geworden ist. Sie erstarrt in Weiß und steht mit ihrem Buckel da wie ein Möbelstück, über das man ein Laken gelegt hat.

VI
Der Gast

Es ist Winter geworden, und Weihnachten ist nicht mehr fern.

Ich bin zu Besuch bei Großmutter in Sankt Jørgensbjerg. Sie hat einen Gemüsegarten, eine Wäscheleine und eine Teppichstange hinterm Haus. In ihren Fenstern sind die kleinsten Scheiben, die ich je gesehen habe. Mama hat mich mit dem Auto hingefahren, wir haben Lebkuchen gegessen und Tee getrunken, und ich habe warme Milch mit Honig und Zwieback bekommen. Großmutter hat die Angewohnheit, ihren Zwieback in die Milch zu tunken, damit sie ihn auflutschen kann. Ich habe meinen Schlafanzug und den neuen Teddybären mitgebracht, weil ich diese Nacht hier schlafen soll. Nachdem Mama eine Weile auf dem Sofa gesessen hat, steht sie auf und küßt mich zum Abschied. Sie fährt nach Kopenhagen, um mit den Ärzten zu sprechen und hinterher Lulú zu besuchen.

Großmutter rückt einen Blumentopf zur Seite, damit ich winken kann, wenn Mama sich umdreht, ehe sie sich ins Auto setzt. Sie hat Schnee auf dem schwarzen Persianermantel und der Kosakenmütze, die dazugehört. Sie verliert fast den Muff, als sie die Hand herauszieht, um zurückzuwinken. Sobald das Auto den Hügel hinuntergeglitten ist, fühle ich mich verlassen.

Alles in Großmutters Küche ist blau. Die Borde sind blau und die Fensterrahmen, wo die ersten Nikoläuse des Jahres hochgeklettert sind und sich mit etwas Tannengrün eingenistet haben. Kaffeekanne und Milchkanne sind blau, die Gardinen mit den weißen Karos sind blau und das Wachstuch auf dem Tisch auch. Großmutter backt Apfelkrapfen in einer Eisenpfanne, die ich nicht heben kann, nicht einmal mit zwei Händen. Die Margarine spritzt, wenn sie den Teig hineingießt. Sie legt Apfelstückchen in jede der Vertiefungen und wendet die Krapfen mit einer Stricknadel. Die ersten werden nie etwas, und ich folge ihnen hungrig mit den Augen, bis sie auf einem Teller vor mir landen, und Großmutter mir mit einem Nicken erlaubt, sie zu essen, obwohl sie nicht fertiggebacken sind.

Nachdem wir uns den Bauch gerieben haben, setzt Großmutter sich in den Schaukelstuhl. Während ich das Garn halte, wickelt sie es zu einem Knäuel, es läuft rasch durch ihre Hände. Plötzlich stehen sie still, ihre Augen werden mehr wäßrig als blau, das Garnknäuel hängt in der Luft, und sie sitzt steif wie eine Wachsfigur da. Mit einem langen Knarren auf dem Holzfußboden bleibt der Schaukelstuhl stehen.

Ich bekomme Angst. Ich bin mir sicher, daß sie tot ist, und fange an zu weinen. Ich schubse sie an, und der Schaukelstuhl seufzt ein oder zwei Mal. Großmutter ist stumm. Dann fällt mein Blick auf das Garn. In plötzlicher Panik kann ich es nicht von den Händen lösen, versuche es an meiner Brust abzuwischen, verheddere mich aber. Die Finger verirren sich in sich zuziehenden Maschen, und ich weiß, während mir das Blut aus dem Kopf saust, wer mich gepackt hat. Es ist der Tod in der Großmutter drin, und er zieht mich an seinem Garn hinter sich her. Meine Hände zappeln, aber ich komme nicht frei. Ich werde irgendwo tief im Garnknäuel enden, wo Kinder wieder zu Kaulquappen werden. Das Weinen kratzt in meinem Hals, um herauszukommen.

An der Wand hängt ein weißer Jesus. Ich richte die Augen auf ihn, um zu beten. In diesem Augenblick senkt sich das Dunkel in Großmutters Stube. Ein Windstoß schlägt körnigen Schnee gegen die Fenster, und die Temperatur fällt ganz plötzlich.

Da steht Großmutter auf, aber es ist nicht mehr Großmutter. Es ist ihr Gespenst. Sie hält die Hände vor sich wie eine Schlafwandlerin. Das Garnknäuel bleibt noch ein paar Schritte lang in ihrer Schürze hängen, und der Faden spannt sich zwischen uns. Erst am Fenster fällt es ab. Im selben Augenblick komme ich frei. Großmutters Standuhr setzt zum Schlag an. Ich halte die Luft an, damit das Gespenst mich nicht hört.

Es steht lange vor dem Fenster und schaut hinaus. Ich sehe es weißer und weißer werden, während es die Arme zu den Sprossen hinaufstreckt. Instinktiv weiß ich, daß es durch das Fenster gehen wird, damit es in den Garten fliegen kann und von dort in den Himmel mit den wirbelnden Schneeflocken. Ich kann fast nicht mehr länger den Atem anhalten, als es sich umdreht, aufgeschreckt von meinem Zähneklappern.

O Gott sei Dank, sie ist wieder lebendig! Ich kann es an den großen Tränen in ihren Augen sehen. Die Toten weinen nicht. Und wenn sie es versuchten, würden Eisstücke herauskommen. Ich packe sie an der Schürze und spüre das leichte Zittern in ihren Händen, als sie mich an sich drückt. Kurz darauf höre ich ihre Stimme. Sie ist aus den warmen Ländern zurückgekehrt.

– Es war Viggo, sagt sie bloß, so hat er also seinen Frieden.

Sie tut drei Dinge. Sie geht zur Kommode, hebt seine

Fotografie an den Mund und küßt sie. Sie legt sie in die Schublade, mit der Rückseite nach oben, und bedeckt sie mit einem Spitzentuch. Ich weiß, daß ich einem Begräbnis beiwohne. Ich halte den Rücken ganz gerade. In meiner Vorstellung habe ich den Matrosenanzug an, und ich führe die Hand zur Ehrenbezeigung an die Stirn, wie ich es bei den Soldaten bei der Kaserne unten gesehen habe.

Dann gehe ich zu Großmutter und tröste sie.

– Ein richtiger kleiner Mann, flüstert der Engel in meinem rechten Ohr. Ich halte den Rücken steif.

Als zweites nimmt sie einen Brief aus dem silbernen Kästchen. Den letzten, den er geschickt hat. Sie glättet ihn immer wieder, hat ihn im Schoß liegen, ohne ihn zu lesen. Sie kann ihn auswendig. Augen und Mund formen Erinnerungen, bald traurige, bald heitere. Sie schimpft Viggo aus, wie sie es gewohnt ist, und schüttelt den Kopf, während sie den Namen laut sagt und vergißt, wo sie ist. Vielleicht weiß sie gar nicht, daß ich hier bin, aber es ist kein bißchen unheimlich. Ich fühle mich bei ihr geborgen wie nie zuvor.

Als drittes löst sie eine große tropfenförmige Perle in Goldfassung aus ihrem Ohrläppchen und legt sie in eine mit schwarzem Samt gefütterte Schachtel. Einen Augenblick ist es, als saugte die Perle das Licht aus Großmutters Lampen in den matten Raum unter der Oberfläche ein, wo es zu einem flüchtigen Nebel wird.

Der Wind hat zugenommen, und es rumort im Kachelofen. Großmutter trocknet mit dem Schürzenzipfel die Augen, ehe sie aufsteht und den Aschenkasten leert. Ich helfe und schleppe mit beiden Händen den Kokseimer. Er bekommt fast Übergewicht, wippt mit dem Schnabel und läßt ein knirschendes Stück unter meinen Fuß fallen.

– Macht nichts, sagt Großmutter, als ich den Fuß wegziehe und einen zerdrückten kohlschwarzen Stern auf dem Linoleumboden hinterlasse.

Langsam ist Großmutter wieder anwesend. Um den Kachelofen baucht sich die Wärme aus und verdrängt die Zugluft von den undichten Fenstern.

– Sollen wir nicht die Kerzen anzünden? frage ich und zeige auf den Adventkranz. Großmutter hebt abwehrend die Hand. Es ist doch gar nicht Sonntag. Dann ist sie plötzlich gerührt. Erst jetzt hört sie, was ich gesagt habe. Sie tippt mich mit dem Zeigefinger an und wackelt in die Küche, um Streichhölzer zu holen.

Feierlichkeit senkt sich auf den Tisch. Großmutter setzt sich mit dem schwarzen Papier hin, das sie so geschickt ausschneiden kann. Erst schneidet sie einen Jungen mit einer altmodischen Matrosenmütze aus, dann ein kleines Mädchen mit Schleifen in den Zöpfen und Rüschenhosen. Allmählich löst sich ihre Zunge, und sie erzählt von damals, als sie und Viggo Kinder waren und an den Fjord liefen, um Ausschau zu halten nach den großen Segelschiffen, die vom Hafen ablegten. Er war ein Wildfang, dieser Viggo, keiner wurde mit ihm fertig.

Während Großmutter erzählt, sprießen die Kindheitserinnerungen und breiten sich mit den Scherenschnitten auf dem Tischtuch aus. Ein Haus mit vielen Fenstern, ein Schiff mit vier Masten und mehr Segeln, als ich zählen kann. Zwei Ovale mit Profilen legt sie auf den Tisch: Urgroßvater Laurids mit Kinnbart und Pfeife, und während die Schere an einem Stück weiterschneidet, fällt Amalies Porträt auf den Platz daneben. Auf Großmutters Nase sitzt eine Brille mit einer Klammer.

So viele Jahre später höre ich immer noch ihre Stimme. Das Licht im Hotelzimmer ist verblaßt, verdünnt von einer perlgrauen Dämmerung, die über die Scheibe rinnt. Ich liege schlaflos da nach den Bildern der Nacht, höre auf das Echo im Hirn. Ich begreife, daß Großmutters Vergeßlichkeit der Gegenwart galt, denn wenn sie mit den Gedanken im vorigen Jahrhundert war, sprach sie lebhaft und mit einer besonderen Glut, fließend und ohne sich zu wiederholen.

Viggo war ihr ein und alles. Während die Familie über seinen Hang zur See tobte, unterstützte sie ihn mit unverhohlener Bewunderung. Er war noch keine zehn, da kannte er alle Seemannsausdrücke. Er machte Besorgungen für die Matrosen und holte Kau- und Schnupftabak für sie beim Schiffsausrüster. Dafür zeigten sie ihm die Schiffe und brachten ihm bei, Knoten zu knüpfen und ein Tau zu verspleißen.

Viggo roch immer nach Teer und fluchte ärger als ein Fuhrknecht. Aber Großmutters Herz schlug für ihn. Er war ihr Ritter, er nannte sie Prinzessin. Er nahm sie mit in seine Welt und ließ sie an seinem Fernweh und seinen Träumen teilhaben. Sie stürmten durch den Stadtpark, Hand in Hand, und wenn die Schausteller zur jährlichen Tierschau kamen, zog er sie ins Dunkel des Zeltes zu Wundern und grausigen Dingen, so daß ihnen Hören und Sehen verging.

Eine sich wiederholende Sensation war ein Käfig mit Kannibalen. Er wurde auf Holzscheiben herumgezogen, die direkt vom Stamm abgesägt waren. Auf dem Boden des Käfigs lagen Heu und Häcksel und große Knochen, die sich die Wilden gegenseitig an den Kopf warfen, wenn die Vorstellung begann. Sie waren gut geschwärzt, und das Weiße in ihren Augen leuchtete mit fremdem Glanz. Viggo schniefte; unter der Maske eines der Kannibalen hatte er einen der Knechte vom Gutshof wiedererkannt, aber es wirkte trotzdem, und zwei Stunden später baute er Luftschlösser, die Großmutter schwindlig machten.

Amalie verbarg ihre Sohnesliebe hinter einer Strenge, die von ihrem Mann diktiert war. Heimlich versorgte sie die Wunden, die auf beiden Seiten entstanden, vermittelte in der Stille nach dem Sturm, holte das tägliche Pflaster für Viggos Knie und stopfte Vater Laurids' Pfeifen. Vater Laurids hatte sich aus kleinen Handwerkerverhältnissen hochgearbeitet. Er und Amalie waren wohlhabende Leute geworden und hatten ein Haus auf dem Berg. Sollte dieser Schlingel jetzt alles über den Haufen werfen mit seinem Leichtsinn – er, der erstgeborene Sohn, der die Werkstatt in die Herrlichkeiten eines neuen Jahrhunderts führen sollte?

In der Werkstatt tat er nichts anderes als sein Fernweh in Holz zu schnitzen. Er schnitzte Schiffe, deren Rumpf er auf einem Meer aus Kitt in Flaschen vom Stapel ließ. Worauf er das ganze Vollschiff mit den ausgetüfteltsten Schnurzügen entfaltete. Bullaugen hatte er aus Messing gefeilt, und auf dem Deck aus echtem Mahagoni hatte er Lüftungshutzen angebracht, die in der Ansaugöffnung rot waren.

Als die Nachzügler – die Zwillinge Johannes und Theodor, Großmutters jüngere Brüder – auf die Welt kamen, wurde es etwas besser. Aber nur, solange sie klein genug waren, um die Hoffnungen des Vaters zu tragen. Als sie größer wurden, zeigte sich nämlich, daß sie maßlose Bewunderung für ihren großen Bruder entwickelten und seine maritimen Neigungen teilten.

Nicht einmal ein Jahr nach seiner Konfirmation brannte Viggo von zu Hause durch und wurde Schiffsjunge. Auf eigene Faust schaffte er eine Steuermannslehre, und als das neue Jahrhundert begann, war er rettungslos auf der anderen Erdseite verloren, wo er – immer noch der Familienüberlieferung zufolge – mit Eingeborenen Tauschhandel betrieb. Er kehrte nie nach Dänemark zurück, und es sollte über ein Vierteljahrhundert vergehen, ehe man wieder von ihm hörte.

Zwei Jahre bevor Laurids starb, kam Viggos erster Brief an die Eltern an. Er ist vom 29. März 1922 und beginnt mit den Worten: »Meine lieben Eltern. Dies ist der Brief eines schlechten Sohnes, der wegging und nie nach Hause schrieb...« Er hatte zuerst elf Jahre die Gesellschaftsinseln in Französisch-Polynesien befahren, zwischen den flachen und gefährlichen Tuamotu-Atollen, und dann fünfzehn Jahre in den Gewässern um die englischen Cook-Inseln verbracht. Schließlich hatte er seine Insel, Penrhyn, gefunden und sich dort niedergelassen. Er hatte ein eigenes Schiff, handelte mit Perlmutt und segelte mit der Fracht einer größeren Handelskompanie. Er schreibt, er habe ein buntes Leben gehabt, und fügt hinzu: »viel besser, als ich es verdiene«.

Es war genauso schlimm, wie die Eltern es sich vorgestellt hatten: Er hatte eine Eingeborene auf einer Südseeinsel geheiratet und würde Kinder mit ihr haben! Da schlug Vater Laurids zum letzten Mal auf den Tisch und brüllte: »Eine Kannibalin! Mein Sohn hat eine Kannibalin geheiratet!« Kurz darauf starb er. Er vergab dem Sohn nie die Einsamkeit, mit der ihn die Familie nach dem Bruch umgeben hatte.

Währenddessen hatte Großmutter geheiratet. Zahlmeister Axel Emil Jørgensen. Aber da hatte sie schon so lange an ihrem Verlust getragen, daß er die Liebe zu dem Mann überschattete. Sie bekamen Onkel Thorvald und später Mama, die – als sie aufwuchs – das schönste Mädchen in Sankt Jørgensbjerg wurde, umworben von den jungen Männern der Stadt. Sie wohnte allein mit Großmutter. Der arme Thorvald war im Marienstift in der Obhut katholischer Nonnen. Großvater war mit seinem Schiff untergegangen, als sie noch klein war, und die Zwillinge Johannes und Theodor waren auf ihre Fahrt ins Nördliche Eismeer gesteuert ... aber ich greife dem Gang der Ereignisse vor.

Nach dem ersten Brief an die Eltern war das Schweigen der Jahre endgültig gebrochen. Nach dem Tod des Vaters folgten einige Briefe an seine Mutter, alle unterschrieben mit »Dein wandernder Junge Viggo«. Aber in den Briefen an Großmutter öffnete er sich ganz. Sie bestätigten, wie verbunden sie in den Kindheitsjahren gewesen waren. Und Großmutter lebte auf in erneuter Liebe zu ihrem verlorenen großen Bruder.

Onkel Viggo hatte seine Südseeprinzessin geheiratet – erst Kuraiti, dann Lelemata. Jetzt fing er an, Bilder zu schicken, die er gemalt hatte. Ausschließlich Motive von der Insel. Sie hingen in Großmutters Stube wie Fenster in eine Welt, in der braune Menschen in Booten über den Lagunenspiegel flogen und Palmen mit Kokosnußbüscheln so schwindlig hoch oben wedelten, daß man sich unwillkürlich duckte. Die Rahmen hatte er aus seltenen Holzsorten geschnitzt – genau wie damals, als er ein Junge war und die Werkstatt mit seinen Schiffen füllte.

Er hatte ihr auch eine Zeichnung des Hauses geschickt, das er mit eigenen Händen gebaut hatte. Es glich so sehr einem Sommerhaus, das die Familie in Gershøj gehabt hatte, daß Großmutter ganz still wurde, als sie es sah. Er spaßte, er hätte einen Schatz gefunden, und legte echte Perlen in die Briefe, die Großmutter in einem Apothekerglas verwahrte. Die kostbarste hatte sie bis zu seinem Todestag am Ohr getragen.

Sie lebte für die Post, die Monate verspätet mit mehrfach gestempelten exotischen Freimarken ankam. Es konnten Jahre zwischen seinen Briefen vergehen. Sie schrieb treulich – auch wenn er nicht antwortete – ausführliche Schilderungen von Weihnachten in Sankt Jørgensbjerg, einem Einkaufsbummel, einem Besuch bei Tante Ebba am Strandweg oder den lodernden Feuern in einer Mittsommernacht ringsum am Fjord. Sie hatte keinen Wunsch, Viggos ferne Insel zu besuchen, schrieb es aber, denn Briefe, die mit einem Wunsch enden, überwinden die größte Entfernung. Aber sie meinte es nicht. Sie fühlte sich zu alt für derlei Abenteuer.

Plötzlich zittere ich am ganzen Körper. Es ist noch nicht so lange her, daß ich auf der Insel stand und einen Sekretär in Papa Viggos verlassenem Haus öffnete. Heraus fielen Großmutters Briefe und bevölkerten die schwarzen Löcher in meiner Erinnerung mit Gespenstern, denen ich die meiste Zeit meines Erwachsenenlebens den Rücken zugewandt hatte. Denn in einem dieser Briefe werde ich geboren. *Kronprinz* nannten sie mich in den ersten beiden Jahren. Und am Ende – als die Abstände zwischen Viggos Antwortbriefen groß geworden waren – liegt mit einemmal Lulú auf einem Lammfell und hebt ihren Kopf auf eine Art hoch, zu der sie später nie mehr imstande war, glänzend vor Babybegeisterung.

Das Tüpfelchen auf dem i war aber, als ich einen Umschlag öffnete, der mit Seidenpapier gefüttert war und Großmutters zierliche Handschrift trug. Darin lag ein Bild, das mit einer Box aufgenommen war und gewellte Ränder hatte. Lulú und ich. Nackt und mit Papierhüten vor dem Paradiesbrunnen in Tisvilde. Bevor das Haus für immer aus der Zeit verschwand und mit Sommergästen stehenblieb, die nie alt wurden.

Fieberhaft durchflog ich die handgeschriebenen Seiten. Die vergilbten Bögen wirbelten wie Blätter im Herbststurm auf den Boden, bis der Baum der Familie kahl dastand. Die alten Gespenster aus der Zeit vor meiner Geburt, unsere rastlosen Vorväter, die mit den Spaniern nach Koldinghus kamen. Amalie und Laurids, in die Spinnweben der Erinnerung gehüllt, ein gereimter Gruß von Großmutters und Viggos Kusine in Gershøj, die Familienkräche, Evelyn und Fräulein Thisted, die sie ablöste, ein Familienausflug ins Herthatal – und die Hölle brach los! Sie hatte mich auf Penrhyn gewarnt: Niemand betrat Rasmussens Haus. Es war von *Tupapau* – von Geistern – bevölkert. Sie hatten recht, mehr, als sie ahnten. Nach dem Erinnerungsverlust eines halben Lebens begann ich die Reise zurück.

WINDSTÖSSE PRESSEN sich mit Sturzregen gegen die Fenstersprossen, die Temperatur im Raum ist gefallen. Der Rost hackt in den Heizkörpern. Ich krieche unter die Bettdecke und lasse den Kopf auf die Seite fallen. Der Lichtkegel der Erinnerung ist grell und wirft lange Schatten durch den Raum. Ich habe die Schlaflosigkeit mit an die Decke gerichteten Augen hinter mich gebracht, in qualvollem Schweigen mit mir selbst, flimmernd unter dem Film, der sich stumm in den Hirnwindungen abspult.

Das alte Feuer in den Händen schmerzt; ich verstecke sie unter der Decke. So liege ich lange, während die Alstraße unter meinem Fenster erwacht und die Autos Fontänen von Novembermatsch auf den Bürgersteig pflügen. Schließlich stehe ich auf und vergrabe mich wieder in Papa Viggos Papieren. Ich bin durch den Spiegel gegangen und beginne damit, Glasscherben von dem Stapel zu schütteln.

VII
Papa Viggo

Die Scherben rieseln über meinen Handrücken, so daß sich die Haut, getroffen von einem eisigen Schauer, zusammenzieht. Immer wieder lese ich den Satz: »Eine einschläfernde Brise trägt von der Küste den Duft der Vanillepflanze und der rosenfarbenen Frangipani in meine Kajüte...«, und ich spüre das Stampfen des Schiffs unter mir und vernehme das Lecken der Bugwelle am Schiffsrumpf.

Hier hat Viggo, so stelle ich mir vor, innegehalten und die Federspitze ein Stück über dem Papier schweben lassen, auf das er vorher Linien gezeichnet hat. Über seinem Kopf hat er ein langes Knarren des Besanbaums gehört und auf Deck ein fernes Palaver seiner polynesischen Seeleute. Vielleicht ist er seinem eigenen Blick im Spiegel begegnet, eisblauen Augen über einem traurig hängenden Schnauzbart, und hat sich mit einem kleinen Kälteschauer inmitten der Tropenhitze wieder abgewandt.

Er taucht die Feder ein. Ein Schlingern des Schiffs läßt ihn die Hände ausstrecken und sie schützend über das Tintenfaß halten. Zuoberst auf dem Bogen steht schon: »Tiare Taporo auf See, 22. November 1924. Meine liebe Schwester Olga –«

Er stockt. Es hapert mit den Gedanken in der alten Muttersprache, die ganze Zeit will er ins Englische umschlagen und muß so lange selbst nach den geläufigsten Wendungen suchen, daß die Wörter zwischen seinen

Fingern verschwinden. Er reibt sich den Bart und zeichnet statt dessen auf die erste Linie sein Schiff, das mit vollen Segeln auf die Insel zusteuert.

Dann fährt er nach »Kajüte« fort:

»... wo wir nun den dritten Tag Victorias scharfe Riffe entlangsegeln, ohne landen zu können. Ich habe Vater und Mutter geschrieben und auch Johannes und Theodor, die, wie ich gehört habe, auf die Steuermannsschule in Marstal gekommen sind. Ach ja, der Hang zur See in unserer Familie verleugnet sich auch hier nicht. Wenn sie nur nicht meine Dummheiten wiederholen.

Hab Dank für die Fotografien von unserer alten Stadt und die Zeitungen, die Du mir geschickt hast. Ja, ich kann viele der Orte wiedererkennen, und doch ist hier und da vieles verändert. Aber der Dom steht noch, und ich entsinne mich plötzlich unserer Spiele im Volkspark und in den Ruinen der St.-Ib-Kirche, wo ich Dir Treue schwor mit einer Tischdecke als Umhang um die Schultern und einem Holzschwert zwischen uns.

Denk Dir, ich kann mich sogar noch erinnern, daß das Schloß brannte. Ich war noch ein kleiner Junge, und unsere Eltern nahmen mich mit nach Kopenhagen. Ich weiß noch, wie wir auf dem Hügel von Frederiksberg standen und das Feuer betrachteten. Für mich wird Christiansborg immer als eine rauchende Brandstätte in Erinnerung bleiben, wenngleich ich auf Deiner Postkarte sehe, daß das Schloß wieder aufgebaut wurde. (Weiß nicht, was mit Feder und Tinte los ist, kleckse offenbar eine Menge, vielleicht ist ein Kakerlak ins Tintenfaß gefallen.)

Am liebsten ist mir das Bild vom Fjord. Ja, Du hast recht – er war wirklich der Tummelplatz unserer Kindheit. Im Sommer auf den Wellen und im Winter auf dem Eis. Weißt Du noch, ich baute ein Boot mit Kufen drunter und takelte es mit einer alten Persenning als Segel auf? Hui, wie das ging, wenn der Fjord zufror! Gerade wie in Andersens Märchen. Hier draußen ist mir das Eis so fern und kommt mir wie ein Wunder vor, das meine Augen nie mehr sehen werden. Ach, Schwesterchen, wie glücklich waren wir in unserer Kindheit –

Ich bin allein auf dieser Reise, denn Kuraiti, meine Frau, ist mit ihren Eltern auf der Insel Penrhyn. Ich hoffe, sie auf meiner nächsten Reise im Januar wiederzusehen. Sie ist vor sieben Monaten zusammen mit mir gefahren und braucht jetzt ein bißchen Ruhe, da sie ein Kind erwartet. Unser erstgeborenes! Sie muß auch alles vorbereiten für den Umzug in unser kleines Haus, das ich uns als Heim gebaut habe ...«

Wieder kratzt die Feder nach einem Klecks trocken über das Papier, wieder verliert er sich in Gedanken und richtet den Blick auf das offenstehende Bullauge, durch das einladende Düfte von der Insel hereinströmen, um die das äußerste Riff wie ein Kranz schäumender Drachenzähne liegt und den Schatz bewacht. Er taucht die Feder ein und skizziert mit fliegenden Strichen das Haus. Im Giebel steht das Fenster weit offen, und man kann die Veranda über die ganze Länge des Hauses sehen. Es steht mitten in einem sich im Wind wiegenden Kokoswäldchen, und die Wellen der Lagune lecken am Fuß der Palmen. Immer noch mit abwesendem Blick fügt er der Zeichnung einen Vers hinzu: »Im Wiesengrunde lag ein Haus ...« Dann fährt er fort:

»Well, wie Du siehst, liegt mein Haus nicht im Wiesengrunde, sondern steht auf Betonstelzen. Auch nicht an einer Quelle, sondern am Ufer einer Lagune. Seine Wände sind nicht aus Lehm, sondern aus Holz, und das Dach ist nicht aus Stroh, sondern aus verzinktem Eisenblech. Es ist von Kokospalmen statt von wilden Rosen umzäunt, und das Dorf heißt Omoka. Und doch gehört ihm meine ganze Sehnsucht.

Das Haus hat ein Wohnzimmer mit einem Sekretär, den ich von den Gesellschaftsinseln mitgebracht habe, und zwei Schlafzimmer mit französischem Waschgeschirr, ein Eßzimmer und eine offene Veranda. Wenn ich alles fertig habe, wird es plenty groß genug sein. Es ist auf der Insel Penrhyn, die auf 9 Grad südlicher Latitüde liegt, und es ist wunderbar warm hier. Aber nicht zu heiß, denn das flache Land mit dem großen Ozean ringsum und mit der Lagune in der Mitte wird vom Meer gekühlt. Es ist die Insel, wo ich jetzt mein Schiff liegen habe, wir laufen direkt in die Lagune ein und ankern an einer kleinen Brücke, das ist ja alles in allem ganz gut.

Die Eingeborenen leben davon, Kokosnußkerne zu Kopra zu trocknen und nach Perlmuttschalen zu tauchen. Manchmal haben sie auch gute Perlen. In einer guten Saison haben wir über 100 Tonnen Perlmutt Handelsware.

In den letzten zwei Jahren haben sie nach einer kleinen Muschelart getaucht, in der es zauberhaft schöne Perlen gibt. Die Schale ist nur einen Zoll im Durchmesser, aber drinnen kann man die seltensten Exemplare finden. Ich habe dieses Jahr mit diesen Perlen für die Firma einen Umsatz von ungefähr £ 200.000 gemacht, und das ist eine gute Revenue für diese Insel. Die Population ist nur 450.

Die Eingeborenen sind gute Taucher und im average gehen sie 15 bis 18 Klafter tief, einige der besonders guten Taucher können 20 bis 22 Klafter tief tauchen, und es hat sogar einen oder zwei gegeben, die 25 Klafter tief auf den Lagunengrund getaucht sind, und zwar ohne Taucherausrüstung. Es klingt fast unmöglich, ist aber wahr.

Jetzt haben wir just eine schlimme Geschichte auf der Insel gehabt, und ich muß gleich hinzufügen, daß dergleichen, Gott sei Dank, nicht sehr oft geschieht, denn ein friedlicheres Fleckchen gibt es nicht auf dieser Erde. Aber vor dieser Fahrt kommt Takeaka, einer meiner früheren Seeleute, zu mir mit einer Perle, wie ich sie noch nie gesehen habe. Die Perle hat er auf der anderen Seite der Lagune heraufgeholt, wo das Korallenriff wie eine Explosion von roter und giftgelber Farbe ist. Sie hat die Form eines Tropfens oder einer Hantel, in der Mitte fast geteilt, und sie hat den mattgrünen Schimmer, der sie zu einer wirklichen Seltenheit macht, eine sogenannte schwarze Perle. Sie wiegt 28 Karat. Sie wird Takeaka ein Vermögen einbringen – fast zweitausend Pfund Sterling – freilich nicht hier, sondern nur bei den Aufkäufern in Papeete. Darum biete ich ihm sofort an, sie mitzunehmen und für ihn zu verkaufen, worin er gleich einwilligt. Aber stell Dir vor, Schwesterherz, am nächsten Morgen finden wir Takeaka mit einem Messer im Herzen.

Jetzt kommt das Schlimmste. Takeakas Frau ist verschwunden und mit ihr sein Freund, dessen Namen ich nicht zu nennen vermag, so stockt mir noch das Blut bei dieser Untat. Und in der Lagune fehlt einer der kleinen Perlenlogger. Die Perle ist natürlich spurlos verschwunden. Nun, wir können uns alle denken, was passiert ist, und während sich das Schweigen über die Insel senkt, lichte ich die Anker.

Es vergehen Tage, und unsere Hoffnung schwindet.

Ich folge Wind und Strom, bekomme jedoch den kleinen Loggersegler nicht zu sehen. Allerdings ist er ja auch nicht mehr als ein kleiner Hobelspan auf diesem gewaltigen Ozean. Glaub mir, Schwester, das Meer kann wie eine Wüste sein, ein heißes, wildes Flimmern, wo keiner den Weg findet und die Sonne den ganzen Tag herabbrennt. Nach mehreren Tagen auf See stehe ich eines Mittags auf dem Deck, um mit meinem Sextanten die Sonne zu schießen, und erblicke weit draußen den Rumpf eines Kanus, das vor dem Wind treibt.

Wir fahren heran – und stehen vor Entsetzen gelähmt an der Reling. Denn auf dem Boden des Perlenloggers liegen Takeakas Frau und sein Mörder, beide mausetot. Ein entsetzlicher Gestank steigt zu uns auf, und wir halten in Petroleum getunkten Twist vor unsere Nasen. Der Kopf der Frau trägt Spuren eines Schlags und ist eine einzige Blutkruste. Eine ihrer Brüste und ein Stück ihrer Hüfte ist abgeschnitten. Vergib mir, liebste Olga, aber ich muß alles beschreiben, wie es war. Der Mann hatte die Frau getötet und von ihrem Fleisch gegessen, wahnsinnig vor Hunger und Durst. In ihrer geballten Faust fanden wir Takeakas Perle, die wir herauswinden mußten. Jetzt habe ich vor, sie zu verkaufen, wenn wir Papeete anlaufen, und den Erlös den Nachkommen Takeakas zu übergeben, damit die Kinder etwas für die Zukunft haben. In solchen Stunden fühlt man sich so klein und außerstande zu verstehen, was Gott und die Götter mit uns Menschen vorhaben.

Und dann finde ich obendrein, weil wir vom Kurs abgekommen waren, die Insel Victoria, die ich lange gesucht, aber immer wieder missed habe, weil sie auf allen Seekarten falsch eingezeichnet ist, und auf der, wie immer hartnäckig behauptet wird, ein chinesischer

Kaufmann einen Schatz prächtiger Naturperlen hinterlassen hat. Ja, bis vor drei Tagen habe ich ihre Existenz bezweifeln müssen, und jetzt sieht es so aus, daß wir nie dorthin kommen. Unserer Vorräte sind knapp, Wind und Strömung machen jede Landung unmöglich. Die Wege der Vorsehung sind unerforschlich, und in diesem Augenblick erscheint es mir besser so. Ich habe genug von Perlen und den Unglücken, die entstehen, wenn im Menschengeschlecht das Blut zu brausen beginnt!

Du mußt mir glauben, wenn ich sage, daß Deine Briefe mir sehr teuer sind. Du besitzt ja die Gabe, in einem Brief Deine Gedanken zu beschreiben, und Deine Gedanken sind poetisch und voller Wahrheit. Es ist eine Freude, mit Dir auf diese Weise zu sprechen. Sei zufrieden damit, meine Schwester zu sein, und nicht ein wandernder Bruder, denn ich bin nicht immer im Sonnenschein gegangen, es hat geregnet und gestürmt und Spuren in der Seele hinterlassen, die nie mehr ganz verblassen werden.

Du hast mich einmal gefragt, ob ich Dir ein kleines Bild malen möchte. Ich möchte ja gern, habe aber viele Monate keine Zeit gehabt, den Malerpinsel zu schwingen; doch gib nicht auf, gedulde Dich noch eine Weile, und ich werde Dir ein Bild malen, das so voller Liebe ist, wie ich vermag.

Du fragtest mich nach meiner Frau. Ich glaube, ich schrieb im letzten Brief von ihr. Ich würde sie Dir gern beschreiben, fürchte aber, ich werde mich an eine solch blühende und entzückte Beschreibung machen, daß Du glauben müßtest, Dein Bruder sei kindisch geworden. Darum also on to something else.

– – –

Ich habe den Brief für eine halbe Stunde liegen lassen, während ich aufs Deck ging und mit meinem Sextanten die Sonne schoß, wonach ich ausgerechnet habe, wo wir sind. Wir sind just an diesem Mittag, dem 22. November, auf 6° 45' südlicher Breite und 160° 42' westlicher Länge – kein Wunder, daß keiner die Insel hat finden können, da diese Berechnung eine Lage von gut 50 Seemeilen östlich von der bisher angegebenen Position ergibt.«

Viggo hat eine Sonne unter diesen Abschnitt gezeichnet. Mit dem Stolz, den man als Navigator fühlt, wenn die Wirklichkeit plötzlich mit den eigenen Beobachtungen und Berechnungen übereinstimmt. Tiefer unten, am linken Rand, hat er sich selbst mit einer Verbindungslinie zur Sonne gezeichnet und einem vergnügten Schnörkel im Schnurrbart. Der Rest des Briefs ist beherrscht von Abendstimmung. Die Segel sind eingezogen, sie fahren mit Motor, »aber das Gasolin ist fast zu Ende, und ich hoffe, es kommt bald ein bißchen Wind«. In der Zwischenzeit ist Viggo an Deck gewesen, um die eingeborenen Matrosen zu mustern. Er läßt sie das Deck mit Sand scheuern. Setzt sich jetzt wieder an den Kartentisch und schreibt mit dem Scheuergeräusch über sich weiter. Ein Lichtstreifen von den letzten Sonnenstrahlen fällt auf seine Hand:

»Ich habe ein bißchen Musik auf meinem Phonographen gehört und versuche nun, unseren kleinen Plausch fortzusetzen. Ja, Kuraiti und ich mögen beide sehr gern Musik und haben einen guten Phonographen und eine Gitarre, eine Ukulele, eine Zither und eine italienische Harmonika, so daß wir musizieren und singen können – nur ist es, da ich zur Zeit allein bin, weniger heiter für mich, und ich versinke in Melancholie, die ein Pflaster ist für meine flatterhafte Seele.

Nun, Schwesterchen, wenn ich Deine Briefe lese und besonders Deinen letzten Brief, wo Du die Stille des Abends und der Nacht schilderst, so glaube ich, daß Du auch hin und wieder Gedichte schreibst wie unsere Kusine in Gershøj, oder wird so etwas Poesie genannt?

Wenn es sich so verhält und ich recht habe, mußt Du mir einige Deiner Sachen zeigen. Wenn ich Deine Beschreibungen lese, klingt es für mich wie Poems und leise Musik, die meine Gedanken auf die große Fahrt nach Hause schicken. Ich fühle mich dann unsichtbar nahe bei Dir und den Deinen, und ich kann alles sehen, als wäre ich an Ort und Stelle.

Du weißt wohl noch, was für ein richtiger Bücherwurm ich als Junge war, und so ist es geblieben. Ich habe Bücher gesammelt und gelesen und gelesen, so daß ich jetzt eine kleine Bibliothek von fast 300 Titeln habe. Geschichte, Reisen, Religionen, Medizin und viele der guten englischen und französischen Klassiker. Auch Poesie und vieles mehr, darum habe ich immer etwas zu lesen, doch kann ich sie nicht alle auf meinem Schiff dabeihaben. Ich habe sie in einem kleinen Raum in Rarotonga, und sie sehen sehr bunt aus, einige sind eingebunden, und die Ratten haben an den Bänden genagt. Andere sind von Würmern durchbohrt worden, während ich weg war; aber ich begegne ihnen immer als liebe Freunde, und sie haben nie schlechte Laune und sind allzeit bereit, mir Auskunft zu geben und Vergnügen zu machen. Weißt Du, unter ihnen habe ich eine alte Familienbibel, in der wir im Laufe der Zeit Geburt und Tod in unserem Geschlecht aufgezeichnet haben, noch voller unbeschriebener Blätter …

ich habe sie von zu Hause mitgenommen. Du weißt vielleicht noch, wie unsere Mutter daraus vorlas und wir mit großen Augen im Kerzenlicht dasaßen, während sich die Gestalten der Vergangenheit aus den vergilbten Seiten erhoben. Ich habe gut auf sie aufgepaßt, und mir ist oft der Gedanke gekommen, daß unsere Ahnen Geheimnisse verbergen, die der Nachwelt am besten verschwiegen würden.

Ich muß zu meiner Schande bekennen, daß ich hin und wieder mein dänisch-englisches dictionary zu Rate ziehe, um Wörter zu finden, die ich vergessen habe, Du darfst also nicht zu hart über meine Fehler urteilen, auch wenn es viele sind.

Oh well! Was für eine Litanei ich Dir da wieder geschrieben habe, und see, wie handelt es doch fast alles von mir selbst – vierzehn Stück Papier voll von allem möglichen Unsinn, doch was soll's, liebes Schwesterherz, ich habe dies alles in bester Absicht geschrieben und hoffe, es bringt Dir eine halbe Stunde Plausch mit Deinem Bruder. Es ist jetzt 9 p.m. und ich muß auf Deck. Denk mal, ich glaube, wir sind bound for Rarotonga und werden die Insel sein lassen. Gute Nacht also und möge Dir der milde Abend Erquickung bringen. Es schmerzt mich tief, vom Schicksal Deines Mannes zu erfahren; es ist das Los vieler Seeleute, und es trifft uns jedesmal mit gleicher Härte, wenn uns der Schiffbruch ins Haus steht. Gott sei seiner Seele gnädig.

Alle meine besten Wünsche an Thorvald und die kleine Kamma, die nun vaterlos geworden sind. ›Me te aroa maata ia koutou‹, was bedeutet: With love to you all,

Dein Dir innig verbundener Bruder – Viggo.«

»Rarotonga, 13. Dezember 1924.

Meine liebe Schwester Olga,

ich erhielt Deinen Brief, in dem Du vom Tode unseres alten Vaters schriebst; für uns alle ist es ein großer Schmerz, ihn zu verlieren.

Ich hatte gehofft, ihn wiederzusehen, aber das kann nun nicht mehr sein. Ich verstehe sehr gut, daß es ein großer Verlust für unsere alte Mutter ist, aber ich kann auch sehen, daß Ihr alles Möglichc tut, um ihr zu helfen, das wird ihr sicher ein Trost sein.

Well, liebe Schwester, ich weiß nicht, was ich schreiben soll, aber meine Gedanken gehen in diesem Augenblick nach Hause zu Euch allen mit den besten Wünschen und Grüßen.

Die Vorbereitungen für die nächste Reise sind fast beendet, und ich gehe jetzt nach Penrhyn, wo Kuraiti auf mich wartet. Es ist nun über drei Monate her, seit ich bei ihr zu Hause war.

So, ich schließe mit den besten Wünschen an Dich, Thorvald und Klein-Kamma, deren Augen mir von der Fotografie entgegenstrahlen, die Du mitgeschickt hast.

In treuer Liebe
Dein Bruder Viggo.«

»Rarotonga, 24. Juni 1925

Meine liebe kleine Schwester Olga!

Mein letzter Brief war nur kurz, und dieser Brief wird vielleicht noch kürzer sein, denn ich kann meine Gedanken nicht sammeln. Ich kam nach Hause, nach Penrhyn, voller Hoffnung, aber ein großes Leid erwartete mich dort. Kuraiti ist nicht mehr. Sie hatte mir einen prächtigen kleinen Sohn geboren, alle freuten sich, daß es gut gegangen war. Da bekam sie plötzlich Herzschmerzen und starb, ohne ein Wort sagen zu können. Der kleine Sohn ist gesund und munter, und ich habe zwei Frauen, die ihm die Brust geben, darum hoffe ich, daß er gesund und stark wird.

Es war und ist immer noch sehr hart für mich. Es geschah am 21. April. Ich war auf einer Reise und hoffte bei meiner Heimkehr auf Freude und Musik. Ich hatte unser kleines Heim fertig, und alles sah so gut aus für die Zukunft. Jetzt ist alles vorbei. Nur um meinen kleinen Jungen muß ich mich noch kümmern. Ich brachte ihn in die Kirche my self und hatte ihn getauft, und Kuraitis Schwester kam mit und viele meiner Freunde, weiße und braune. Sein Name ist Peter Oirua Rasmussen. Ich hatte ihn nach unserem Vater nennen wollen, aber es war für die Eingeborenen ganz unmöglich, Laurids zu sagen, da sie *l* statt *r* sagen, darum gab ich meinem kleinen Sohn den Namen unseres Großvaters Peter. Oirua ist ein Eingeborenenname von einer Königsfamilie, der Kuraiti angehörte. Ja, sie war eine echte Prinzessin!

Well, kleine Schwester, ich schicke Dir einige Bilder, damit Ihr den kleinen Jungen sehen könnt. Er ist nur six Wochen auf den Bildern, und er ist ein guter kräftiger Kerl. Gibst du eins der Mutter und eins Johannes und Theodor?

So, liebe Schwester, hab keine Angst wegen Deinem Bruder, denn mein kleiner Sohn wird mich über vieles trösten, und ich habe so viel Kummer in meinem Leben gehabt, daß ich auch diesen, der einer der größten, ja, der größte ist, tragen kann.

Nun lebt alle glücklich in Eurem Heim, und mit den besten Wünschen für Euer aller Wohl

grüßt Dich Dein ergebener Bruder

Viggo

PS. Ich lege mein Abschiedsgedicht an Kuraiti bei, in englisch geschrieben, aber mit Übersetzung auch ins Dänische. Ich habe mir eine Grabstelle neben der ihren vorbereitet.«

»Tiare Taporo auf der See zwischen Suwarrow und Rarotonga, 28. September 1925

Liebe kleine Schwester Olga,

es ist nun lange her, daß ich Dir einen interessanten Brief geschrieben habe. Mein letzter Brief handelte von meinem großen Verlust. In erster Linie, liebe Schwester, sollst Du wissen, daß Du mir gar nicht zuviel schreiben kannst. Deine Briefe sind wie eine kühle Brise an einem heißen Sommertag und sehr herzlich willkommen hier. Aber see mal. Ich habe ungefähr dreißig Seiten Deiner Briefe zu beantworten, darum will ich versuchen, Dir jedesmal etwas zu schreiben, wenn ich Zeit habe.

Ich war zu Hause auf Penrhyn, und mein kleiner Sohn ist jetzt fünf Monate alt, gesund und stark, er sieht so aus, als würde er einmal ein großer Junge. Oh well! Wäre nur auch Kuraiti bei uns, um ihn to see und ihm Mutter zu sein.

Ihre Eltern und die beiden Schwestern kümmern sich um ihn und machen es ganz gut, aber trotzdem –

Ja, Du hast ganz recht, daß ein Stadtleben after all ein artifizielles Leben ist. Just fancy being enclosed zwischen vier Wände, und die Leute laufen hin und her in tiefen Gräben, die sie Straßen nennen.

Und nun zu Deinen Fragen.

Eine der ersten handelt von einem Gedenkstein für Vater. Nun see, Schwesterchen. Ich weiß überhaupt nicht, wieviel oder wie wenig Geld ich zu Hause hatte, darum mußt Du mir das sagen, und wenn wir einen

Stein für Vater errichten können, dann mußt Du mir schreiben und mich etwas nach Hause schicken lassen als mein Anteil daran.

Dann kommt die Frage nach der Theosophie, und wie man mit den Toten in Verbindung kommt. Ich glaube, ich habe schon vor einiger Zeit darauf in einem Brief geantwortet, und Du darfst nie solch einen Versuch anstellen. Aber wenn Du Dinge erlebst, die zu Dir kommen, ohne daß Du danach suchst, dann ist es etwas ganz anderes. Ich fürchte, ich bin einer der wenigen, die damit unerklärliche Erlebnisse haben.

Stell Dir vor, Kuraiti kam nach ihrem Tod viermal zu mir. Ich sah sie nicht, aber spürte sie, dabei war ich ganz wach. Zweimal kam sie am Tag und zweimal in der Nacht, und es war mir ein großer Trost. Aber geh nie auf die Suche nach diesen Dingen. Die Leute nennen so etwas Halluzinationen, aber das macht nichts. Ich weiß, was ich weiß.

Die nächste Frage war Weihnachten. Ich habe nun seit vielen Jahren nicht mehr Weihnachten an Land gefeiert, und auf See halten wir es auf eine bestimmte Art. Wir schlachten vielleicht ein Schwein und ein paar Hühner und have ein gutes Essen. Morgens gebe ich der ganzen Mannschaft ihre Weihnachtsgeschenke, wie Tabak und Kleidung. Ich bin der einzige, der keine Geschenke bekommt. Meistens haben wir ein paar Flaschen mit something good inside, und wir versuchen, froh zu sein: Aber was für ein Weihnachten: kein Schnee, kein Eis, kein Weihnachtsbaum, kein Gänsebraten, kein Reisbrei und so weiter. Trotzdem ist es hier allright. Die meisten von uns sind schon seit so langem hier draußen, daß Weihnachten uns wie ein Fest vorkommt, das sich nur in unserer Kindheit ereignet hat.

Als nächstes kommt die Sache mit der Expedition der Tageszeitungen, die nach unbekannten Inseln sucht. Nein, ich habe noch nichts von ihnen gesehen, und ich hoffe bloß, daß sie nicht die Victoria genannte Insel entdecken, von der ich Dir schon geschrieben habe. Denn von solchen Orten kommt Unglück, und haben wir erst die Schatzsucher am Hals, dauert es nicht lange, bis wieder Blut fließt. Davon habe ich noch schmerzliche Erfahrungen in frischer Erinnerung.

Jetzt nimm Dir einmal den Atlas vor und finde die Insel Rakahanga, zu der ich manchmal komme. Nun – von Rakahanga ziehst Du eine Linie ungefähr 200 englische Meilen nördlich, und dort ist die Insel Victoria auf der Karte eingezeichnet; aber dort liegt sie gar nicht; viele Schiffe have über diesen Flecken gesegelt, denn es ist kein Land dort! Aus meinem Brief weißt Du schon, wie das zusammenhängt. Die Eingeborenen erzählen seit langem Geschichten über diese Insel. Sie liege ein gutes Stück östlicher, als die Karte angibt. Was viele Jahre von polynesischen Seefahrern gemunkelt und von Häuptlingsgeschlecht zu Häuptlingsgeschlecht geflüstert wurde, hat sich also als wahr erwiesen. Nach Kuraitis Tod sind wir jetzt noch zwei auf der ganzen Welt, die das wissen. Denk mal, daß wir auf diese Weise noch einmal ein Geheimnis miteinander teilen sollten, liebe Schwester, als wären wir wieder Kinder!«

Der Brief endet hier unvermittelt. Über einen beigelegten Bogen mit verwischten Buchstaben ist bloß eilig mit blauem Farbstift geschrieben: »Liebe Schwester Olga. Dies war der Anfang eines langen Briefes an Dich. Ich will ihn schicken, wie er ist, und versuchen, es in Zukunft besser zu machen.«

Es vergehen zwei Jahre, ehe Großmutter wieder von ihm hört.

»Tiare Taporo auf See, 24. Juli 1927

Liebe kleine Schwester Olga,

ich weiß nicht, ob Du mir verzeihen kannst, daß ich so schlecht Briefe schreibe! Ich hätte ja schon längst schreiben sollen. Will auch gar nicht erst anfangen, mich zu entschuldigen, sondern versuchen, Dir diesmal einen guten, langen Brief zu schreiben. In erster Linie hab recht vielen Dank für den hübschen Anzug, den Du für Peter geschickt hast. Er ist ein bißchen groß, aber in ein paar Monaten wird er genau richtig für ihn sein. Auch vielen Dank für Deine schönen Briefe und für die ›Familienjournal‹-Hefte, die ich mit Heimweh bis zum Hals verschlinge. Hab auch Dank für das neue Fahnentuch. Jetzt hängt unser alter Dannebrog am Ende des langen Tisches, wenn wir auf der Insel ein Fest oder Kai-Kai halten, wie wir es hier nennen.

Es ist Sonntag heute und wir sind in der Nähe einer Insel namens Mangaia. Das Wetter ist nicht gut, und die alte Tiare Taporo rollt dermaßen, daß meine Buchstaben Krähenfüßen gleichen. Aber, never mind, ich hoffe, Du wirst alles lesen können. Ich habe auch vor einem Monat ein Briefchen an Mutter geschrieben und werde versuchen, ihr diesmal wieder zu schreiben.

Ich habe ein kleines Geheimnis oder eine Neuigkeit für Dich. Ich weiß nicht, ob Du Dich freust oder böse wirst: aber die Wahrheit ist, daß ich einem alten Brauch auf den Inseln hier gefolgt bin. Wenn die Frau eines Mannes stirbt, soll ihre unverheiratete Schwester, wenn es eine gibt, ihren Platz einnehmen. Darum habe ich also Kuraitis Schwester Lelemata zur Frau genommen. Es ist nun über zwei Jahre her, daß Kuraiti heimgegangen ist, und ich glaube, es ist besser, daß der kleine Peter eine Mutter hat, die sich um ihn kümmert. Ich bin ja auch nicht mehr der Jüngste und kann auch eines Tages nicht mehr sein, ehe Peter alt genug ist, für sich selbst zu sorgen. Sie ist eine gute Mutter für Peter und eine gute Frau für mich. Das kleine Heim auf Penrhyn habe ich also nicht vergebens gebaut. Nach dem Tod ihrer Schwester kam sie selbst und sagte, sie wolle, wenn die Zeit gekommen sei, gern den Platz ihrer Schwester einnehmen. Oh well, es ist besser so. So there you are, the fat is in the fire. Ich habe Mutter nicht davon gesprochen und überlasse es Dir, die rechten Worte zu finden. Ich schicke Dir ein Bild von ihr. Sie trägt nicht die neueste Pariser Mode, sondern einen chinesischen Schal, den ich ihr schenkte. Sie liebte ihn so sehr, daß sie sowohl den Schal als auch sich selbst in einem Studio fotografieren lassen mußte, als wir neulich Papeete anliefen.

Du erinnerst Dich wohl an die Perle, von der ich Dir erzählte? Nun, damit sie nicht mehr Unglück bringen würde, habe ich sie für mich selbst zum kulanten Preis gekauft und das Geld den Nachfahren Takeakas ausgezahlt. Lelemata trägt sie jetzt an ihrem Ohr in einer prächtigen Fassung aus Gold, und sie spaßt oft, die bösen Kräfte kämen vom buying and selling, aber zu denen, die geben können, kämen sie nicht. Lelemata hat etwas von dem, was wir hier *Mana* nennen, das bedeutet, sie verfügt über Kräfte, die nicht jedem gegeben sind. Sie macht unserer weisen Frau Mama Hina – was von Hina Nui oder Mondfrau kommt – Konkurrenz. Mama Hina hat zugestimmt, sie in ihre heilenden Bäder einzuweihen, wo sie einen Palmenstengel anwenden, den wir Toa-Gras nennen. In Wasser aufgelöst kann er vereisen und heilt sogar schwere Brüche. Für einen Heiler gilt nur eins: Man darf kein Geld dafür nehmen.

Weißt Du, mein Leben ist sehr anstrengend, und ich

habe mich gerade erst von einer schweren Krankheit erholt. Wenn ich ein wenig Zeit habe, bin ich meistens so müde, daß ich meine Gedanken nicht sammeln und Briefe nach Hause schreiben kann. Oh well, alle möglichen Entschuldigungen, nicht wahr?

Ehe ich meinen Brief beende, nehme ich Deinen letzten Brief vor, um to see, ob dort etwas steht, worauf ich Dir antworten soll. Und so sehe ich, daß Du downcasted zu sein scheinst – wie nennen wir es in unserer Sprache, niedergeschlagen? Schwesterchen, werd nicht so, versuch doch immer, die Dinge zu nehmen, wie sie kommen, so gut es geht. Es hat mir jedoch Kummer bereitet, zu hören, daß unsere jüngeren Brüder im Eismeer verschwunden sind. Seit ich das erste Mal von dieser unglückseligen Expedition in die ödesten Gegenden der Welt gelesen habe, spüre ich diesen unheilvollen Wind.

Aber wer bin ich, um das zu sagen? Wir haben es ja im Blut, und wenn das Abenteuer in uns fährt, vergessen wir unsere Lieben ganz. Unser Geschlecht wird sich immer von einer Victoria locken lassen.

Neulich habe ich geträumt, ich sei gestorben und befände mich in einer anderen Welt, wo ich viele meiner alten Freunde traf, die ich vermisse, seit sie von mir geschieden sind. Und ich kam an einen Ort, wo sie mir gerade Arbeit geben wollten, ja, wieder Arbeit auf See, denn ich habe das Meer mein Lebtag geliebt. Da wachte ich auf. Es war mir nicht alles klar, aber ich sah Bäume, Gras, Meer und Gebäude, und alle Menschen sahen zufrieden und froh aus.

Oh well, all dies mag Dir wie eine Menge Blödsinn vorkommen, aber sei zufrieden mit Deinen Jahren und Deinem Los, Schwesterchen, und nimm vielleicht Lebersalz!

Nun see here, ich will für diesmal mit dem alten Versprechen schließen, es das nächste Mal besser zu machen, und schicke meine besten Grüße und Wünsche an Kamma, die ganz schön in die Höhe geschossen ist. Und von ganzem Herzen wünsche ich Thorvald Glück. Er wird sich schon von seiner Liebe zur See und seinen tüchtigen Händen zu ernähren wissen.

Dein Bruder Viggo.«

Im nächsten Brief vom 11. November 1927 erwähnt er den Tod der Mutter, über den Olga ihn unterrichtet hatte. Wie immer bei Todesfällen in der Familie ist Viggo kurz angebunden.

Für eine Reihe von Jahren wandern die Briefe zwischen ihnen regelmäßig hin und her. Viggo ist meist in guter Stimmung, klagt aber oft über seinen steigenden Blutdruck. In der Zeit, als Viggo mit seinem Gewicht kämpft, und Olga ihm ein Buch mit Gymnastikübungen geschickt hat, bemerkt er:

»Das Buch über Gymnastik, das Du mir geschickt hast, ist sehr gut, aber ich fürchte, ich muß schummeln, denn wenn meine Eingeborenenmannschaft mich alle diese ulkigen Bewegungen machen sieht, werden sie denken, the old man hätte den Kopf verloren und sei fit für eine Anstalt.

Oh well, lassen wir Kapitän Jespersen mit seinem ganzen Hampelmannquatsch fahren!«

Er beschreibt heiter ihr Leben in den französischen und englischen Kolonien. Die Feste im Garten des Hotels Tiare auf Tahiti mit Harmonikamusik. Rum und Gerichte auf der allzeit reich gedeckten polynesischen Speisetafel: im Erdofen gebratenes Spanferkel, in Kokossahne und in Zitrone marinierter *Oka* oder roher Thun, Schildkrötenbraten, Tridacna-Muscheln, Palmenmark, Brotfrucht und andere Spezialitäten. Trotzdem kann er in einem Brief am Ende triumphierend verkünden, er habe fünfunddreißig Pfund abgenommen. Nach seiner eigenen Methode.

1936 haben sie einen Radiosender auf Penrhyn bekommen, Viggo fungiert jetzt als »Richter, Postmeister, Registrator, Zollbeamter und Treasurer« der Insel. Er wird zum Resident Agent der Kolonialverwaltung ernannt, was für die Eingeborenen bedeutet, daß er der Häuptling der Insel ist. Das bedeutet auch, daß der Seemann an Land geht. »Ja, ich werde für die Leute auf der Insel wie ein alter Vater sein. Ich fühle mich manchmal wie ein Archiv für Geheimnisse, die mir die Menschen anvertrauen.«

Er wird an seinem nächsten Geburtstag sechzig. Die Ernennung löst eine neue Tragödie in der Inselgemeinschaft aus: »Wally« Wilson schießt sich mit einem doppelläufigen Jagdgewehr eine Kugel in die Stirn. Er war ein schottischer Seemann, der als kleiner Junge nach einem Schiffbruch auf die Insel gekommen und als einziger Überlebender unter den Eingeborenen aufgewachsen war. Er war jetzt ins gesetzte Alter gekommen und meinte, daß er sein Gesicht verloren habe, als Viggo ihn als Resident ablösen sollte. Er erschoß sich genau an der Stelle, an der er vor mehr als fünf Jahrzehnten an Land getrieben war.

In derselben Nacht sieht Viggo »ghost fires«. Niemand hat diese Lichtphänomene erklären können, die hin und wieder die Insel heimsuchen. Sie tauchen über der Lagune in Richtung des Flying-Venus-Riffs auf, wo die *Lady Penrhyn* seinerzeit unterging. Feuerkugeln, die etwa fünf Meilen entfernt über dem Wasser aufflammen, bewegen sich über die Baumwipfel und verschwinden wieder am Nordende der Insel. Fischer, die die

Lagune des Nachts kreuzen, sagen, das Feuer verschwinde, wenn man näherkommt.

Ende der dreißiger Jahre schickt er folgende Gratulation:

»Meine Glückwünsche an Kamma. Ich erhielt eine kleine Visitenkarte mit zwei Namen und nehme an, die Hochzeit ist gut überstanden und die beiden jungen Leute are settled down zu ihrem Familienleben. Oh well, es ist nun über vierzig Jahre her, seit ich Dich zu Hause zuletzt gesehen habe.«

Mein Vater und meine Mutter haben geheiratet! Die Zeit vergeht!

Im Brief steht weiter:

»Well, ich habe Dir jetzt ein kleines Bild gemalt und schicke es Dir mit gleicher Post wie diesen Brief. Es ist eine Lagune und Koralleninsel im Sonnenuntergang. Es ist keine bestimmte Insel, aber Du kannst Dir bei ihrem Anblick vielleicht vorstellen, was meine Träume genährt hat. Der Rahmen ist aus *Tou*, einem Baum, der auf unseren Inseln wächst. Dieses Holzstück stammt von einem sehr alten Kanu, das Lelematas ancestors gehörte, es waren Seefahrerhäuptlinge aus einer Zeit, als die Insel Tongareva hieß. Es sind nur noch ganz wenige Stücke des Kanuholzes übrig. Wenn mein Bild also auch nicht sehr gut ist, so ist doch der Rahmen eine Kuriosität. Vielleicht kannst Du es in einer kleinen Ecke Deines Wohnzimmers aufhängen, und wenn Du es ansiehst, wird es unsere Gedanken vom einen zum anderen bringen.

Lelemata schickt zwei geflochtene Hüte aus Palmfasern. Die Blätter werden gekocht, gebleicht und mit einem besonderen Stahlkamm gekämmt. Sie haben viele Prozesse über sich ergehen lassen, ehe man sie flechten kann. Man kann die Hüte mit Wasser und Seife waschen, und sie sind sehr haltbar. Sie schickt Dir auch die Perle, weil sie sagt, es sei an der Zeit, sie wegzugeben. Du darfst sie nur nie verkaufen, sondern sollst sie bis zu dem Tag tragen, an dem der Tod uns scheidet. Dann sollst Du sie ablegen und für einen Jungen verwahren, der in unserer Familie geboren wird und an der See hängt wie ich. Es mag merkwürdig klingen, aber so sagt sie, und Lelemata ist selbst eine weise Frau geworden, und ihre Gesichte erweisen sich oft als wahr. Sie wird auf der Insel Mama Rongo genannt, denn sie hat diese Fähigkeiten und genießt überall Respekt. Nun leb wohl –«

Viggo hat angefangen, mit »von Deinem alten Bruder« zu unterschreiben.

Dann wird der Ton melancholisch. »Unsere Welt ist wie der Kuchen eines armen Mannes, viel Mehl und wenig Obst.« Peter Rasmussen ist jetzt vierzehn Jahre alt, was Viggo zu folgendem Kommentar veranlaßt: »So alt war ich, als ich mein Elternhaus verließ und zur See ging. Ja, seitdem rudere ich mein eigenes Kanu, und das ist es wert gewesen.« Aber man spürt, daß die Zeit bald vorbei ist. Papa Viggo hat zwei Söhne mit Lelemata bekommen: Joe und Dane.

Der Krieg kommt, und Viggo verstummt. Aber direkt nach der Befreiung Dänemarks hört Großmutter wieder von ihm. Ich lasse den Blick über die handgeschriebenen Zeilen des Briefbogens laufen – hier ist es! Ich halte ihn hoch, so daß die Tinte durchsichtig leuchtet. Die Blutbahn der Schrift. Die Worte flammen vor meinem Gesicht auf wie ein Blitzlicht:

»Vielen Dank für die Fotografien, o ja, Du mußt

stolz darauf sein, so einen feinen und good-looking kleinen Enkelsohn zu haben.«

Ich bin in der Familie angekommen!

Ich liege strampelnd auf einer Decke des Stadt- und Landeskrankenhauses Roskilde.

Der Spiegel hat seinen ersten Sprung bekommen.

Er erwähnt eine ärztliche Untersuchung, der er sich auf Rarotonga unterzogen hat, und seine Herzbeschwerden. Der Brief schließt:

»Alle guten Wünsche für Dich und Kamma und besonders für den erstaunlichen Jungen, den Ihr, glaube ich, Kronprinz nennt.«

Im letzten Augenblick, bevor er den Umschlag zugeklebt hat, hat er noch ein paar Strophen des Liedes »In Dänemark bin ich geboren« hinzugefügt.

Die Tinte ist mit dem Handrücken verwischt, als hätte er bei diesen Zeilen geweint, und die Schrift zeigt, daß sie mit der größten Mühe zu Papier gebracht worden sind.

Es vergehen wieder Jahre. Dann kommt der Brief, der sein letzter sein soll. Sein Todesbrief. Er ist mit einer stark zitternden Hand geschrieben, und Viggos Zeitgefühl scheint unklar zu sein.

»Rarotonga, Krankenhaus, 18. September 1947.

Liebe Schwester Olga,

hab ganz großen Dank für Deinen Brief vom 13. 8. 46, welchen ich vor kurzem erhalten habe. Es war eine willkommene Überraschung, von Dir wieder zu hören. Es müssen ja schon bald zehn Jahre her sein, seit ich zuletzt von Dir gehört habe. Er kam mit dem Roten Kreuz.

Ja, Dein alter Bruder ist nicht so stark, wie er sich wünscht. Ich liege seit über 15 Monaten im Krankenhaus in Rarotonga. Ich bekam einen Herzanfall in Penrhyn, und sie schickten mich mit Airplane nach amerikanisch Samoa, wo ich über zehn Monate war. Dann schickten sie mich mit einem amerikanischen Airplane hier nach Rarotonga ins Krankenhaus. Ich bin jetzt nicht mehr so krank, nur schwach. Ich bin ja auch ein alter Mann und bald 70. Arbeit und Verwaltung haben mich fertiggemacht, und ich bin bald am Ende. Ja, ich habe fast mein Leben für New Zealand hergegeben, und jetzt tun sie nicht gerade viel, um mir zu helfen. Ich hatte auf Penrhyn 1000 amerikanische Soldaten und eine große Air Base. 400 der amerikanischen GI's waren Neger, und ich hatte meine liebe Not, die Bevölkerungen voneinander getrennt zu halten. Denn wenn sie sich gemischt hätten, wären die Menschen auf der Insel zu nichts geworden, und eine große Kultur wäre verlorengegangen. Aber alles ging ganz gut, solange meine Kräfte ausreichten.

Ich bin jetzt ein armer, alter Mann und nicht stark genug, um zu arbeiten, aber ich male wieder. Ich bin jetzt so alt, daß ich nicht glaube, daß mein Leben noch lange dauern wird. Oh well, ich habe ein ganz abenteuerliches Leben gelebt. Schwesterherz, meine Hand zittert und will mir nicht gehorchen, ich glaube, ich lasse es für diesmal sufficient sein. Mit allen guten Wünschen an Dich und die Deinen und hoffend, bald wieder von Dir zu hören.

Dein Dir ergebener Bruder

Viggo.«

SEIN LETZTER WUNSCH wird ihm erfüllt. Viggo kommt zurück auf seine hellgrüne Insel und stirbt kurz vor Weihnachten. Er liegt in Omoka auf dem Friedhof neben seiner geliebten Kuraiti begraben. Quer über dem weißgekalkten Stein steht mit Filzschreiber ein einziges Wort: *Viggo*. Wie eine hastig gekritzelte Notiz. Die neuseeländische Regierung hat nie die Tafel errichtet, die sie seinem Andenken schuldet. Ich habe den Nachkommen versprochen, dafür zu sorgen, bis dahin kümmert sich Mama Rongo um sein Grab mit duftenden Tiare-Blüten.

Als ich den Sekretär in seinem Wohnzimmer öffnete, fiel zusammen mit Großmutters Briefen ein Stück Papier heraus und traf mich mit der Spitze auf dem Handrücken. Bloß ein Zettel mit Zahlen und den Worten: Victoria. 6° 45' S, 160° 42 W.

Ein Kälteschauer durchzuckt mich. Die Feder, die mich jetzt seit Tagen in Gang hält, erschlafft plötzlich. Ich sitze immer noch da mit seinem letzten Brief in der Hand, greife über die Zeit hinweg und lasse den Brief zu Großmutter weitergleiten, die ihn sorgfältig zusammenfaltet und in das Kästchen legt. Dann übermannt mich schließlich in Großmutters Haus der Schlaf.

VIII
Heimkehr

Mama kommt am nächsten Vormittag, um mich wieder abzuholen. Sie betritt das Wohnzimmer, der Frost hängt in ihrem Mantel, ein angenehmer Hauch, an den man seine Backe schmiegen kann, und ihre Augen schillern vor Leben. Mir hat sie Bonbons aus dem Krankenhaus und Großmutter eine Flasche Jubiläumsschnaps mitgebracht. Sie hat es faustdick hinter den Ohren, sagt meine Großmutter. Mama beißt sich auf die Lippen, ehe sie in die Hände klatscht und mit der Sprache herausrückt.

Lulú hat wieder selbst zu atmen angefangen! Sie ist aus ihrer eisernen Lunge herausgekommen! Tag für Tag rinnt die Lähmung aus ihren Gliedern, und sie hat angefangen zu essen, muß nicht mehr durch eine Schlange ernährt werden. Der Herrgott hat sie wieder freigegeben, und ich sehe Großmutter auf Mama zugehen und sie umarmen, als wäre sie ein kleines Mädchen, das getröstet werden muß. Plötzlich kann Mama sich gar nicht mehr beherrschen, sie weint und weint und stopft ein Taschentuch in den Mund, das Großmutter ihr gereicht hat. Ich streichle ihr ohnmächtig die freie Hand. Es ist sehr verwirrend, denn ich weiß ja, daß sie kein bißchen traurig ist.

Als sie wieder Atem schöpfen kann, hat sie den Schluckauf bekommen, und Großmama gibt ihr mit einem Löffel Zuckerwasser, das sie so lange im Mund hält, wie sie kann. Es spritzt die ganze Zeit heraus, wenn ein neuer Schluckauf kommt. Schließlich wird das Weinen von Lachen abgelöst, und ich beginne, mich sicher zu fühlen. Ich laufe in die Diele hinaus und hole meine Mütze. Dann werfe ich sie hoch in die Luft und rufe hurra, genau wie an einem Geburtstag.

Denn Mama hat mit den Ärzten gesprochen, und sie haben gesagt, daß Lulú im Frühjahr vielleicht nach Hause kommt! Aber sie wird weiterhin gelähmt sein, und ob sie jemals wieder gehen kann, ist ungewiß. Mit einem plötzlichen Lächeln zwischen den Tränen erzählt Mama, das erste Wort, das Lulú gesagt habe, als sie ihre Stimme wiederbekam, sei *Essen* gewesen. Auf eine ganz bestimmte Art – als wäre sie gerade in ihrem Gitterbettchen aufgewacht und hätte mit unvermindertem Hunger den Faden wieder aufgenommen.

DRAUSSEN IST DER Himmel blau, und der Frost läßt die Sonnenstrahlen in der Luft klirren. Eine hohe Schneeschicht liegt auf den Ästen, es sieht aus wie Sahnekuchen, der gerade abbrechen will. Der Schnee zieht sich über den Bürgersteig bis dicht an die Fahrbahn, wo man ganz deutlich die Spur des Autos sieht. Die Welt ist an diesem Vormittag in fernes Fahrradklingeln gepackt, der Himmel ist auf die Erde herabgestiegen und hat Lulú mitgebracht. Ich freue mich darauf, meine Schwester wiederzusehen – fast genauso sehr, wie ich mich auf Weihnachten freue.

Großmutter kommt gar nicht dazu, von ihrer Erscheinung zu erzählen. Aber sie zwinkert mir zu. Ich finde, es ist spannender, ihr Geheimnis mit ihr allein zu teilen, als der zu sein, der es weitererzählt. Darum halte ich den Mund. Auch Mama sieht manchmal Gesichte, es liegt den Frauen der Familie im Blut, und Großmutter hat viele Geschichten, die sie mit Flüsterstimme berichtet. Sie fürchtet wohl, es komme dem Bösen zu Ohren. Es ist auch nicht das erste Mal, daß der Tod bei ihr zu Gast war. Als Großvaters Schiff unterging, war es dasselbe. Wie der *Fliegende Holländer* glitt das Schiff durch ihre Stube und warf einen Widerschein auf die Gemälde, ehe es einfach wieder durch die Wand verschwand. Und als die Zwillinge kurz nach Onkel Thorvalds sechzehntem Geburtstag im Eismeer verschwanden und feststand, daß Thorvald den Rest seiner Tage im Rollstuhl verbringen würde, war sie einmal so verwirrt im Kopf, daß die Ärzte sie ins Krankenhaus einweisen mußten.

Es vergehen ein paar Tage. Dann kommt Onkel Viggos Tod in Form eines Telegramms ins Haus. Großmutter ist schon in Schwarz, als sie in der Tür steht und den versiegelten Umschlag mit trockengeweinten Augen aufbricht. Sie bietet dem Briefträger Hagebuttentee und Kekse mit Marmelade an, ehe er durch den Schneematsch wieder zurückradelt. Bei uns steht das Haus auf dem Kopf. Es ist kein Platz für eine Trauer, die so weit draußen in der Welt ist, keiner außer Großmutter selbst hat Onkel Viggo lebendigen Leibes gekannt.

Die Erwartung übertönt alles. Mama fährt jeden Tag ins Krankenhaus, um bei der Rehabilitation zu helfen. Und jeden Tag kommt sie zurück und erzählt, was Lulú jetzt kann. Sie kann sich lediglich in einem besonderen Gehstuhl aufrecht halten, sonst rutscht der Rücken weg, und sie kann nur mit der einen Hand greifen. Die Ärzte nennen es ein kleines Wunder. Sie haben nie geglaubt, daß sie jemals wieder aus der eisernen Lunge herauskäme.

Mama kauft Sachen und stellt sie in meinem Zimmer auf, damit alles bereit ist, wenn Lulú nach Hause kommt. Das ganze Durcheinander von damals, als Lulú geboren wurde, wiederholt sich. Wir sollen im selben Zimmer schlafen; ich werde wieder der Große sein. Wir werden uns die Dunkelheit teilen, und obwohl es noch lange dauert, habe ich angefangen, an all das zu denken, was ich ihr erzählen werde. Alles, was passiert ist, während sie ein Engel war: von meinen neuen Freunden und ihrem Tun und Treiben Tag und Nacht im Haus. Ein wenig nachdenklich macht mich die Situation doch, denn einige Sachen riechen nach Krankenhaus und werfen häßliche Schatten, wenn die Straßenlaternen draußen angezündet werden.

IN MEINER FRÜHEN Erinnerung sind diese beiden Ereignisse unlösbar miteinander verknüpft. Als sei die Rückkehr meiner Schwester durch Onkel Viggos Tod bedingt. Und ich glaube, Großmutter denkt dasselbe, denn zwischen uns ist ein Pakt geschlossen. Ich bettle, daß ich auf Besuch kommen darf, während ich mich früher mit Armen und Beinen sträubte, weil ich den Geruch ihres Bettzeugs nicht mochte. Der Gast verbindet uns miteinander. Großmutter schweigt über das Geschehene. Aber ich weiß, sie denkt an ihn, und wir taufen die Stube mit den Gemälden um in Kapitänssalon. Wir sagen es nur dann laut, wenn wir allein sind. Und nie, weder früher noch später, habe ich so viele Weihnachtsgeschenke bekommen. Ich glaube, sie müssen beweisen, daß sie mich nicht vergessen haben, wo sich jetzt alles um Lulú dreht.

DEN WINTER HINDURCH herrschen die Grautöne in der Kammer des Vanillemädchens vor. Die Wolken hängen bis in die Fenster mit einer Dunkelheit, die länger ist als der Tag, Kälte dringt in den Raum ein und setzt sich in Einmachgläsern und Emailkannen fest. Von der Eisenstange, mit der man das Fenster öffnet, fällt alle paar Stunden ein Tropfen auf die Blumen des Wachspapiers, von denen er wie Tau an einem Sommermorgen herabrollt. Ich knipse die gelbe Birne an der Decke an und spiele, es sei die Sonne, während ich auf eine mildere Dunkelheit hoffe und mich nach Tagen sehne, die nie aufhören. Ich drücke seine duftende Wange gegen meine Nase und ziehe die Traumluft aus dem Tütchen. Innen bildet der Vanillezucker Flocken, die ich herausfische und zum Schmelzen auf die Zunge lege.

Draußen vorm Haus fliegt der Winter vorbei, und auf der Haustürtreppe steht die Milch in Flaschen mit Kapseln, die Mützen gleichen. Ich hänge stundenlang mit aufgestützten Ellbogen im Fensterrahmen, die Nase gegen die Eisblumen gedrückt, die mein Atem gezeichnet hat. Zu dieser Jahreszeit ziehen die Topfpflanzen eine gummiähnliche Haut über ihre Blätter, und die Luft im Fenster hat einen Stich ins Säuerliche. Es ist der Sommer, der in diesen Rahmen geschrumpft, gefangen und aufs Fensterkreuz gesteckt worden ist. Mit den Augen folge ich dem Licht und den Formen der Wolken, die erst Mäntel sind, die alles einhüllen, und dann zu Rauch werden, der an den Gardinen vorbeijagt und sich am Himmel auflöst. Im Kindergarten wird mir die Zeit lang, die Spiele draußen sind von Kachelofenwärme abgelöst –

Ich erwarte die angekündigte Rückkehr.

Eines Märzmorgens fährt unter einer bleichen Sonne wieder der Krankenwagen vor unserer Tür vor, und als seine Türen zum zweiten Mal in meinem Leben zugeknallt werden, zucke ich zusammen. Ich reiße mich von meiner Fensterbank los, wo ich schon lange eine

Topfpflanze gewesen bin, und laufe zur Wohnungstür. Sie tragen meine Schwester in einer grauen Decke, die um einiges zu lang ist, die Stufen herauf. Sie haben Schneematsch herein auf die Treppe geschleppt. Sie ist wach, doch der Körper liegt tief in den Armen des Mannes. Wie bei einer Schlafenden. Ihre Locken sind immer noch feucht. Sie hat dünne Backen bekommen wie eine Erwachsene, und ihre Augen sind zu zwei blauen Seen gewachsen, in denen die Welt stillsteht.

Der Fahrer hält die Tür offen, bis der Arzt und die Krankenschwester hereingekommen sind. Dann hebt er einige Apparate hoch und geht als letzter knarrend die Treppe herauf. Ganz oben am Geländer wartet Mama mit einem über dem Treppenschacht schwebenden Gesicht und einem zwischen Sonnenstrahlen und Dunkel wechselnden Ausdruck.

Lulú wird in das feine Zimmer getragen, wo die Gäste sich miteinander unterhalten, wenn sie gegessen haben. Der Fahrer will nicht hinein, sondern stellt die Apparate im Flur ab. Die Krankenschwester trägt sie hinein, der Arzt erklärt sie. Mir schaudert beim Anblick des weißen Korsetts, das ihren Rücken stützen soll. Da kann ich mich trotzdem besser mit dem Rollstuhl mit den verchromten Rädern und der Fahrradklingel abfinden.

Sie haben sie auf den Sofatisch gelegt, wo die Krankenschwester sie auspackt. Wie eine gepreßte Pflanze liegt der Körper da, schief und mit ungelenken Gliedern. Der linke Arm ist tot. Aber ich finde sie schön wie kein anderes Kind, denn man sieht ihr Skelett bläulich unter der Haut durchscheinen.

Der Kopf allein wirkt schwer und nimmt den ganzen Platz ein. Ich darf ihr Haar berühren, und sofort kehrt Bewegung in ihre Augen zurück, sie spiegeln eine

Wolke, die von der Sonne wegzieht, und das Lächeln bricht hervor. Sie strampelt mit den Augen, der Kopf rollt auf die Seite, damit sie mich besser sehen kann. Der Blick schlägt mir entgegen – unbändig frech. Es trifft mich wie ein Blitz: Zusammen kommen wir gegen alle an! Sie hat den Himmel aus Kopenhagen mitgebracht.

Eine Stunde später ist es weder der Krankenschwester noch dem Arzt gelungen, sie in das Korsett zu schnüren. Sie tobt mit dem Kopf so gut sie kann, windet den Körper und beißt sie in den Handrücken, während ich maule, dem Arzt ein Bein stelle und der brausenden weißen Schwänin, die ihm assistiert, im Weg stehe. Ein langsames Staunen hat Mama ergriffen, als sie Lulús Kampf sieht. Etwas bricht in ihrem Gesicht hervor. Sie steht auf unserer Seite! Schließlich schreitet sie dem Arzt gegenüber ein und entscheidet die Sache: Lulú soll das Korsett nicht tragen, wenn sie nicht will. Lulú kommt auch ohne Korsett zurecht. Ihr Wille strahlt auf einem Stengel von Körper, der dicht bei den Sternen gewesen ist.

Mama faltet schließlich behutsam, aber entschieden das Korsett zusammen und reicht es der Krankenschwester. Der Arzt beginnt zögernd eine Predigt, erst zur einen, dann zur anderen Seite. Aber die Krankenschwester hat keinerlei Zweifel. Das kann man ihrem Rücken ansehen, als sie mit hocherhobenem weißem Häubchen aus der Tür schreitet. Es zuckt freudig im *Teufelsfuß*, meine Lippen verziehen sich zu einem Grinsen, das sich mit Lulús Augenspiel trifft.

Die Wolken sind in eine Kuppel hochgesogen worden und verdecken die Sonne. Als die Haustür hinter den Weißgekleideten zufällt, sehe ich durch die Öffnung, wie die Kuppel von oben her von Lanzen durchbrochen wird, die ganz herunterreichen, sich am Geländer brechen und ein Glitzern auf die Haufen von erdigem Schnee legen. Im Wohnzimmer versucht Lulú, in Mamas Armen hängend, den Boden zu erreichen. Die Füße sind ganz in den Ornamenten des Teppichs verschwunden, und die dünnen Beine wedeln wie Wasserpflanzen auf dem Grund. Zusammen halten wir die Luft an, wenn der Rücken wegrutscht oder sie den Kopf auf die Schultern fallen läßt. Sie jammert nur, wenn Mama eine Pause machen will, damit sie sich ausruhen kann.

Fräulein Thisted ist gekommen, um mich in den Kindergarten zu bringen. Nach Evelyns Fall ist Fräulein Thisted unser neues Mädchen. Anders als alle vorherigen wohnt sie bei sich zu Hause, und sie ist auch nicht jung, darum fällt es mir schwer, sie einzuordnen. Sie kommt jeden Tag und macht dasselbe wie die Mädchen, aber ohne Teil meines Lebens zu werden.

– Warum hast du so viele Striche im Gesicht, habe ich sie am ersten Tag gefragt, als ich auf ihrem Schoß saß und in ein Wirrwarr von Falten blickte. Fasziniert sah ich dann das Lächeln auf zerknitterten Pfaden über ihr Gesicht huschen. Als hätte jemand an einer Schnur gezogen, die lange um Ecken und Knicke lief, ehe man das Resultat sah.

Sie kommt herein und duftet nach Äpfeln. Ihre Haut ist trocken. Sie fühlt sich überall an wie Samt. Nur ganz vorsichtig strecken sich ihre Hände vor, wenn sie die Jacke zuknöpft oder einem Mütze und Fäustlinge anzieht. Sie ist voll bürstender oder kleiner korrigierender Bewegungen.

Den ganzen Weg in den Kindergarten geht sie mit dem Kopf in ihren eigenen Wolken und antwortet nur zerstreut. Ich habe tausend Fragen, die an die Luft wollen, aber sie werden von den Absätzen heruntergeklappert und mit dem Mantelschoß in Matsch und Schneeregen herumgewirbelt. Ich versuche, mitzukommen. Der Handschuh, der an ihre Hand reicht, ist schon halb abgezogen, und die Luft beißt auf dem bloßen Stück. Sie ist eigentlich nett in ihrem Kopf, es kommt bloß nicht heraus.

Mantel, Mütze, Fäustlinge fliegen auf den Bügel, die Butterbrotdose auf ein Bord, das meinen Namen in Kreuzstich trägt, zusammen mit einer Maus, an der ich ihn erkennen soll. Die anderen Kinder finden überhaupt nichts Besonderes daran, daß ich meine kleine Schwester zurückbekommen habe, und mein Kindergartenfräulein ist genau wie Fräulein Thisted, bloß glatt im Gesicht und mit einer Stimme, die immer falsch klingt, wenn sie mit uns sprechen will. Ich bekomme einen Platz angewiesen und ein Malbuch, das für den Rest des Tages ausreichen muß. Einige basteln mit Mehlkleister und Buntpapier; die Mädchen sitzen für sich und nähen Wollfäden durch Pappscheiben mit Löchern drin. Wir dürfen nicht Verstecken oder Fangen spielen, weil die Hilfskraft krank ist.

Als die Kindergärtnerin in die Hände klatscht, klopft mir das Herz im Hals. Ich hasse das Spiel »Papa-Papa-Kriegersmann«, weil mir dann einfällt, wie er am Eßtisch brüllt, und weil ich nicht in den schwarzen Topf kommen mag, wenn die Arme fangen und die Stimmen um mich zu Geschrei werden. Aber das sollen wir heute gar nicht spielen, und ich atme erleichtert auf – sie hat angefangen, den ältesten von uns das Buchstabieren mit Klötzen beizubringen. Ich schreibe schon meinen Namen mit umgekehrten Buchstaben. Ich weiß gut, wie sie richtig stehen müssen, aber es liegt mir einfach besser in der Hand, und es ist *mein* Name. Ich bestimme es selbst.

Es hat angefangen zu regnen, erst wird es etwas dunkel im Raum, dann werden die runden Lampen an der Decke angemacht, und wir dürfen unsere Butterbrote auspacken. Wir bekommen Milch in Blechtassen, auf die mit Nagellack unsere Initialen gemalt sind. Die Flaschen sind in laut klappernden eisernen Fahrradkörben hereingetragen worden. Wir kippen die Milch um und hämmern mit den Tassen. Bald ist die Luft schal von Wurst, Leberpastete und Gummikäse, wir zerknüllen das Butterbrotpapier und werfen es den Mädchen an den Kopf, die weinen und »Fräulein, Fräulein« rufen. Vorher hatte fast Stumpfsinn geherrscht, jetzt ist alles Chaos, und ihre Stimme gellt über die Kinderschar, die jeden Tag zur Fütterungszeit überschäumt, eine Viertelstunde lang Dampf abläßt, worauf wir uns wieder beruhigen, schwer im Bauch von den mitgebrachten Butterbroten.

Dann kann sie wieder auf uns aufpassen mit ihrer Zuckerstimme und ihrer Kaffeetasse in der Hand und dem Plätzchen, das in die braune Brühe in der Untertasse getunkt liegt.

Der Regen wird dichter, flutet gegen die Scheiben. Mir kommt vor, das Wasser gluckere immer höher, und Fische mit Laternenaugen schauten aus ihrer stummen Welt zum Fenster herein. Es sind Meerjungfrauen mit dem weißen Gesicht meiner Schwester und Luftblasen vorm Mund. Es sind Hummer mit winkenden Scherenklauen im Schloß des Seekönigs. Aale im Haar der Meerhexe, die sich zu einem fettigen Klumpen winden. Mich schaudert. Draußen schnarrt der Regen. Das Märchen, das wir vorgelesen bekommen, regt in mir die Vorstellung an, auch Lulús vergeblicher Gehversuch müsse ein Gang auf Messern sein und der Preis dafür, daß sie zu ihrem Prinzen zurückkehren darf. Ich muß mir in den Arm kneifen, denn es soll richtig wahr sein. Es wird wieder seegrün hinter meinen Augenlidern, und das Wasser steigt…

Ich verliere mich in Gedanken. Ich sitze da mit dem Buntstift im Mund. Die Augen blicken ins Leere, und alle Laute liegen selig außer Reichweite. Der Fjord hat sich dicht um die Fenster gelegt mit Schiffswracks, Gespenstern und Bullaugen, aus denen Tang wedelt. Es ist still um den gesunkenen Schatz, lange Blasenbänder steigen daraus hoch, und ganz oben, wo das Licht aussieht, als leuchte es im Innern einer umgedrehten Schale, werden sie zu Brause. Die Kiste schaukelt, wenn die großen Meerestiere vorbeigleiten und Sandwolken sich langsam wieder zur Ruhe legen. Auf den Kistenbändern wachsen dicht die Muscheln mit blauweißen Kratermündern. Eine Ecke ist abgeschlagen. Einige Goldmünzen sind herausgerollt und zwinkern mir mit Seeräuberfratze zu, als ich zur Kiste hinuntertauche, ein Entermesser fest zwischen die Zähne geklemmt.

Ein lautes Knacken hallt in meinem Schädel, der Geschmack des speckigen Buntstifts mischt sich mit dem Geschmack von Blut. Ich habe den Stift durchgebissen, die Holzsplitter stecken im Zahnfleisch, und die Übelkeit steigt hoch wie das Wasser gerade vorher. Ich würge, während ich die Reste aus dem Mund ziehe. Ich habe Tränen in den Augen von dem Versuch, den Brechreiz zu unterdrücken. Der abgebissene Teil hat sich im Gaumen festgekeilt, und es schmerzt bös. Mit dem Schmerz kehrt die Umgebung zurück, der Raum mit Kindern und Stühlen, Wassergläsern mit Farbklecksen und langen Papierbahnen auf den Tischen. Ich nehme es nicht wahr. Ich nehme nur wahr, daß ich mich im Mund verletzt habe. Wieder! Das Muster der Wiederholung erschreckt mich mehr als alles andere.

Ich gebe keinen Laut von mir. Es wäre dasselbe, als verriete ich einen heimlichen Raum. Ich selbst weiß, wo ich gewesen bin; sie können mich nicht erreichen, und ich denke nicht daran, ihnen den Schlüssel zu geben. Dann lieber selbst damit fertig werden und den Schmerz runterschlucken. Außerdem möchte ich keinesfalls die Stimme des Fräuleins in meine Wunden gerieben bekommen.

Zum Glück läßt sich der Stummel durch vorsichtiges Rütteln herauslösen, und ich spüre, wie der Druck im Schädel nachläßt. Am Gaumen ist der Finger zur Größe einer Qualle angewachsen, und er schmeckt salzig und sumpfig zugleich. Jetzt ziehe ich ihn heraus, schlucke ein letztes Mal und pruste grüne Farbreste von den Lippen. Eines der Mädchen schickt mir einen Blick voll Abscheu. Ich strecke ihr eine häßliche und verfärbte Zunge heraus und höre, wie sie mit einem kleinen Schniefen »Fräulein!« ruft.

Mir ist es egal. Der Regen trommelt, ein Wasserkessel pfeift draußen in der Küche. Kurz darauf beugt sich das Fräulein über das Mädchen und blickt zu meinem Tisch herüber. An ihren Augen kann ich sehen, daß sie der mit einer dünnen, beleidigten Kleinmädchenstimme vorgetragenen Klage gar nicht zugehört hat. Und als ich mich über mein Malbuch beuge und die Zungenspitze aus dem Mundwinkel stecke, sehe ich, wie sie dem Mädchen den Kopf streichelt und eine Schleife zurechtrückt, ehe sie wieder zu dem Kessel trippelt, der aus der Küche nach ihr schreit.

Der Tag droht ganz in einschläferndem Tun zu verschwinden.

Da ertönt in der Einfahrt ein Heulen. Es ist eine Autohupe, und ich kennc sie! Mami oder Olsen ist also gekommen, um mich abzuholen, weil so ein gräßliches Wetter ist. Ich springe auf und klappe das Malbuch zu. Mit fahrigen Fingern lege ich die Buntstifte in die Schachtel auf ihren Platz. Der grüne, den ich durchgebissen habe, ist genau halb so lang wie die anderen. Aus irgendeinem Grund kommt es mir unheimlich vor. Wie wenn man an dem Sarggeschäft in der Jernbanestraße vorbeikommt und einfach hineinsehen muß, um zu sehen, ob der Deckel aufgeklappt ist.

Ich stürme hinaus zu Mantel, Mütze, Handschuhen und den Galoschen im Schrank, als die Tür aufgeht und das Herz einen Purzelbaum schlägt. Es ist Olsen heute, und ich bohre die Nase in seinen dicken Bauch. Er steht da, die Mütze in der Hand, und von dem Haarkranz laufen die Tropfen in seinen Kragen. Er ist kahlköpfig, und wenn er die Mütze aufhat, ragt der Schädel hinein wie eine Beule. Olsen hat dicke Backen und ein Doppelkinn, alles an ihm ist blank und glänzt, und wenn nicht Regen von ihm abperlt, dann ist es Schweiß oder Brillantine vom Haarkranz.

Mein Respekt vor Olsen kennt keine Grenzen; ich habe ihn immer noch im Verdacht, alles in Papas Firma zu besitzen, er ist auch der größte Mann, den ich in meinem Leben gesehen habe. Und der stärkste. *Junior* nennt er mich und hilft mir in den Mantel.

Ich bettle, daß wir am Hafen vorbeifahren. Er poltert etwas herum, und ich lege das Ohr an seinen Bauch, so daß ich gar nicht hören kann, was er sagt. Es klingt lustig, und ich weiß, ich darf trotzdem. Als wir im Auto sind, fallen die Regentropfen wie Nägel auf das Dach, und die Scheibenwischer ziehen mit Gummigekreische über die Scheibe. Ich lasse die Augen folgen: Her, hin, her, hin!

Olsen fährt bis an den äußeren Rand des Kais und bremst erst, als der Kühler schon über das Wasser ragt. Olsen ist nicht furchtsam. Er kurbelt das Fenster herunter und ruft den Fischern im grünen Ölzeug etwas zu. Es tropft von den Südwestern auf die umgekehrten Pfeifenköpfe, die ein Zischen von sich geben, wenn die Tropfen verdampfen. Ich darf die Scheibe halb runterdrehen und schaue mit offenem Mund auf die Hafeneinfahrt. Die Luft schlägt kalt und naß gegen die Stirn.

Himmel und Erde fließen zusammen. In langen grauen Teppichbahnen wirft sich der Regen über das Wasser. Läuft plötzlich mit einem Windstoß über den Fjord, der zu Schaumkämmen gepeitscht wird. Es reißt am Wagen, und ich wünsche, wir würden vom Wind hochgehoben werden und nach Gershøj fliegen, wo Großmutters Kusine wohnt. Hui, wie sie erzählen kann! Tante nenne ich sie, wenn ich ein seltenes Mal bei ihr zu Besuch bin. Sie macht Pfannkuchen und gebratenen Aal und serviert beides im Gasthaus. Dann werde ich ihr Lulú zeigen, die vorne neben mir sitzt, während ich das Auto durch den Regen lenke. Es schwankt und saugt im Magen. Wie wenn man im Riesenrad sitzt. Vom Zischen der Luftschlangen umgeben schweben wir schließlich durch die Wolken herab und landen mitten in Tante Katrines Rhabarberbeet.

Olsen hat sein Gespräch mit dem Fischer beendet, der jetzt den ganzen Arm in den Fischkasten steckt und ein Bündel Aale herausholt. Sie winden sich um sein Handgelenk. Er hält den lebendigen Strauß dicht unter meine Nase, und ich ziehe sie zurück und kratze mit dem Kinn über die Scheibenkante, während der

Kälteschauer in meinem Blut verrauscht. Das Haar der Meerhexe aus dem Märchen, springlebendig!

Der Fischer spuckt seinen Kautabak aus und begegnet meinem Blick mit einem Zwinkern. Dann steckt er sie wieder in den Fischkasten und wischt den Schleim an seinem Gummihintern ab. Olsens Mondgesicht glänzt vergnügt, als er das Auto startet und uns nach Hause fährt.

ALS WIR IN DIE Einfahrt gleiten, hat sich der Regen zu fliegendem Wasserstaub verdünnt. Olsen hält mir die Tür auf, führt zwei Finger an die Schirmmütze und nennt mich *Meister*. Als die Tür zuschlägt, ziehen sich die Wolken wieder zu einer Kuppel zusammen, aus der fächerförmig das Licht fällt. Ich sehe, wie ein paar Vögel in die Wölbung hochgesogen werden. Als ich die Treppe zur Wohnungstür hinaufsause, werde ich mit Pst-Fingern empfangen: Lulú schläft. Auf Zehenspitzen schleiche ich ins Wohnzimmer. Sie ist in Decken eingepackt und schnarcht laut. Die gesunde Hand krallt sie um einen Zwieback. Ein hektischer Glanz hat die Haut überzogen, und die Locken kleben nicht mehr auf der Stirn. Ringsum stehen unberührt die Apparate.

Sie sind dabei, mein Zimmer oben fertigzumachen, so daß sie auch dort liegen kann. Ich motze nur ein bißchen darüber, daß meine Sachen umgeräumt werden, denn etwas anderes bewegt sich nach oben: Ein Haus im Haus, ein Garten mit Brunnendeckel und Fichten und Schaukeln, der im vergangenen Sommer versunken ist.

SCHON DIE ERSTE Nacht ist anders.

Wir sind beide gebadet und frottiert worden und haben Höhensonne mit auf die Augen gelegten nassen

Wattebäuschen bekommen, während Mama laut aus einem Bilderbuch mit einem Elefanten im blauen Anzug vorgelesen hat, der Auto fährt und mit seiner Familie spazierengeht. Die Höhensonne steht auf dem Nachttisch und knackt; wenn man den einen Wattebausch etwas anhebt und herausschaut, sind die Farben im Raum ausgegangen, die Gemälde in Schwarz und Weiß umgeschlagen, und die Gesichter zu lauter Totenköpfen geworden. Es riecht verbrannt um uns, und die Wärme brennt auf der bloßen Haut.

Wir liegen im Zimmer, das Licht ist ausgemacht. Papa ist heroben gewesen und hat: »Gute Nacht, mein Mädchen, und herzlich Willkommen!« gebrummt.

Seiner Stimme fällt es schwer, all das zu sagen, was er auf dem Herzen hat.

Fräulein Thisted hat die Nachttöpfe hingestellt, und Mama hat geschnieft, unsere Hände über der Bettdecke gefaltet und mit uns zum Herrgott gebetet. Die Erwachsenen sind wieder gegangen.

Jetzt gibt es nichts mehr zu fürchten, ich habe sie, um auf sie aufzupassen, und ich traue mich schon, die Hände aus der Bettdecke zu stecken. Man hat mir aufgetragen, über das Haustelefon im Schlafzimmer, Wohnzimmer oder in der Küche anzurufen, wenn Lulú wieder aufhört zu atmen, und ich lasse den Blick von ihrem Gitterkasten zurück zu dem schwarzen Bakelitrohr über meinem Bett gleiten. Ich bin zu Tode erschrocken und horche lange. Schließlich höre ich nur den Laut meines einsamen Herzens, das in der Stille mit jedem Klopfen größer wird.

– Lulú! rufe ich in den Raum.

Es tut nichts, daß es Babygebrabbel ist, das in das Dunkel zwischen unsere Betten zurückkommt, denn ich kann hören, daß es richtige Worte sind. Sie sind bloß noch zu groß für ihren Mund. Solange sie antwortet, brauche ich nicht daran zu denken, ob sie atmet.

Ich liege still und wachse, während ich laut mit ihr rede. Die erste Nacht erzähle ich ihr, wer im Haus wohnt. Von der feinen Dame auf dem Dachboden, deren Kleid durch die Korridore schwebt, während ihre Lippen ein Gemurmel hervorbringen, das die Villa vom Keller zum Dachboden füllt – ohne daß es jemand hört, von ihren Hutnadeln mit den silbergrauen Perlen, ihrem Zwicker und ihren Fräuleinhänden, die einmal mein Haar gestreift haben, so daß es sich hinterher wie Spinnweben anfühlte. Das ist Urgroßmutter Amalie. Sie paßt auf den Koffer mit den Briefen und Bildern von Onkel Viggo auf.

Lulú bekommt große Augen im Dunkel. Ich kann es ganz deutlich spüren.

Ich male die Kammer des Vanillemädchens aus, erzähle ihr von der Insel mit den gefährlichen Haien und bevölkere sie mit schwarzen Männern und Frauen. Die Männer tragen Kniestrümpfe, haben dreieckige Hüte und rauchen Tonpfeifen. Die Frauen tragen Obstkörbe auf dem Kopf. Alle gehorchen dem Vanillemädchen auf den kleinsten Wink. Sie hüpfen und springen für sie, und sie läßt sich in einem Sessel mit einem großen Sonnenschirm herumtragen. Und eines schönen Tages kommt Onkel Viggo in seinem Schiff, um sie zu heiraten und König der Insel zu werden. Wenn sie sich dann durch den Palmenhain wiegen, blumenbekränzt und auf schwarzen Schultern reitend, ist ihr Tragsessel ein Doppelkanu, aus dem sie Goldmünzen in die Menge werfen.

Ich lasse mich hinreißen und verspreche Lulú einen Anteil an den Schätzen der Speisekammer, ja, ich verrate sogar, wo sie dic Rosinen versteckt haben, und höre, wie sie in derselben Sekunde unruhig wird und einen Laut ausstößt, der bedeutet, daß sie jetzt sofort etwas in den Mund stecken will. Ich erkläre ihr, daß wir nur anrufen dürfen, wenn sie zu atmen aufgehört hat, und sie wimmert ein bißchen, ohne daß richtig was draus wird.

Dann senke ich die Stimme und erzähle von dem Besenschrank, wo Ane Catrine hinter den Reitstiefeln wohnt. Ane Catrine ist unsere Ur-ur-ur-urgroßmutter, die der Soldat ins Unglück brachte und schwängerte, so daß unser Geschlecht beginnen konnte. Sie riecht nach Lederfett, und ihre Stimme hat einen Klang, wie wenn der Rasenmäher mit der Klinge gegen einen Stein stößt. Sie hat ein verbrauchtes Gesicht, aber auf eine ganz andere Art als Fräulein Thisted, deren Haut in ein Geflecht aus unzähligen alten Lächeln eingesunken ist. Ane Catrines Backen sind blaugeädert, ihre Augen rot, und sie füllen sich leicht mit Tränen. Ihre Hände sind aufgelöst vom Waschen für fremde Leute, und sie schuppen ab in großen, blaßbraunen Inseln. Ane Catrines Leben war hart, und es hat sich wie eine Nuß um ihren Mund festgesetzt. Wenn es still im Haus ist, kann man sie rumoren oder mit heftigen Bewegungen Stiefel blankputzen hören.

Unter dem Zaumzeug und der Pferdedecke versteckt sie den Schreihals, den sie in Nacht und Nebel geboren hat.

Als ich ihr das größte Geheimnis verraten will, bleibt mir fast die Stimme weg, so leise flüstere ich.

– Ich habe das Skelett des Soldaten im Garten gefunden! Die Erwachsenen wissen gar nicht und…

Lulú ist eingeschlafen. Ihr Schnarchen macht die Fortsetzung überflüssig, und die Worte verwelken in dem Augenblick, als sie mit sich selbst allein bleiben. Aber etwas von der Einsamkeit ist aus meinem Bauch geflogen – wie die Vögel, die in die Himmelswölbung hochgesogen wurden und durch das Loch auf die andere Seite der Wolken verschwanden.

Die Erzählungen der Nacht haben begonnen. Mit vielem bin ich jetzt nicht mehr allein, und mit dieser Gewißheit auf der Lippe schlafe ich ein.

IX
Die Erzählungen der Nacht

Langsam schwenken die Tage ins Frühjahr.

Lulú hat mehr Kräfte in den Beinen bekommen. Sie hat jetzt einen besonderen Gehstuhl, wenn man ihn so einstellt, daß sie mit den Füßen gerade den Boden erreicht, kann sie ihn, am Kinn und der gesunden Hand hängend, vorwärtsbewegen. Der Rollstuhl darf Staub fangen. Sie weigert sich schlicht, ihn zu benutzen. Sie läßt immer noch den Kopf hängen, wenn die Kräfte sie verlassen – der Kopf rollt auf die eine Schulter, und aus dem Mundwinkel läuft Schleim. Es schäumt in ihr, bis sie wieder Kräfte gesammelt hat. Dann fängt sie von vorn an.

Ihre Arme sind streichholzdünn, und der linke hängt gelähmt herunter. Man möchte glauben, es wären keine Knochen drin. Wie ein Strumpf baumelt er herab. Aber sie gibt nicht auf. Sie kämpft, um die Türklinke zu erreichen, sie besteht darauf, selbst zu öffnen. Es kommt vor, daß sie nach stundenlanger Schinderei völlig erschöpft in ihrem rollenden Stahlkorb zusammensackt. Aber immer noch darf keiner die Tür für sie öffnen. »Will selbst«, sind die Worte, die sie am besten ausspricht.

Sie gebraucht die restliche Muskelkraft des rechten Arms, um den linken hochzuheben. Oder sie nützt die Schwere des toten Arms aus, hakt ihn fest und zieht damit. Sie ißt wie früher, aber sie nimmt kaum zu, gleichgültig wie hartnäckig sie sich vollstopft. Es gehört nicht viel dazu und schon hat sie blaue Flecken. Die Haut ist zum Zerreißen dünn. Hinter dem Brustkasten erahnt man ihre Herzform wie ein pochendes Blütenblatt. Wenn das Licht in einem besonderen Winkel durch das Fenster fällt, wird sie durchsichtig. Ihre Schulterblätter sind genauso groß wie Vogelflügel. Ich sehe sie an und weiß nicht, wo ich das ganze Staunen herhabe.

Ich habe angefangen, sie Bambi zu nennen wegen der dünnen Beine, die jeden Augenblick unter ihr wegrutschen können.

Erst nachts, wenn wir allein im Dunkeln liegen, mache ich mich an die heimlichen Räume des Hauses. Geschichte für Geschichte hört sie zu, steif vor Schreck. Wir spüren beide den kalten Zug aus den Polterkammern, und ich warne sie davor, die Hände unter der Bettdecke herauszustrecken, solange sie klein ist.

Ich weiß nicht warum, aber je haarsträubender es wird, desto hartnäckiger setzt sie tagsüber ihren Kampf fort. Ich verspreche ihr, ich schwöre am Kopfende ihres Bettes, daß ich ihr, wenn sie selbst gehen kann – und keinen Tag vorher –, den toten Mann zeigen werde. Denn wie in aller Welt soll ich sie bis ganz zur Kastanie tragen, durch Ampferblätter, Brennesseln und Rosenstöcke, die jeden Augenblick aufblühen können? Sie versteht alles, was ich jetzt sage, und nickt stumm auf dem Kopfkissen.

DIE LUFT WIRD wärmer. Ich fange an, wieder draußen zu spielen. Der Garten wirkt dieses Jahr weniger groß. Der Teich hat etwas von seinem Sog verloren. Die Teichrosen haben sich mit ihren gelben Dottern ausgebreitet. Bärenklau ist nicht mehr direkt giftig, obwohl ich weiter aufpasse, daß ich nicht die Haare auf den

Stengeln anfasse oder die safttreibenden Kanten, die entstehen, wenn man sie mit einem Stock umhaut.

Nur die Kastanie steht wie vorher über dem Grab und leuchtet mit ihren Schatten. Das Loch hat sich im Laufe des Winters ganz geschlossen. Zurückgeblieben ist eine Vertiefung mit einer haarfeinen Schicht Gras drüber und eine vergessene Handschaufel, in deren blaues Email sich tief der Rost gebohrt hat. Als ich versuche, sie aus der Scholle zu ziehen, wo sie sich unter wechselnder Witterung festgebissen hat, löst sich der Handgriff vom Blatt.

Ich sitze da, mit einem Gestreu von Rostschuppen auf dem Knie und verliere mich in Gedanken über die Kräfte, die das Eisen in Erde verwandeln, während die Knochen hundert Jahre liegen bleiben und zwischen Wurzeln und Würmern leuchten. Die Kälte ist noch nicht aus der Erde und kriecht schnell unterm Hosenboden hoch. Ich lege zwei Steine auf das Grab, um die Stelle mit einem Zeichen zu markieren, das nur ich wiedererkenne.

ALS ICH zum ersten Mal allein vom Kindergarten nach Hause gehen darf, erweitert sich so schlagartig die Welt, daß sie mir ganz zu verschwinden droht. Wo ist der Gartenzaun? Die Straße saust direkt durch mich hindurch. Auf dem Villenweg stehe ich noch ins Detail verloren, nachdem das Gartentörchen zugefallen ist. Ich bin jetzt auf der anderen Seite der Hecke. Ungläubig nehme ich ein Stöckchen, um damit am Zaun entlangzuklimpern, in der Hoffnung, daß der Laut mich an den Weg bindet, damit ich nicht hochfliege und über die Domturmspitze verschwinde.

Ich muß erst über den Hügel. Hier stehe ich außer Atem, mit einem kalten Wind in Gesicht und Augen, die sich mit Wasser füllen. Der Weg, den ich im Schlaf auswendig kann, verliert sich plötzlich in geheime Gänge, Klosterpfade und Gäßchen, so daß ich das Stöckchen wie ein Blinder gebrauche, um damit die Pflastersteine zu betasten. Ich schnüffle den Zaun entlang, werde erst wieder auf dem Stænderplatz von Schwindel ergriffen, wo das Licht blendend aus dem offenen Raum hochschlägt. Ich schwanke auf den Füßen und kneife die Augen zusammen, der Nähe der Mauern beraubt, die mich bis jetzt gestützt haben.

Ein lautes Knattern nähert sich. Es ist ein Junge auf seinem Fahrrad. An der Vorderradgabel hat er mit Wäscheklammern ein Stück Pappe befestigt, und um die Speichen sind Milchkapseln in allen Farben gebogen. Ich kann gerade noch auf den Gehsteig springen, als er mit einem gellenden Ruf vorbeiknattert. Er schlingert arg. Einen Meter weiter schneidet er die Ecke und fährt vor ein Auto, das hart bremsen muß. Es erfaßt das Hinterrad, und der Junge fällt vor dem Rad auf den Bauch. Er ist wieder auf den Beinen und haut ab, als der Mann das Seitenfenster herunterkurbelt und ihn ausschimpfen will. Das Fahrrad ist im Rinnstein gelandet, wo das Vorderrad in die Luft ragt und in allen Farben schnurrt, bis es bei Rot und Blau und Grün stehenbleibt wie das Glücksrad auf dem Tierschauplatz.

Ein Polizist pfeift. Der Straßenkehrer hebt das Fahrrad auf und stellt es an die Mauer. Das Hinterrad hat eine Acht. Ein paar alte Damen drohen mit ihren Schirmen in Richtung des verschwundenen Jungen. Zwei, drei Autos hupen. Sie sausen an mir vorbei; die Füße trippeln auf dem Bürgersteig. Mitten im Kaleidoskop versuche ich meine Chancen abzuschätzen, wohlbehalten über die Straße zu kommen. Mir schmerzen die Augen vor lauter Schielen nach allen Seiten, und erst als ich mit heiler Haut hinüber zur Klostermauer gekommen bin und das Stöckchen weiter an den Mauersteinen entlangklappern lasse, wird das Pflaster des Gehsteigs unter mir wieder fest.

Als ich schließlich auf der Treppe vor unserer Haustür stehe und die Reise vorbei ist, hole ich tief Luft und lege den Finger auf die Klingel in dem Bewußtsein, daß der Junge, der nach Hause gekommen ist, ein anderer ist als der, der es verließ.

WÄHREND DIE WELT draußen größer wird, schrumpft das Elternhaus. Aber der nächtliche Raum ist voller magischer Laternen. Ihr Schein fegt über die Zimmerdecke, wenn ein Auto vorbeifährt und die Schatten wachsen und wieder abnehmen. Jeden Abend wiederholen wir dasselbe Ritual. Mama gibt uns einen Gutenachtkuß, schüttelt unsere Kopfkissen und streicht die Bettdecken um uns herunter, die Tür wird zugemacht und schneidet den Lichtstreifen vom Flur durch. Wir liegen eine Weile still und tun, als würden wir schlafen. Keiner darf wissen, was wir vorhaben. Dann rufe ich ins Dunkel – Lulú? –, und sie antwortet mir mit ihrer neuen Stimme, die angefangen hat, rein zu sprechen. Wenn sie sich nicht aus lauter Eifer verhaspelt.

Vom Vanillemädchen will sie immer wieder hören. In der Dunkelheit entsteht aufs neue die Insel der vorherigen Nacht. Mit dem Wellenschlag der Lagune und dem Rauschen des Palmenwindes. Mitten auf der Insel ist ein Garten, wo König Viggo wohnt. Das ganze Jahr über ist Sommer. Im Garten sind die Fichten hochgewachsen, und das Haus aus Tisvilde steht wieder da mit seinem Plumpsklo und seinem roten Herzen auf der Tür. Wir wohnen in Etagenbetten im Aussichtsturm des Kapitäns, die Fensterrahmen sind zu Bullaugen geschrumpft, und in der Nacht hören wir draußen den großen Ozean brausen. Ich verspreche ihr, daß sie, wenn sie beide Arme gebrauchen kann, selbst steuern darf; bis dahin stehe ich am Ruder und führe uns sicher durch Klippen und Schären.

Gelegentlich gleitet im Licht der Autoscheinwerfer eine mächtige Haifischflosse über die Wand. Dann wird es still, und Lulú atmet nicht. Erst wenn es wieder ganz dunkel ist, kehrt die Luft mit einem Keuchen wieder in ihre Lungen zurück.

Solange steht das Herz im Leib still, und meine Gedanken kreisen um das Haustelefon, ich hoffe, nie, nie seinen Hörer abnehmen zu müssen.

Bei Vollmond bekommen wir fast immer Besuch von der Weißen Frau. Sie schreitet hohläugig durch das Zimmer und ruft nach ihren Söhnen. Erst nach Viggo, dann nach den Zwillingen. Es geschieht mit einer Stimme, die nicht weiß, wohin sie sich wenden und in welcher Himmelsrichtung sie Antwort finden soll. Manchmal lehnt sie sich über Lulús Kopfende, hebt ihr Lorgnon hoch und sieht lange durch die spiegelnden Gläser. Es ist, als wolle sie Lulú mit sich in die Dachkammer nehmen, wo sie den ganzen Tag lang auf einem Bügel hängt, in Kleidern, die für die Erwachsenen längst vergessen und vergraben sind. Lulú wirft den Kopf zurück und atmet unruhig, bis ich ihr – zähneklappernd tapfer – anbiete, aufzustehen und Urgroßmutter von ihrem Bett wegzujagen.

Zum Glück ist es nie nötig. Und die Bewunderung meiner Schwester ernte ich trotzdem. Ich verbiete sofort – ohne aufzustehen – der alten Bohnenstange, Lulú anzufassen und sie zu Spinnweben zu machen. Dann stößt sie einen letzten Seufzer aus und gleitet wieder durch die Wand. Lange danach können wir noch ihre

Schritte und ihre Stimme auf dem Korridor hören: Viggo ... Johannes ... Theodor ...

Flüsternd vertraue ich Lulú an, daß die Zwillinge mit ihrem Schiff weit im Norden untergegangen und jetzt in einen Eisblock eingefroren sind, der aussieht wie der in unserem Eisschrank, den uns ein Mann Tag für Tag bringt, mit einem Stück Gummi auf der Schulter und einer großen Zange, um das Eis zu halten.

Die Geschichte von dem Nachmittag, als Onkel Viggo an demselben Tag in Großmutters Stube zu Besuch war, an dem er auf der Insel starb, läßt sie tief unter die Bettdecke kriechen. Es gibt Grenzen für das, was sie vertragen kann, solange sie noch so klein ist.

Aber ich schwöre, daß wir bald zum Eismeer segeln und auf den Block mit den Zwillingen hauchen werden, bis er schmilzt und sie quicklebendig herauskommen. Denn so ist es mit dem Eis. Es ist dazu da, daß man sich so lange darin halten kann, wie es sein muß. Wenn man aus dem Eis kommt, kann man erzählen, wie es ist, tot zu sein. Dort sind ganze eingefrorene Städte, und wenn wir einen Heißlufttrockner mitnehmen, zum Beispiel Mamas Fön, können wir die Menschen wieder lebendig machen, genau dort, wo sie vor hundert Jahren, als es noch Märchen gab, eingeschlossen worden sind. Wir können Großmutter mitnehmen, sie wird sich freuen, ihre Brüder wiederzusehen.

In Nächten, in denen es stürmt und regnet, kommt meist Ane Catrine. Sie muß Kleider zum Trocknen aufhängen, und in ihren Röcken hängt der Schreihals. Sie füllt den ganzen Raum aus mit klammen Bettlaken, so daß unsere Stimmen verschwinden und die Luft zwischen uns lauwarm wird. Sie erinnert mich an Evelyn, und ich werde sauer und schweigsam, während Lulú bittet und bettelt, ich solle weiterreden. Aber ich kann mich nicht konzentrieren, wenn Ane Catrine rumort und das Kind die ganze Zeit auf den Dachboden läuft und Stiefel hereinschleppt, die geputzt werden müssen. Ich weiß nicht, was der Soldat ihr getan hat, aber er hat das Licht in ihren Augen gelöscht, und sie glotzen dumm auf alles, was nicht Wäsche oder Stiefel heißt.

Das Problem mit dem Schweigen ist, daß Lulú es haßt. Um mich dazu zu bringen, wieder etwas zu sagen, kann es ihr einfallen, so zu tun, als würde sie nicht mehr atmen. Sie ist enorm geschickt darin, so leise Luft zu holen, daß man keinen Laut hören kann. Sie weiß ausgezeichnet, daß es damit endet, daß ich sie rufe, wenn die Stille gewachsen ist, ihr Name schlägt von selbst auf meinen Lippen aus. Prüfend schiebt er seine Fühler ins Dunkel. Und wird mit einem begeisterten Atemzug von der gegenüberliegenden Wand belohnt. Nachdem ich in Furcht eingesperrt dagelegen bin und versucht habe, meinen eigenen Herzschlag zu überspringen, um den ihren besser hören zu können.

Dann räche ich mich. Ich habe einen Trick, um sie lange zu beschäftigen. Er besteht darin, daß ich sie bitte, zu rülpsen, was sie hervorragend kann, weil sie – ungeduldig, wie sie ist – zusammen mit dem Essen immer eine Menge Luft runterschluckt. Sie kommt als Rülpser wieder hoch. Ich sage, sie könne es garantiert nicht hundertmal hintereinander. Jetzt geht die Pumpe los, und sie holt tief im Bauch Luft und schickt sie in Wellen wieder durch den Hals, während ihr Kopf ruckt und sie Serien von Rülpsern abknallt.

Sie kann nicht rechnen, darum zähle ich zweimal bis hundert, bis sie wieder aufhören darf. Ab und zu unterbricht sie sich, um Luft zu holen, und fragt, wie weit sie gekommen ist. Ich schleudere die Zahl heraus und versuche nur die Hälfte der Male zu sagen, die sie schon gerülpst hat. Es erfordert mein ganzes Kopfrechnen, und ich strahle vor zurückgehaltener Freude.

Einmal bekommt sie dabei Schluckauf und kann nicht wieder aufhören. Es dauert lange, bis zum nächsten Tag, und bringt ihr ganzes Trainingsprogramm durcheinander. Hick! macht es gerade unter der Türklinke, und die Hand rutscht herunter, klettert langsam wieder hoch und gleicht – mit der runzligen Haut und den viel zu dünnen Fingern – einer kleinen Spinne.

Draußen gießt es in Strömen, und ich brauche nicht in den Kindergarten zu gehen. Hick, macht es im Gehstuhl, und ihre Beine verheddern sich. Wir sind mit Großmutter allein zu Hause, aber ich schicke ihr zur Sicherheit einen Blick, wage nur ja nicht zu petzen! Großmutter versucht alles mögliche, aber das Zuckerwasser auf dem Löffel verstärkt bloß den Schluckauf und bringt Lulú dazu, um mehr zu betteln. Erst als sie Mittagsschlaf macht, geht es von selbst vorüber.

Nach dem Mittagsschlaf ärgern wir Großmutter. Der Teufel ist uns ins Ohr gefahren. Sie hat zum Mittagessen Schnaps getrunken und rote Backen bekommen. Es endet damit, daß sie mich, mit einem Schirm bewaffnet, um den Eßtisch herumjagt. Das Lustige ist, daß das kein Spaß ist. Sie ist richtig wütend auf uns, aber schlecht zu Fuß, darum kann ich ihr leicht entwischen. Lulú kreischt begeistert in ihrem Stahlkorb, aber die Füße schlenkern über dem Boden, ohne daß sie weiterkommt.

Erst als Großmutter aufgegeben hat und in den Sessel sinkt, hören wir auf. Wir quengeln lange, sie solle uns eine Geschichte erzählen, und als ihre Brille einen besonderen Glanz bekommt, wissen wir, daß wir gewonnen haben.

Es wird die vom Tuborgmann. Der Tuborgmann wohnt ein Stück die Straße hinauf. Er ist ein runder Däne in Hemdsärmeln und schwitzt ständig wie der Mann auf der Reklame, der ein Taschentuch mit vier Knoten auf dem Kopf hat. Er hat immer ein Bier in der Hand. Er hat einen Garten wie wir und Verandatüren, die offenstehen, wenn die Sonne scheint.

Eines Tages, als er herauskam, um sein Mittagsbier zu genießen, stand dort eine Kuh und kaute an seinen Tulpen. Sie war aus dem Schlachthof in der Jernbanestraße abgehauen. Als er versuchte, sie durch die Hecke zurückzujagen, wo sie durch den elektrischen Zaun und das alles gestürmt war, wurde sie sauer. Sie senkte die Hörner und fing an, mit ihren Hufen im Rasen zu scharren. Der Tuborgmann wurde nervös und ging zurück in sein Wohnzimmer. Das hätte er nie tun sollen.

Er konnte gerade noch den Wirbel auf der Stirn der Kuh sehen, bevor sie schnaubte und zum Angriff überging. Sie donnerte hinter ihm die Verandatreppe hoch ins Wohnzimmer, wo sie anfingen, um den Eßtisch zu laufen.

Das war zuviel für die Kuh. Sie rutschte ständig mit allen vieren auf dem Parkettboden aus, so daß der Tuborgmann ihr entkam. Aber sie wollte nicht aus dem Haus hinaus und lieferte einen dampfenden Kuhfladen auf dem Teppich ab, ehe die Feuerwehr ankam. Jetzt traute sie sich plötzlich nicht mehr, die Treppen wieder hinunterzugehen, und blieb stehen und zitterte, während die Feuerwehrleute an dem Seil, das ihr um den Leib gebunden war, zogen und zerrten, und der Tuborgmann sie direkt in ihre weißentsetzten und kaffeebraunen Augen verhöhnte.

Es endete damit, daß man einen Kran rufen und sie auf einen Lastwagen hieven mußte, um sie zu der

Schlachtbank zurückzubringen, vor der sie abgehauen war. Hinterher mußten sie das ganze Fleisch wegschmeißen, weil die Kuh Amok gelaufen war.

– Warum denn? fragt Lulú.

– Weil man ein Tier, das so bange war, nicht schlachten kann, sagt Großmutter und nickt ihr über den Brillenrand zu, während sie mit den Lippen schmatzt, was eine Angewohnheit von ihr ist.

– Ist das wirklich passiert? fragt Lulú, und ihr steigen plötzlich Tränen in die Augen.

Ich falle Großmutter ins Wort, denn ich habe selbst den Fußboden des Tuborgmanns gesehen, als ich mit Mama und den Damen zum Tee dort war. Der Geruch von Kuhscheiße war in Seife erstickt, aber es war noch ein Flecken auf dem Teppich, und das Buchenparkett war aufgerissen. Das war, als Lulú im Krankenhaus war.

Sie hat so vieles nachzuholen, und ich greife nach ihrer Hand mit dem lauten Brausen von Tannen innendrin, das die Kinderlähmung hervorruft, und halte sie.

Großmutters Kopf ist nach vorn geglitten. Es ist der Nachmittagsschnaps. Ein komischer kleiner Schopf wächst aus ihrer Nase. Ich flüstere Lulú zu, sie solle leise sein und ziehe sie am Arm. Wir schleichen auf Zehenspitzen. Das geringste Quietschen der Räder des Gehstuhls fühlt sich elektrisch an; ich schiebe sie, und wir entfernen uns von dem Sessel, in dem Großmutter auf eine Seite gekippt ist, so daß die Brille schief hängt. Solange sie schläft, wird das ganze Haus unsere heimliche Insel sein.

Als erstes zieht uns die Speisekammer an. Lockt mit Rosinen und Schokolade, die, zusammen zu einem Klumpen gekaut, uns den Mund unter Wasser stehen lassen. Im Nu habe ich das Rosinenpaketchen gefunden. Es ist in einen Tontopf geräumt worden, in dem früher eingelegte Gurken waren. Sie haben versucht, mich zu täuschen, und den Einmachzettel drangelassen. Die Schokolade ist hoch oben auf das Regal gelegt worden. Erst muß ich auf einen Küchenschemel klettern, dann auf den Tisch mit dem Brotschneider, mich in meiner ganzen Länge strecken und das Päckchen mit den äußersten Fingerspitzen zu mir heranschieben. Dann muß ich mit heiler Haut wieder herunter, während Lulú in ihrem Stuhl johlt.

Und hier fällt mein Blick auf das Bord darunter. Dort steht eine Reihe Flaschen, die ich vorher nicht bemerkt habe. Es sind verschiedene Fruchtfarben. Ich springe, entflammt von einer Idee, die die Flaschen mir eingegeben haben, vom Schemel herunter. Noch kauend weihe ich Lulú in meinen Plan ein. Sie kaut und nickt; der Adamsapfel tanzt in ihrem Hals, sie schluckt wie ein gefräßiger Storch, der Frösche hinunterwürgt. Als ich es ihr erzählt habe, nickt sie ein letztes Mal. Sie hat sehr große Augen bekommen.

Bald wird die Fruchtfarbe zum Hauptbestandteil eines neuen Spiels, in dem Lulú das Vanillemädchen ist. Sie ist schon mit Schokoladenspucke eingefärbt und hat einen großen Negermund. Jetzt mische ich die Farben. Bis ich die richtige getroffen habe. Dann nehme ich Lulús Arme und beginne, die Farbe mit einem Backpinsel aufzuschmieren. Es wird toll. Ein gelber Schimmer glänzt durch den braunen, der Arm gleicht wirklich – mit der Krümmung der Hand unten – den Vanillestangen im Glas. Erst als ich den Hals erreiche, fängt es an zu kitzeln, und Lulú kreischt. Ich mache weiter, bis der ganze Kopf dunkel ist, und trete einen Schritt zurück. Unglaublich, wie ihre blauen Augen glänzen. Und die Milchzähne! Man kann sie auf dieselbe Art im Dunkeln sehen, wie die phosphoreszierenden Zeiger einer Uhr.

Ich laufe zum Eingang und hole Olsens Mütze. Horche etwas an der Tür auf Großmutters Schnarchen, das jetzt das Wohnzimmer ausfüllt, und flitze zurück in die Speisekammer, wo wir das Licht ausgemacht haben. Ich bin der Kapitän. Deshalb muß ich selbst auch nicht angemalt werden, und das versteht Lulú gut. Die Mütze fällt über die Ohren, und ich ziehe die Nase kraus, als ich das Aroma des Schweißbandes rieche. Aber sonst ist alles, wie es sein soll, und die Zeremonie kann anfangen.

Vor der gerüschten Gardine, die vor alle Einmachgläser gezogen ist, werden wir getraut. Die Stimme des Priesters kommt tief aus der Kehle, aber Lulú kann sich nicht im Zaum halten und gar nicht verstehen, wann sie antworten soll und wann sie schweigen muß. Sie plappert mit ihrer Papageienstimme, und hin und wieder kreischt sie auf und kann überhaupt nicht den Gang der Ereignisse abwarten. Als ich uns zu rechten Eheleuten erklärt habe – mit Grabesstimme – und bis daß der Tod euch scheidet, küsse ich sie mitten auf den Schokoladenmund.

Hinterher spielen wir das heimlichste Spiel, das wir jemals gespielt haben.

Ich habe Stubenarrest auf meinem Zimmer.

Mama kam mit Fräulein Thisted nach Hause. Sie waren einkaufen gewesen. Sie fielen fast über Lulú, als sie die Wohnungstür öffneten. Ich hörte, wie Fräulein Thisted verstummte, während Mama ins Wohnzimmer stürmte, um alle Ärzte anzurufen. Ich versteckte mich mit heißen Ohren im Schuhschrank.

Sie glaubten, Lulú sei wieder blau geworden, weil

sie keine Luft bekäme, und entdeckten ihren Irrtum nicht, bis es zu spät war, die Ärzte abzubestellen. Sie kamen die Treppe heraufgepoltert und füllten den Eingang und das Wohnzimmer. Großmutter wachte auf und glaubte, als sie alle Arzttaschen sah, sie sei wieder nicht ganz richtig im Kopf. Sie bekam sofort Herzklopfen, und die Ärzte horchten sie mit dem Saugnapf ab. So konnten sie wenigstens das tun.

Lulú schluchzte leise, erschrocken über das allzu große Gelächter, als Fräulein Thisted nach einer Waschschüssel geschickt worden war und alle Fruchtfarbe allmählich abging. Mama beeilte sich, Sherry einzuschenken. Unten in der Einfahrt wurde die Autotür zugeworfen, und Papa nahm in drei Sprüngen die Treppe. Er war vom Büro nach Hause gekommen, um Zigarren auszuteilen. Bald kochte das Herrenzimmer von aufgeräumten Stimmen, und sie sammelten sich in Gruppen vor dem Eckschrank mit Papas Reiterprämien. Es war ganz so, wie wenn die Eltern Gesellschaft hatten, und Lulú bekam im Handumdrehen wieder gute Laune, als sie in der Konfektschale kramen durfte.

Währenddessen saß ich draußen im Schrank, begraben unter einer Lawine von Schuhen und alten Taschen, die nach Tieren stanken. Überzeugt, ich würde von zu Hause weggeschickt und unwiderruflich von meiner Schwester getrennt. Durch die Türen hörte ich ihr begeistertes Kreischen, wenn jemand mit ihr Killekille spielte, und es schnitt mir ins Herz, schlimmer als die Messer der kleinen Meerjungfrau.

Gleichzeitig fühlte ich mich im Stich gelassen. Es war unser Spiel – wie die Insel und die nächtlichen Abenteuer. Drinnen im Wohnzimmer johlte Lulú weiter, während ich mich duckte – umgeben von aufgehängten Wintermänteln. Mit in der Seele entfesselten Kräften, die schwelten und sengten.

Es vergingen Stunden, ehe sich jemand an mich erinnerte und mich mit dem Bescheid auf mein Zimmer schickte, ich hätte Stubenarrest. Bis ich ins Bett gelegt würde. Ohne Abendbrot. Lulú sollt im Elternbett schlafen. Sie dürfe in der Ritze liegen. Sie wollen sie unter der Bettdecke begraben und mir abnehmen. Ich soll wieder allein bleiben mit den Masken und der Stimme, die so hohl klingt, wenn keiner mehr da ist, um zuzuhören.

ALS ANE CATRINES Kind plötzlich vor mir steht, das Haar ein verfilztes Vogelnest, mit unter der Jacke abstehendem Bauch und mit ausgestreckter Hand, fahre ich zusammen. Es ist hellichter Tag. Sie schweigt, aber sie sieht mich mit Augen an, die mehr als Worte sagen. Sie liegen tief in ihrem Kopf, dunkel und verängstigt. Ist sie stumm geworden? Mit Hand und Augen erzählt sie mir, was sie will, während sie versucht, mich am Ärmel zu zupfen.

Sie will mich mitnehmen; ich soll mit ihr in die Dachkammer, durch die vergessenen Garderoben und über die Wendeltreppe. Dort ist etwas, das sie mir zeigen will. Das Bittende hat sich auf ihrem ganzen Gesicht ausgebreitet. Ich zische ihr zu und stampfe auf dem Fußboden auf, bevor ich Lippen und Augen zusammenkneife und vor ihrer Gestalt, die von trübem Licht aus der Fensteröffnung umhüllt ist, den Kopf schüttle. Es vergeht lange Zeit, ehe ich wieder aufsehe. Sie ist weg. Ich habe die Tür nicht zuschnappen gehört.

Etwas in mir ist zerbrochen. Ich bleibe zurück mit einer Einsamkeit, die nicht zur Wunde werden darf. Ich arbeite konzentriert daran, mit dem Stabilbaukasten einen Kran zu bauen, ganz Kopf, unsäglich fern und mit einem Gefühl, daß es nie wieder richtig wird.

Türen fallen ins Schloß, Stimmen sickern aus dem Haus. Allmählich wird es still. Den ganzen Nachmittag lang winken mir die Wände zu. Tanzen davon mit Lichtgeflimmer. Senken sich mit ihrer hellen Kälte wieder in den Raum. Tief unten auf der Straße ertönt eine Fahrradklingel. Eine Stufe knirscht im Haus. In der Etage unter mir wird an der Schnur über dem WC-Becken gezogen, und die Wasserrohre rauschen lange nach. Ich sitze mit dem Rücken zum Bett meiner Schwester und lasse die Dämmerung einfallen, ohne das Licht anzumachen und ohne hochzusehen, als jemand mit einem Tablett hereinkommt.

X
Reise ins Dunkel

In dieser Nacht gehe ich mit Ane Catrines Kind die Wendeltreppe hinab, die sich am Heizungskeller entlangwindet. Als wir an der bullernden Hitze und der knirschenden Koksschicht auf dem Betonboden am Ende der Treppe vorbei sind, wird das Geländer kälter. Hin und wieder bleibt sie auf einer Stufe stehen und winkt mich weiter. Ich spüre das Haus über meinem Kopf hängen, immer weiter weg und immer höher oben. Es schrumpft zu einem Sternenpünktchen mit strahlenden Spitzen und wird zu schwindelnd vielen Jahren über meinem Kopf.

Wir kommen hinaus auf eine Straße mit Pflastersteinen und Müllgeruch. Der Stern steht oben über dem fernsten Giebel. Die Häuser sind schief, die Mauern schlagen sich schräg durch das Fachwerk. Die Fenster sind klein und etwas dickbäuchig, wie bei Großmutter zu Hause, sie zwinkern uns kurzsichtig zu, in einen Abend hinaus mit dunklen, verlassenen Straßen.

Sie bleibt vor einem Haus stehen, dessen Mauern aussehen, als seien sie aus mit Stroh zusammengeschmiertem Schlamm. Die Fensterscheibe besteht aus einer in einen Rahmen gespannten Schweinsblase, und man ahnt das Licht an einem Widerschein, der zwischen dem dunkleren Geäder der Blase spielt.

Sie stößt gegen eine Tür, die mit einem papierdünnen Quietschen aufspringt, dreht sich im Halbdunkel um und winkt mich hinein. Die Tür hängt schief in den

Angeln, und der Rahmen ist so niedrig, daß ein Erwachsener sich den Kopf anstoßen würde.

Ich bin vor der Stufe stehengeblieben. Das tote Mädchen versucht mich hinter sich herzulocken und winkt vielsagend mit der Hand. Ich spüre, wie mir eine Lähmung die Beine hochkriecht. Sie setzt sich mit einem warmen Rieseln zwischen den Beinen fest; ich öffne den Mund, kann mich aber nicht rühren. Aus dem Raum mit der niedrigen Decke ruft eine dünne Stimme nach ihr. Der Ton legt sich um meinen Hals und drückt ihn zu. Denn so schwach er auch ist, er will mich zu sich hineinziehen.

Ich will weg von dem Haus, umkehren und laufen, aber jede Bewegung von der Hüfte abwärts ist unmöglich, und meine Füße sind an das Pflaster genagelt. Irgend etwas Furchtbares zieht heran, die Wärme zwischen den Beinen wird zu Kälte; ich erwache von einem Schrei, der in der Dunkelheit vor mir zu Gewimmer zerbröselt.

Ich habe ins Bett gemacht. Es sind die Laken, die kalt werden.

Ich krieche um den Flecken herum und falte mich in die Ecke. Die Kälte des Raums hängt noch in der Bettdecke. Sie tanzt mit schwarzen Pünktchen in der Luft, eins für jeden Stern, der gelöscht wurde. Der Alptraum ist immer noch in seinen Umrissen da – wie eine Lampe, die ausgegangen ist. Es zieht in den Lippen, und das Kopfende preßt den Nacken schief.

– Lulú, rufe ich mit einer Stimme, die bloß wissen will, ob sie schläft, Lulú...

Im nächsten Augenblick sitze ich aufrecht im Bett und erstarre am ganzen Körper. Denn von der anderen Seite kommt kein Laut, kein Schlafgemurmel, und was noch schlimmer ist: sie hat aufgehört zu atmen. Kein einziger Atemzug kreuzt meinen eigenen; eine große, allumfassende Stille wächst zwischen den Gitterstäben in ihrem Bett.

Hinter meiner Stirn ist es weiß, als ich die Bettdecke wegschiebe und die Füße auf den Boden stelle. Der Pyjama ist ohnehin naß, jetzt legt er eine Eishand auf meine Schenkel. Noch heute kommt mir der Weg über den Fußboden zu Lulús Bett als die längste Strecke vor, die ich in meinem Leben gegangen bin. Erst ein Stück blankes Linoleum, das unter den Fußsohlen zu Stearin erstarrt. Dann geraten die Zehen in den Kran, und ich trete wild um mich. Die Kante des Spieltischs flammt über das Schienbein, und es kracht um mich herum von Klötzen und Spielsachen.

Als die Laute verebben, ist die Stille über das ganze Haus gewachsen, und ich erkenne, wie allein ich bin unter Schlafenden und Toten. Trotzdem gehe ich weiter über die Buckel des Flickenteppichs bis an das Bett, wo ich das Kopfende anfasse und mich auf die Zehenspitzen stelle, von dem einen Gedanken getrieben, der mich dazu gebracht hat, das Dunkel zu überwinden. Was ist mit Lulú geschehen?

Das Bett ist leer; ich stecke eine Hand zwischen die Gitterstäbe und taste das Kopfkissen ab. Dort ist niemand. Die Bettdecke liegt glattgestrichen unter meinen Händen, mit eingelegten Kanten. Im selben Augenblick lichtet sich der Schlaf, und ich erinnere mich wieder an die Ereignisse des Tages. Von der Insel des Glücks, wo wir geheiratet haben, bis zu Strafe, Hausarrest und – absurderweise – Abendbrot, das ich trotzdem auf mein Zimmer gebracht und kalt serviert bekam. Ich hasse kalt gewordenes Fleisch.

Stimmt ja – Lulú schläft diese Nacht unten, in dem Zimmer mit Goldtapete, Wandlämpchen und Spiegeln.

Sie kuschelt sich in die Spalte zwischen Mama und Papa, schwer von der Wärme ihrer großen Bettdecke, und vielleicht ist sie mit einem Lächeln auf dem Gesicht eingeschlafen. Als mir die Erklärung einfällt, fühle ich einerseits Erleichterung – und eine große Leere. Ich will sie wieder ausfüllen und klettere in das Gitterbett, in dem ich etwas liege und mit ihrer Stimme spreche, einen Finger in den Mund stecke und meinen Namen in den Raum sage. Als mich die Wärme umschließt, verliere ich ganz die Lust, den kalten Weg wieder zurückzugehen, aber das Gefühl, mich getraut zu haben, ist geblieben, und ich schlafe in der matten Gewißheit ein, daß die Furcht sich für diese Nacht erschöpft hat. Nur die Müdigkeit ist noch da.

Hier finden sie mich am nächsten Morgen, tief vergraben in Lulús Bett, und ich werde in einen Wirrwarr aus Zärtlichkeit und Küssen hochgehoben.

– Du bist ein guter Junge, sagt meine Mutter mehrmals.

Großmutter kommt mit Lulú auf dem Arm herein, und sie strahlt mir entgegen, als wäre nichts passiert. Ich wende den Blick ab, ein wenig reserviert. Sie heben sie hoch und ins Bett. Ich schiele zu Mama.

– Soll sie nächste Nacht bei mir schlafen?

Es entsteht eine lange fragende Pause.

– Möchtest du? sagt Mama dann und läßt ihren forschenden Blick auf mir ruhen. Ich nicke stumm.

– Dann hör mit den Streichen auf und denk daran, daß deine Schwester krank ist.

Sie heben sie hoch und ins Bett, wo sie sich festhakt.

Kurz darauf streichelt Großmutter mir den Kopf.

– Dieser Junge ist herzensgut, kleine Kamma, sagt

sie zu Mama. Ich falle aus allen Wolken, wenn sie Mama *kleine Kamma* nennt. Es ist so verwirrend, daß die eigenen Eltern einmal selbst Kinder waren. Ich kann es mir von Papa gar nicht vorstellen.

Sobald wir einen Augenblick allein sind, zische ich Lulú zu:

– Hast du gepetzt?

– Nein, beteuert sie, und ihre Augen flackern.

– Vom Vanillemädchen? halte ich sie fest, und sie verneint mit dem ganzen Körper.

– Traust du dich zu schwören.

Das traut sie sich, so gut sie es mit dem rechten Arm vermag. Da sie ihn nicht ganz bis zum Hals heben kann, zieht sie ihn mit einer Kraftanstrengung über die Brust, wodurch sie das Gleichgewicht verliert und nach hinten fällt.

Ich glaube ihr – sonst wären die Erwachsenen auch anders. Kurz darauf sind wir fast so glücklich, wie wir gestern waren. Mit einer Stimme, die im Bettzeug verschwindet, in das sie sich verwickelt hat, erklärt sie jetzt:

– Es war ganich lustig, in ihrem Bett zu liegen!

Das glaube ich ihr nicht, aber das ist egal, es zeigt bloß ihren Wunsch, daß wir wieder Freunde sind.

– Hast du viele Süßigkeiten gekriegt? Ich presse den Mund ganz an das Gitter, so daß es in den Lippen summt.

– Nee –, wenn sie den Kopf schüttelt, schüttelt sich der ganze Oberkörper, ganich!

Das letzte fällt schwer in die Pause, in der sie versucht, sich erst selbst und dann mich zu überzeugen, daß es ganz ehrlich wahr ist. Diese Stimme kenne ich; das ist Bambi auf Glatteis, und ich schniefe höhnisch zurück.

Sie ist so verdammt hartnäckig, wenn sie es erst gesagt hat, und sie fährt damit fort, bis sie weint und man ihr recht geben muß, bloß damit sie wieder aufhört. Heute will ich allerdings nicht klein beigeben. Das schulde ich ihr für gestern.

– Du bist genauso voller Lügen wie eine Kuh voll Scheiße! trumpfe ich auf.

Das habe ich auf dem Tierschauplatz gehört.

– Nee…

– Ndoch…

– Neehee…

– Ndoch … zanken wir eine Zeitlang. Dann bricht das Geheul los. Ihr ist sicher die Kuh in der Villa des Tuborgmanns und ihr trauriges Schicksal eingefallen; das war jedenfalls einer der Gründe, warum ich die Kuh erwähnt habe.

Ich kehre ihrem Bett den Rücken zu, während sie im Bettzeug wühlt und schnieft.

– Ich hab bloß keine Lust, dich hochzuheben, sage ich kurz darauf leise über die Schulter. Das Schniefen steigert sich in lautes Geheule, und Großmutter kommt hereingestürzt, um sie wieder auf die Beine zu stellen. Lulú steckt das Kinn über die Gitterkante, um sich festzuhalten.

– Ärgert er dich? Großmutter sieht mich streng über den Brillenrand an.

– Nee, schluckt Lulú, so daß sie fast daran würgt, ganich!

Ich schicke ihr ein engelhaftes Lächeln. Komisch, wie dieselbe Lüge sie diesmal rettet.

Nicht lange, und wir lachen alle drei, so daß wir fast nicht mehr aufhören können. Denn die Kuh läuft wieder um den Eßtisch und will den Tuborgmann aufspießen, während die Hufe auf dem gebohnerten Fußboden herumrutschen und Kuhscheiße auf Silber und Suppenterrine fliegt.

In einer Pause zwischen zwei Anfällen, die den Bauch krümmen und das Herz galoppieren lassen, versuche ich, mir die Augen zu wischen. Mir bleibt fast die Puste weg – merkwürdig, wie Trauer und Gelächter an denselben Stellen weh tun, das Gesicht zu einer Maske verzerren und dieselben Tränen hervorbringen. Von gestern auf heute bin ich zu zwei Gesichtern geworden, denn ich habe vom Baum der Erkenntnis gegessen und verstecke mich vor dem Kind in mir. Es ist die Zeit, die in die Welt gekommen ist. Von jetzt an werde ich wachsen und alt werden. Lulú ist immer noch auf der anderen Seite der unsichtbaren Grenze, und ich strecke unwillkürlich die Hand nach ihr aus.

Mein Blick gefriert, denn es ist dieselbe Geste wie die des Mädchens vor dem Haus, das ich diese Nacht besuchte. Der Drang, sie mit mir zu ziehen, flammt mit einem Schaudern das Rückgrat hoch. Nicht weil das Gehirn schon etwas von all dem begreift. Die Reise, auf der ich war, geht über meinen Verstand. Aber sie läuft wie ein Unterströmung durch alle die Reiche und Länder, die ich später besucht habe.

Es sind nur einzelne Gäste im Restaurant. Wir sitzen, jeder auf seine Art abwesend, und kratzen mit Messer und Gabel auf dem Porzellan herum. Die Servietten liegen im Schoß wie abgefallene Möwenflügel. Von den Tellern gehen die dünnen Schreie aus, die das Mienenspiel verdeckt, während jeder die Blicke der anderen meidet. Die Oberfläche der polierten Gläser ist noch heiß vom Spülwasser. Es fühlt sich an, als berührte man Watte.

Ich habe mein Gesicht hinter einer Zeitung versteckt,

um dem hartnäckigen Starren des Kellners auszuweichen. Ich kann dic Spalten nicht mehr ohne Brille lesen und spüre den Schmerz in den Augäpfeln. Klein und verspannt. Im Foyer bin ich am Empfang vorbeigeeilt, und nur die wenigen leeren Plätze auf dem Schlüsselbrett erinnerten an die Anwesenheit anderer. Ich ging durch die Schwingtüren des Hotels Prindsen mit den runden Guckfenstern, und jedesmal verschwand ein Raum im Luftzug hinter mir. Auf dem Weg hierhin öffnete ich eine Doppeltür mit Schnitzereien und einer Löwenpfotenklinke –

Und stand in einem Ballsaal voller Mädchen und Jungen aus einer anderen Zeit. Die Jungen trugen weiße Hemden und Lackschuhe, die Mädchen hatten Schleifen in den Dauerwellen und gestärkte Röcke. Über das Parkett liefen Bahnen von Kreidespuren, und in einer Ecke nagelte das Klavier die Akkorde an unsere Füße, und eins-und-zwei, und eins-und-zwei und eins ...

Von allen Alpträumen war der Schlußball der größte.

Ich schlitzte mit meinen Schuhspitzen die weißen Strümpfe der Mädchen auf, schwitzte in den Handflächen und sah, wie sich ihre kleinen Kirschmünder um ein Wort spitzten. Ich starrte steif über ihre Schulter, während die Stuckengel an der Decke sich drehten und die Walzerschritte sich verhedderten. Oder ich stürmte mit den anderen Jungen über das Parkett, schlitterte auf dem Bohnerwachs und schlug der Erwählten die Luft aus dem Zwerchfell, weil es mir nie glückte, rechtzeitig zu bremsen. Die Bänke stehen noch da: in die Fensternischen eingelassene bordeauxfarbene Plüschsofas mit Goldrändern.

Ich falte die Zeitung zusammen und stehe vom Tisch auf. Fange den Blick des Kellners mit meinem Schlüsselanhänger ein und zeige ihm die Nummer. Er nickt.

Dann gehe ich in die Marinestube und lasse mir eine Flasche nachbringen.

Die Türen schließen sich hinter mir. Der Raum liegt im Halbdunkel, und ich bin allein. Ich sinke in einen Ledersessel und lasse den Blick über die hohe Mahagonivertäfelung schweifen. Ich schenke ein. An der Wand hängt ein Bullauge mit Messingrändern, und hinter der dicken Scheibe hört alles auf: der Gedanke führt direkt in die Tapete. An der anderen Wand hängt ein Rettungsring mit rot aufgemaltem Schiffsnamen und darunter ein Kompaß in seiner kardanischen Aufhängung – still wie ein Glasauge. Es hängen dort Plaketten von Schützenbruderschaften, ein Jagdhorn mit Wildlederumwicklung und ein Megaphon aus verbeultem Messing. Ich erwäge, es von der Wand zu nehmen und zu benutzen.

Dann verfängt sich mein Blick in einer Reihe Porträts der Männer der Stadt. Unten auf den Mahagonirahmen stehen ihre Namen auf Silberplatten eingraviert. Wenn sie tot sind, haben sie zwei Jahreszahlen; sonst haben sie nur einen Gedankenstrich –

Der Mann ganz rechts kommt mir bekannt vor. Er hat hohe Schläfen, zurückgestrichenes Haar und ein scharfes Licht in den Augen. Die Nase ist gerade und der Mund fest. Schultern und Arme sind von einem Richtertalar bedeckt, auf dem unteren Teil der Fotografie ragt ein Stuhlrücken hoch, auf dem seine Hände in einem Paar weißer Handschuhe hervorstechen. Auf seiner Silberplatte sind zwei Jahreszahlen, und ich vermeide bewußt, die letzte zu lesen. Dann erinnere ich mich. Mama war einmal Schöffin für ihn.

XI
Der weiße Richter

Er war Richter am obersten Gericht, Mitglied der Loge, ein stattlicher und geradliniger Mann. Aufrecht wie ein Fichtenstamm strahlte seine Person eine Aura von Harz aus. Alle, nicht zuletzt die Spitzen der Stadt, wichen unwillkürlich vor seinem Blick zurück.

Im Villenviertel, in dem er wohnte, verstummten, wenn er auf seinem täglichen Spaziergang herannahte, die Singvögel des Klostergartens so wie die feineren Bürger, die zum Gruß an den Hut tippten, aber den gehörigen Abstand wahrten. Als ginge er unter eine Glasglocke. Er besaß Feingefühl und Humor, und jedes seiner Urteile wog sorgfältig Menschlichkeit und Gerechtigkeit gegeneinander ab.

Während der Gerichtsverhandlungen hielt er die Hände über einer Bibel gefaltet. Dabei glichen sie der Taube, die Milde über den Rand des Grabes breitet. Er hörte von seinem hohen Pult aus zu, beendete den Zweifel mit einem Nicken und stellte Fragen, die menschliche Irrungen und Wirrungen erhellten. Diebe und Mörder schlugen in seiner Anwesenheit die Augen nieder, gefallene Mädchen seufzten heimlich nach seiner Strafe, und wenn er schließlich die Hand hob, ging eine Autorität von ihm aus, die jedem Anzeichen von Unruhe im Saal Einhalt gebot.

Er hatte nur eine Besonderheit. Im Gericht trug er immer weiße Handschuhe. Wenn er den kleinen Hammer anhob und auf den Tisch schlug. Wenn er in den

Gerichtsakten blätterte. Wenn er seinen Finger während der Rechtsbelehrung erhob. Wenn er hinterher Verteidiger und Staatsanwalt die Hand drückte und dann seine Hand diskret auf den Ärmel des Verurteilten legte.

Niemand hatte ihn je ohne Handschuhe gesehen. Und wenn sie von Schweiß, Schmutz oder Händeschütteln schmutzig waren, wechselte er sie in der Pause aus, damit sie nie matt und grau aussahen, sondern den ganzen Tag frischgewaschen schimmerten.

Wegen der Handschuhe trug er den Beinamen *Der weiße Richter*. Und keiner konnte bezweifeln, daß er hier einen Mann mit einer ganz reinen Weste vor sich sah.

Es weiß keiner, was schiefging. Aber nach einem Urteil begann er sich die Hände zu waschen. Über das Urteil konnte gar kein Zweifel herrschen; es lag ein detailliertes Geständnis vor, und der Mörder erhielt seine wohlverdiente Strafe. Hinterher fühlte der Richter einen unwiderstehlichen Drang, sich die Hände zu waschen.

Dann konnte er gar nicht mehr aufhören. Er wusch sich in einem fort die Hände. Eine wachsende Panik ging von ihm aus, und sobald er die Finger abgetrocknet hatte, mußte er wieder zum Waschbecken. Mitten in einer Gerichtsverhandlung konnte er sich mit diesem verstörten Blick erheben, eine Entschuldigung murmeln und aus dem Raum stürzen, um sich auf der Toilette die Hände zu waschen. Wenn er zurückkam, hatte er einen Augenblick Frieden, bis der Drang wieder seine Augen eroberte und sich alles wiederholte.

Schließlich litt seine Amtsführung dermaßen darunter, daß er sich auf unbestimmte Zeit krankschreiben ließ. Der Oberarzt der Nervenheilanstalt Sankt Hans, einer seiner engsten Freunde, stellte die Diagnose und arrangierte für den obersten Richter einen diskreten Aufenthalt in Dianalund, wo ihn ein Kollege aus der Psychiatrie mit den neuesten Methoden behandeln sollte.

Er begann eine langwierige Analyse. Erst mußte er von den Handschuhen befreit werden, dann von seinem krankhaften Drang des Händewaschens. Offiziell war er auf Kur, aber in den engsten Kreisen wußte man, was lief.

Nach einem halben Jahr intensiver Behandlung wurde er gesundgeschrieben. Er trug keine Handschuhe mehr, wusch die Hände nicht öfter als andere, führte mit seinem Psychiater Gespräche über ganz andere Themen, konversierte witzig über Großes und Kleines.

Der Absprache gemäß blieb er jedoch noch einige Wochen in Dianalund, um sicher zu sein, daß die Neurose unwiderruflich überwunden war. Er begann sich nach seinem Amt zurückzusehnen.

Die Beobachtungszeit verlief ohne Anzeichen eines Rückfalls. Ruhigen Gewissens konnte ihn der Psychiater, den ich mir mit Lorgnon und Spitzbart vorstelle, entlassen.

Es war ein singender Sommertag, als er sich in den Zug setzte. Draußen glitt die Landschaft in einem langen, beruhigenden Rhythmus vorbei; der Zug hielt an allen Stationen, und der Richter grüßte Gott und alle Welt wie einer, der gerade seine Begnadigung erlangt hat.

Er fühlte sich tatsächlich glücklicher als je zuvor, und seine Grüße wurden mit Wärme und nicht nur mit Respekt erwidert. Berührungen und Händeschütteln störten ihn nicht mehr. Mit heimlichem Unglauben ertappte er sich dabei, daß er seine bloßen Hände ansah.

Als der Zug auf dem Roskilder Bahnhof hielt, stieg er aus. Im selben Augenblick, als er vom Trittbrett herunterstieg, rutschte der vordere Fuß nach vorne, und der Richter schlitterte auf seinem Hosenboden über den Bahnsteig, während er sich mit den Händen abstützte. Er spürte eine Wärme, die er im ersten Augenblick dem Reibungswiderstand zuschrieb.

Aber als er die Hände vor die Augen hob, ohne daß ihm irgendwas passiert wäre, bot sich ein entsetzlicher Anblick. Sie waren über und über mit der Hinterlassenschaft eines Hundes eingeschmiert! Er stürzte zur Bahnhofstoilette.

Ehe der Tag vorüber war, wurde er wieder nach Dianalund zurückgebracht. Der Chauffeur berichtete, er habe den ganzen Weg kreideweiß auf seine Hände gestarrt und hin und wieder gewimmert – fast wie ein junger Hund. Es konnte einem kalt den Rücken herunterlaufen. Es klang nicht mehr wie ein Mensch. Der Richter, der nie ein ungerechtes Urteil gefällt hatte, beendete sein Leben als unheilbar geisteskrank.

Ich weiß noch, daß ich große Augen bekam, als ich die Geschichte hörte. Ich bekam sie zufällig im Herrenzimmer mit, als der Graf von Ledreborg sie meinem Vater erzählte. In ernsthaft gedämpftem Ton, fast flüsternd, über einem Cognacglas, in dem die Flüssigkeit herumgeschwenkt wurde und meinen Blick einfing, wenn sie an der Innenseite des Glases hängenblieb. Von den Sesseln ging ein bedrückter Ernst aus. Ausnahmsweise hielt mein Vater seine Fuchsbacken in Ruhe und antwortete mit verhaltener Stimme.

Es ließ mir seitdem keinen Frieden, denn hier war eine Geschichte ohne Moral, war Strafe ohne Gerechtigkeit und ein Schicksal, das am ehesten an eine Tollwuterkrankung erinnerte.

Allmählich, je mehr sie weitererzählt wurde, änderte die Geschichte ihren Charakter. Sie wurde immer weniger furchtbar, dafür aber furchtbar lustig, und als sie das nächste Mal im Herrenzimmer erzählt wurde – jetzt aus dem Mund meines Vaters – waren Kai Rytter und Zahnarzt Otto hinterher schief vor Lachen.

Ich schlich mit Bauchschmerzen hinaus, weil ich auch damals nicht wußte, ob ich lachen oder weinen sollte.

Mit anderen Worten: keiner wurde klüger, aber in unser Leben kam ein Richter, über den wir zwar lachen, den wir aber auch fürchten konnten. Und wenn wir in Zukunft Streiche machten, würden wir selbst entscheiden können, was Recht und was Unrecht war. Die Strafe für das Spiel, das wir in der Speisekammer begonnen hatten, war also weder Eingesperrtwerden noch Sterben, sondern Wahnsinn.

Ich wiederholte das Spiel nicht, auch wenn Lulú bettelte. Ich traute mich nicht. Allein der Gedanke genügte, und schon sprang der weiße Richter wie ein Kasperl aus der Schachtel.

MIT EINEM SCHLAG ist der Frühsommer da. Wenn die Sonne scheint, verwandelt sie das Haus. Von den Mauern bleibt nur der ausgebrannte Backsteingeruch, aus den Fenstern flattern die Gardinen, und hauchdünnes, leichtes Licht füllt die Zimmer. Auf den Backsteinen verschwinden die Spuren des Mooses, und die kleinen Saugfüße der Weinranken knacken, wenn man sie zwischen den Fingern zerbröselt. Der Lichtschacht vor dem Kellerfenster trocknet, die Fäulnis schrumpft auf ein wenig teerige Erde in der Ecke zusammen, neue Blätter kommen heruntergeschwebt und bleiben, frisch wie Sauerklee, liegen.

An manchen Tagen ist es, als gäbe es das Haus auf

der anderen Seite der Tapeten nicht mehr, so dünn wird es. Der Vogelgesang strömt mit der Brise und den tanzenden Sonnenstäubchen direkt hindurch. Unter der Täfelung perlen Schneeglöckchen hervor. Ich falte Papierflugzeuge und stürme über den Morgentau der Teppiche auf die Treppe in den Garten mit einem summenden Motor auf den Lippen. Der Unterschied zwischen draußen und drinnen ist aufgehoben. Abends sind die Laken wie die Luft, und es ist so lange hell, daß das Licht beim Einschlafen noch in den Augen steckt.

Ich bin unwiderruflich Schäufelchen und Eimerchen entwachsen.

Sie haben eine Ecke des Gartens für Lulú eingerichtet. Der Lagerverwalter hat mehrere Säcke Sand angefahren, Olsen hat einen Rahmen und ein Geländer gezimmert, an dem sie sich hochziehen kann. Sonst tollt sie mit meinen alten Spielsachen im Sandkasten herum. Das ist schön. Sie ist die meiste Zeit mit draußen, ohne daß ich immer neben ihr sein muß. Hin und wieder verschwinde ich, wenn der Sommerwind weht, hinter den Komposthaufen, wo alle abgeschnittenen Äste landen, um eine Höhle zu graben.

Ich habe einen Platz gefunden, wo die Laubschatten tief sind und keiner hinkommt. Das macht Lulú nicht viel aus, auch wenn Stunden vergehen, ich muß nur alles erzählen, was passiert ist. Es ist merkwürdig, denn manchmal sind es bloß Schatten und Schmetterlinge und Wörter, die ich selbst erfinde. Manchmal ist es der Soldat, der sich rührt und als erstes Geheimnis unseres Lebens wiederaufersteht. Dann senkt Lulú die Stimme, zieht sich mit ihrem Kletterarm das Geländer hoch, um zu zeigen, daß sie selbst stehen kann. Ich habe Ampferblätter ans Grab geschleppt und es zugedeckt, damit niemand es findet.

EINES TAGES, als ich an der Gartentür stehe und mich auf die Straße sehne, höre ich, wie sich wieder das Fahrradgeknatter nähert. Über die Lenkstange des Botenfahrrades beugt sich ein rotschopfiger Junge, dessen Sommersprossen in der Hitze zusammenlaufen. Das schwarze Fahrrad schlingert unter ihm, als er mit seinen Waren direkt vor der Tür bremst. Das Knattern läßt nach. Er kratzt derart über den Asphalt, daß die Unterseite der Tragfläche Funken schlägt, springt ab und zieht das Rad auf den Ständer, ehe er sich umdreht und spuckt. Die Ohren stehen so sehr ab, daß keine Macht der Erde sie anlegen kann. Er hat einen langen Kopf; unter dem Haaransatz geht die Haut in weißen, milchartigen Inseln weiter, und sein Schädel wirkt dünn. Eine Kaugummiblase wächst aus seinem Mund.

Fasziniert gaffe ich eine Weile den Fahrradboten an, bis mir einfällt, daß ich ihn schon einmal gesehen habe. Es ist der Junge vom Stænderplatz, der direkt vor ein Auto fuhr und die Beine unter die Arme nahm, ehe sie ihn ausschimpfen konnten. Der Kaufmannsbursche. Er bekommt ein abgemessenes Nicken, das gar nicht meiner inneren Befangenheit entspricht.

Ich zeige auf die Waren.

– Ist das für uns?

Er sieht mich an, bis die Antwort durch die Kaugummiblase platzt: »Jawoll.«

– Ich kann dir aufmachen, sage ich und lege Hand an das verbotene Riegelschloß der Gartentür. Es fährt mir mitten in der Vormittagshitze kalt durch die Finger. Er zieht einen Pappkarton von der Ladefläche auf seine rotgebrannten Schenkel, bugsiert ihn auf die Höhe seines Gürtels und nickt sich herein. Ich schwinge die Gartentür auf.

Ich tripple ihm den ganzen Weg zur Küchentür auf

den Fersen nach und schlüpfe dann an ihm vorbei die Treppe hinauf zu Fräulein Thisted, die, die Hände an der Schürze abtrocknend, meinen keuchenden Bescheid entgegennimmt. Ich sehe zu, wie sie ihn bezahlt und ihm Trinkgeld gibt, ehe ich zur Gartentür voraussause, wo ich mir ein Herz fasse und ihm den Weg nach draußen versperre.

– Im Garten liegt ein toter Mann, sage ich jetzt mit kalkulierter Ruhe und lasse den Blick in Richtung der Kastanie fliegen.

Himmelblauer Unglauben breitet sich zwischen den Sommersprossen aus. Er ist größer als ich und kann mich einfach wegschieben. Er kaut weiter, aber ich kann sehen, daß die Neugier die eingefleischte Verachtung für einen kleinen Knirps überwindet, der sich in den Weg gestellt hat. Er schluckt den Kaugummisaft.

– Ist doch gelogen, sagt er zur Sicherheit und sieht drohend aus.

– Ist es aber nicht!

Ich zucke die Achseln.

– Kannst ja selber sehen ...

Er wippt auf den Füßen; die kurze Hose schlägt Falten unter dem Gürtel, der Stengel des Oberkörpers ragt hoch, und um den Hals hängt an einer Schnur eine Patronenhülse. Er hat die Ecke eines Vorderzahns abgeschlagen, und auf den Lippen gehen die Sonnenbläschen in Krusten ab. Er kämpft, um die Augen voll Skepsis und Hohn zu kriegen.

– Na, zeig schon, sagt er, als er die Worte nicht mehr unterdrücken kann.

In einem Satz reißen wir uns vom Kiesweg los. Als würden wir um die Wette laufen. Er hinter mir her. Über den Rasen zu dem Bärenklau, durch den ich einen Pfad gebahnt habe. Die Arme dicht am Körper, schlängeln wir uns hindurch, vermeiden es, Brennesseln ins Gesicht und auf die bloße Haut zu kriegen, und stehen schließlich in den Kastanienschatten, zwischen denen die Sonne blitzt.

Hier, am Übergang zwischen Licht und Schatten, lasse ich ihn erst schwören; dann ziehe ich die Ampferblätter, die ihren Glanz verloren haben, zur Seite und entblöße das Grab. Es ist nur eingesunkene Erde zu sehen, und er schnieft. Das neue Gras ist gelb geworden unter dem Sauerampfer. Ich entferne die beiden Steine, breche mir einen Stock aus einem niedrig hängenden Ast und fange an, in der Erde zu wühlen. Ein Geruch schlägt hoch und läßt ihn den Kopf wegdrehen.

Ich arbeite verbissen und zäh an den frischen Wurzeln. Es läuft, wo ich an der Rinde gekratzt habe, Milchsaft heraus in die Erde. Mit dem zitternden Ende des Stocks ziehe ich die alte Vertiefung nach. Es geht kräftig in die Armmuskeln, der Widerstand der Erde bringt mich aus der Puste; ich mache weiter, seinen brennenden Blick zwischen den Schulterblättern.

Als ich einen Augenblick innehalten muß, um den Schweiß aus den Augen zu reiben, guckt er mich besserwisserisch von oben herab an. Die in die Seiten gestemmten Hände, die Zunge, die langsam ein neues Stück Kaugummi wendet. Ein Buckel wächst unter der Oberlippe. Aus der schrägen Stellung des Kopfs und seinem langen Blick zur Gartentür schließe ich, daß meine Zeit kurz ist. Ich bücke mich und schufte unverdrossen weiter; die Erde schießt in Kaskaden hoch.

Hurra! Da ist ein Knochen! Der Stock gleitet gegen Knochenhals und Becken. Ich werfe mich auf die Knie, reiße die Hände durch die Erde, bis ich etwas freigebuddelt habe und es ans Tageslicht bekomme. Kurzatmig halte ich ihm dieses Etwas unter die Nase. Die

Augen laufen mit den Sommersprossen zusammen, und er weicht einen Schritt zurück. Es ist Erde zwischen den Knochen, aber die kreidig brechenden Stücke sind deutlich zu unterscheiden. Ich habe meinem Soldaten die Hand gedrückt!

– Ooch, das ist ja bloß ein Hundeknochen.

In der Stimme, mit der er es sagt, ist allerdings viel Luft.

Ich merke, daß ich die Oberhand gewonnen habe, doch das genügt nicht. Ich treffe einen eiskalten Entschluß. Jetzt ist der Augenblick für meinen Trumpf gekommen, aber es erfordert eine ungeheure Überwindung, ihn auszuspielen. Ich habe ihn schon kleingekriegt, sein Blick klebt an der Skeletthand, nur noch ein Zug – und er ist mit Haut und Haaren mein.

– Glaubst du mir, wenn ich dir den Totenkopf zeige?

Er verliert etwas Spucke aus dem einen Mundwinkel. Nickt stumm.

Diesmal gehe ich langsam vor. Bohre mich vorsichtig mit dem Stock voran. Da ich ihm den Rücken zukehre, kann er wenigstens nicht sehen, daß ich ab und zu innehalte, die Augen schließe und Luft hole.

Mein Arm erhält einen elektrischen Stoß in den Ellenbogen. Ich bin auf etwas Hartes gestoßen. Mein eigenes Keuchen kehrt von der Erde mit einem Echo der Erzählungen der Nacht zurück. Jetzt müssen sie ihre Probe bestehen, und ich zwinge mich, die Augen zu öffnen ...

Da liegt er, der Totenkopf, ins Erdreich gesunken, mit vorgeschobenem Kiefer. Aus der Form gequetscht, mit schiefen Schädelnähten, deren Zacken falsch ineinandergreifen. Es rieselt in die Augenhöhlen, als die Erde wegrutscht, das Nasenbein ist dünn wie ein Vogelschädel, und aus dem Mund ragt eine schuppige Baumwurzel. Die entblößten Zähne wirken unheimlich lang. Sie grinsen nicht. Gähnen bloß leer.

Es ist still in der Welt. Das Sommersausen in der Kastanienkrone ist verstummt. Ich habe den Stock hingelegt; ich wische Erde weg und streiche über die Schädeldecke – als streichelte ich dem Toten die Stirn. Anschließend sehe ich lange auf meine Hand und halte sie ins Licht, um auszuprobieren, ob sie durchsichtig wird. Als preßte man sie gegen eine starke Taschenlampe und könnte sehen, daß das Skelett im Fleisch naß ist.

Jemand atmet mir warm in den Nacken, und ich zucke zusammen. Ich habe ihn ganz vergessen. Jetzt beugt er sich über das Loch, um auch zu sehen. Ich spüre seine Rippe, die sich gegen meine Schulter lehnt. Mit einem Ruck zieht er den Kopf wieder zurück. Er hat genug gesehen. Langsam komme ich auf die Beine, um seinem Blick zu begegnen. Ein Lehmklecks gleitet mein Knie hinunter. Ich klopfe die Erde von der Hose.

Sein Blick ist ohne Vorbehalte, und das Gestotter, das sich über seine Lippen bahnt, spricht für sich. Ich richte mich auf. Innerlich funkle ich wie ein Kronleuchter. Ich habe dafür gesorgt, daß einem Fahrradboten die Spucke wegbleibt – und er hat gar nicht entdeckt, welche Angst ich hatte.

Allein die Erleichterung zieht die Kraft aus meinen Beinen, und ich falle mit ausgebreiteten Armen grinsend in einen Stachelbeerbusch. Ich fechte mich wieder heraus. Mit einem Geflecht von Kratzern auf Händen und Beinen, ohne einen Mucks und mit aufgerissenem Hosenboden. Das neue Glück überstrahlt alles. Als wir auf allen vieren kriechend das Grab zudecken, sind wir auf gleicher Kopfhöhe miteinander und unterhalten uns mit gedämpften Stimmen, während wir Blicke durch den Garten werfen und in stürmisch kichernder Vertrautheit auf Schritte horchen.

Olaf heißt er. Er ist doppelt so alt wie ich, aber nicht besonders groß für sein Alter.

Das Brüllen des Kaufmanns über die Hecke reißt uns heraus.

– OO-laf!

Er schießt wie eine Rakete aus dem Gebüsch, es fehlte nicht viel, und es hätte hinter ihm nach Pulverdampf gerochen. Ich flitze, so gut ich kann, hinterher. Erst am Gartentor dreht er sich um:

– Schnapp!

Und ein Päckchen Kaugummi landet in meiner Hand.

Er sieht nicht mehr mein Erstaunen darüber, daß ich das Päckchen in der Luft fangen kann, als er sich in den Sattel seines Botenrads schwingt und mit knatterndem Vorderrad die Breitestraße hinuntersaust.

Ich winke so lange hinter ihm her, wie ich das Geräusch hören kann. Hinterher öffne ich die Hand und betrachte die Zeichnung des frohen grünen Jungen mit der Schirmmütze. Ich nehme ein Stück und habe jetzt einen Mund voll weißer Zähne, der mir bis zu den Ohren reicht. Mit Pfefferminzwind im Mund blase ich im Garten herum und bin selbst der Flieger.

Lulú ist den ganzen Tag mit Mama zusammen in Kopenhagen im Krankenhaus zur Behandlung gewesen. Erst als das Auto gehupt hat und sein Hinterende ganz in der Garage verschwunden ist, setze ich zur Landung an. Die Füße rutschen unter mir weg, und ich schlittere auf dem Bauch über den Rasen, während die Garagentür zuschlägt und Mama mit Lulú herauskommt. An meinem Sommerhemd sind alle Knöpfe abgerissen, Bauch, Hose und Schenkel weisen dicke grüne Grasstreifen auf, und der Riß von vorher baumelt wie eine Extratasche am Bein herunter.

– Wie siehst du denn aus! stöhnt Mama und schlägt die Hände zusammen.

Ich werde im Badezimmer von Fräulein Thisted repariert. Dann wird mir der Monty-Anzug angezogen, aber er ist mir im Rücken schon zu eng geworden. Ich erscheine wassergekämmt zum Nachmittagstee.

Es gibt Damenbesuch. Sie sitzen mit Hut im Wohnzimmer. Der eine gleicht einer Schallplatte, die schräg und mit einer langen Nadel durch das Haar auf den ondulierten Bubikopf gesetzt wurde. Der andere Hut ist eine Muschelschale, die auf den Haarwellen der Frau Bankdirektor nickt.

Ihre Nasen strecken sich über Puder und Handspiegel, in welchen sie den Mund winden, bevor der Spiegel mit einem Knall wieder zugeklappt wird. Sie haben blaue Federn um den Hals, und die Köpfe bewegen sich in horchenden Rucken.

Währenddessen schließen sich die Finger um die Plätzchen wie lackierte Schnäbel, und alle reden gleichzeitig aufeinander ein. Alles an ihnen sticht und rasselt. Ein Tingeltangel von Broschen, Armbändern und Halsketten. Sie sind mit Wachs und Puder eingeschmiert, und wenn sich ihre Lippen vom Porzellan lösen, nachdem sie die Tasse an den Mund geführt haben, kleben tiefrote Würmer am Rand.

Lulú ist quengelig und mürrisch. Halbtot vor lauter Killekillemachen sitzt sie in ihrem Gitterstuhl und läßt den Kopf hängen. So ist es jedesmal, wenn sie im Krankenhaus war. Sie kann es nicht ertragen – alles, was sie kann, korrigieren sie oder nehmen es ihr wieder weg, weil sie es falsch macht. Sie jagen sie durch Apparate und Gehbarren, deren kalten Chrom sie haßt. Stecken ihr Eisenschienen an die Beine und verschieben sie Schritt für Schritt, während sie sich an den Barren klammert und es selbst versuchen will. Sie rollen einen Rollstuhl herbei und wollen sie überreden, zu tun, als sei er eine Kutsche und sie die kleine Märchenprinzessin. Sie macht nicht mit. Ich weiß genau, wie sie aussieht, wenn sie die Lippen zusammenkneift und nachdrücklich den Kopf schüttelt.

Heute ist sie besonders sauer, denn sie hat eine Plastikschiene für den Arm mit nach Hause bekommen. Sie ist karamelbraun und zum Festschnüren. Die Damen haben sie, Flüsterlaute ausstoßend, berührt und hinterher schnell über etwas anderes gesprochen. Lulú kehrt ihnen den Rücken zu und versucht, die Schnürbänder mit den Zähnen aufzubeißen. Ich will ihr gerade das Päckchen mit dem Kaugummi zeigen und erzählen, als etwas in ihrem Blick mich zurückhält. Die Pupillen sind groß wie Waldseen. Als ich mich in der Silberzuckerschale spiegele und eine Riesennase mit Idiotenstirn bekomme, laufen sie über. Ich habe sie tief verletzt. Ohne daß ein einziges Wort über meine Lippen gekommen ist.

– Bambi …, versuche ich und will ihr den Arm streicheln. Aber die Nägel schlagen mit einem hohlen Laut gegen die Plastikschiene. Im nächsten Augenblick hat sie mich in die Hand gebissen.

– Au! rufe ich, und die Teegesellschaft verstummt jäh, die Untertassen bleiben in der Luft hängen, die großen Lippen öffnen und schließen sich über nichts.

Ich laufe mit zitternden Mundwinkeln aus dem Wohnzimmer.

Beim Abendessen spielt sie ein Baby und hämmert mit dem Löffel auf ihren Teller. Ich esse ordentlich auf und frage, ob sie dieses oder jenes möchte. Sie läßt mich abblitzen. Fräulein Thisted und Mama zanken Lulú ein bißchen aus, denn ich sei doch bloß nett und täte weiß Gott was für sie. Sie machen es nur schlimmer. Sie verstehen gar nicht, was zwischen uns los ist. Ich bin allein mit den Frauen des Hauses.

– Papa ist auf einer Versammlung, sagt Mama, aber ihre Augen erzählen etwas anderes.

Ich frage sie aus.

– Wart ihr im Tivoli?

– Nee, kommt es prompt von Lulú.

Ich weiß sofort, daß es gelogen ist. Sonst hätte sie ihre Klappe gehalten, um mich so arg wie möglich zu quälen. Währenddessen arbeitet mein Hirn auf Hochtouren, ich weiß plötzlich nicht, wie ich es ihr erzählen soll. Ich fühle selbst, daß ich ein Geheimnis verraten habe, das nur uns gehörte.

Merkwürdig ist, daß sie es schon weiß. Irgendwie gleicht sich das mit dem Tivoli aus. Und sie fällt plumps herein, als ich frage:

– Hast du Waffeln gekriegt?

Denn sie erzählt mir sofort, was für welche. Hinterher weiß sie genau, daß sie sich blamiert hat.

Jetzt, wo das Eis gebrochen ist, vergeht noch einige Zeit mit Vogelgesang durch die offenen Fenster und dem Brausen der Straße von unten, das allmählich nachläßt, während das Licht im Zimmer hängenbleibt und es merkwürdig kahl macht, wobei man immer noch alle Dinge sehen kann. Wir liegen mit geschlossenen Augen, denn sonst macht es keinen Spaß. Dann beginnt Lulú mit lauter Stimme:

– Im Tivoli –

– Ja?

– Da war ein großer Pfau.

– Hmmmm –

– Wenn er das Rad schlug.

– Ja?

– Kamen Clowns.

– Das habe ich gesehen. Es ist ein Theater.

Sie faßt das zu Recht als einen Einwand auf und fährt fort:

– Der eine hatte Lakritzpastillen auf seinem Kostüm. Und ein Holzschwert, mit dem er das Mädchen geschlagen hat, weil sie tanzen sollte. Dann hab ich einfach weinen gemußt.

– Warum?

– Weil ein Richter kam.

– Neee.

Meine Stimme ist ärgerlich. Wie dumm kann man sein?

Aber sie besteht darauf.

– Doch, ein Richter ist gekommen!

Ich lenke ein. Zahle für den Nachmittag zurück.

– Warum glaubst du, es war ein Richter?

– Er war ganz weiß!

– Ach so, das ist doch Pierrot! Er ist nicht Richter, er ist der dumme –

...

– Lulú?

...

– Schläfst du?

...

ICH LIEGE eine Weile da und horche mit geschlossenen Augen. Lulú schläft nicht ein. Sie verschwindet mit einem Fingerknipsen. Man kann nicht einmal zwinkern, so schnell. Ein ganz kleiner Schnarchbaum wächst aus ihrer Ecke hoch. Erst da öffne ich die Augen. Das

Licht im Raum ist rot und weiß, vom Fensterrahmen weist es schräg auf die Decke. Die Sonne draußen ist untergegangen. Die Spiegelungen setzen sich fort. Über dem Kronleuchter zittert der Kranz aus Stuck und läßt die Decke einem Bassin gleichen, das übergelaufen ist, während das hervorströmende Wasser von einer unsichtbaren Kraft festgehalten wird.

Von der Fensterbank ist ein Knacken zu hören. Mir stockt der Atem, aber es ist bloß die Höhensonne, die nicht mehr gebraucht wurde, seit die Abende ihr eigenes Licht bekommen haben. Die versilberte Lampe hat Augenhöhlen und tiefe Kieferschatten. Jetzt kann ich sehen, was es ist. Es ist ein glasierter Schädel, den die Soldaten im Fenster zurückgelassen haben.

Es ist kahl im Raum. Als hätte jemand alle Luft über meinem Mund mit einem Rasiermesser entfernt. Irgendwo unten zwischen den Hausmauern beginnt im selben Augenblick ein Leierkasten zu spielen. Alles dreht sich. Die Decke schaukelt voll Karussellpferden, schneller und schneller. Mir wird schlecht und schwindlig. Das ist die Strafe – ein wahnsinniges Tivoli in meinem Kopf, der brennt wie prasselnde Feuerwerkssonnen, während sich ein großes, rotes Lächeln auf dem Mund jenes Schädels ausbreitet …

Ein Laut entfährt mir. Die letzten Strahlen der Sonne schaukeln und gleiten wieder aus dem Raum, Licht und Laute drehen sich im selben Mahlstrom davon, fallen mit der Dämmerung zu einem fernen Punkt. Ein Zischen. Raketen, die über den Buden des Stadtparks verlöschen.

Der Schädel ist schwarz geworden. Ein Stern glänzt im Fensterkreuz. Mein Schlaf soll ohne andere Wünsche sein: Ruhe in Frieden, du, die du lebend und tot bist und den Wahn der weißen Nächte kennst.

XII
Fliegender Sommer

Mein Territorium ist gewachsen.

Jetzt, mitten im Sommer, gehe ich schon seit langem allein vom Kindergarten nach Hause. Zu Hause ist eine Schaukel in den Garten gekommen, auf der Lulú, mit einem Gurt festgespannt, in den Sonnenschein fliegen kann. Als der Kindergarten Ferien macht, haben wir die Tage vor uns – lang und unbeschwert, hell und singend –, bis wir vom Schlaf übermannt werden.

Und eines Tages bin ich durch die Gartentür gegangen, ohne um Erlaubnis zu fragen. Erst kommt ein langes Stück mit Kies unter den Füßen, dann eine schräg zum Gehsteig abfallende Ausfahrt. Draußen verzweigt sich die Welt. Es ist ein kleiner Schritt für einen Jungen, aber für die Phantasie hat er kein Ende.

Auf der anderen Seite des Weges liegt das Altersheim der Mönche vom Heiligen Geist, und in einem Nebengebäude hat die Stadt ihre Bibliothek eingerichtet. Ein Netz von Weinranken überwuchert das Gebäude, dessen Giebel einen sägeförmigen Mauerkamm trägt. Ringsum erstreckt sich ein Rasen mit Wegen und Hecken, die rund geschnitten sind, und die alten Damen, von denen ich mir vorstelle, daß sie allesamt adelige Jungfrauen sind, gehen mit ihren Pudeln spazieren. Die Pudel sind genau wie die Büsche des Parks getrimmt. Symmetrie und Stille herrschen; drinnen stehen in Reih und Glied die Bücher, und man ahnt ihre Lederrücken im Schein der grünen Leselampen.

Wenn Olaf vorbeikommt, bremst er, so daß das Botenrad schlittert. Oder er winkt mir im Vorbeifahren zu. Dann laufe ich ihm ein Stück auf dem Gehsteig hinterher, bis er um die Ecke biegt, wo er den Finger ins Maul steckt und mit einem gellenden Pfiff verschwindet, den zu beantworten ich mir vorläufig keine Hoffnung machen kann. Ich übe heimlich, dehne den Mund mit der Hand aus, so daß es sowohl Brechreiz als auch Tränen in den Augen gibt. Aber keinen Pfiff.

Wir tauschen Sachen. Ich bin mehrere Spielzeugautos zum Aufziehen und ein Stereoskop losgeworden, in dem Schneewittchen und die sieben Zwerge auf Film gemalt sind, so daß sie Tiefe haben und die Farben strahlen, wenn man sie gegen das Licht hält und knipst, damit das Bild wechselt. Ich habe einen grünen Frosch bekommen, mit dem man in der Tasche knacken kann, ein paar Nägel und einen Kreisel aus Kork, den er aus dem Fischkasten des Kaufmanns geklaut hat.

Zwei Abende hintereinander hat dann Lulú nicht mit mir gesprochen und so getan, als ob sie Schleim in den Lungen hätte. Sie hatte es nämlich geliebt, erzählt zu bekommen, während ich klickte und sie selbst bestimmen durfte, wann das Bild gewechselt wurde.

– Macht nichts, sagte ich, wir haben soviel Spielzeug –

Der Bambi-Blick verletzt mich wie immer. Je mehr sie schmollt, desto mehr Bauchweh habe ich.

Sie will nichts von Olaf hören, und es ist nicht zu vermeiden, daß sich neue Abstände zwischen uns legen, weil sie an ihre Ecke im Garten gebunden ist. Aber wenn sie, angeschubst von Fräulein Thisted oder der Waschfrau, über den Zaun fliegt und laut in der Schaukel kreischt, weil sie mich beim Zurückschwingen entdeckt hat, ist es, als schlüge sie ein Loch in den Himmel und das Glück ströme heraus.

Direkt links liegt das große Geschäft von Brack & Söhnen mit Gartengeräten, Tontöpfen und Porzellan aus der eigenen Fabrik. Gegenüber liegt Rytters Hof, wo mit altem Eisen gehandelt wird. Weiter unten liegt das Waisenhaus, dann kommt die Polizeiwache und am Ende der Straße der Milchladen, wo ich gegen die Zauberworte: »Zum Anschreiben!« Süßigkeiten ausgehändigt bekomme. Ich begreife kein Wort – Olaf hat gesagt, ich soll das einfach sagen –, und das gibt Zugang zu unerschöpflichen Lagern von Bonbons, Lakritzpfeifen und Salmiakpastillen.

Allmählich versöhnt sie sich mit Olaf. Solange sie ihren Teil der Beute bekommt und wir die Süßigkeiten mit ihr teilen. Olaf läßt nie anschreiben, aber darüber denke ich nicht nach. Olaf führt an. Wir haben einen heimlichen Klub vom toten Soldaten, und Lulú darf dabei sein, wenn sie auf den Versammlungen die Klappe hält. Wir haben mit Blut auf ein Stück Butterbrotpapier gemalt, es an den Ecken angesengt und ewiges Schweigen geschworen. Das Blut machte mir eine blasse Nase, nicht aber Lulú. Sie ist durch das Krankenhaus daran gewöhnt. Wir benutzten Olafs Taschenmesser – und ihren Daumen – in den wir eine Wunde geschnitten haben.

Auf der Rückseite unseres Grundstücks, in der Hersestraße, thront das Gericht hinter einer Allee mit dunklen Bäumen. Einmal habe ich im Vorübergehen den Arrest gesehen, wo die Gefangenen in Untersuchungshaft sitzen, mit Eisenstangen vor den Fenstern. Das war auf dem Weg zur Reithalle an der Hand von Papa.

Wir gehen auf dem Kiesweg am Wasserturm der Stadt vorbei, machen einen Bogen um die Gerberei mit ihrem Geruch von Häuten und den bernsteingelben Flüssigkeiten, die in den Rinnstein pulsen. Im Reitstall sind dieselben Flüssigkeiten, die, von einem Boden aus verklebtem Stroh dampfend, in den Augen brennen. Vorn im Stall stehen die Gäule der Reitschule, die mit einem Schnellen des Schwanzes die Fliegen in der Luft herumwirbeln und denen es plötzlich einfallen kann, nach hinten auszuschlagen. Es ist der Vorhof der Hölle.

Die feinen Pferde stehen in der Box, und das von Papa ist das schnellste. Es heißt Quickly. Es ist fuchsrot und gewinnt alle Fuchsjagden. Ich füttere es mit klebriger Melasse, die wir von der Brennerei bekommen. Vor der Box fühle ich mich sicher. Ich habe die Hand zwischen den Gitterstäben, und wenn das Pferd mich mit seiner rauhen Zunge leckt, spüre ich, wie es bis ganz in die Zehen kitzelt.

Ich weiß jetzt, daß der Stall nicht zu dem Haus gehört, in dem wir wohnen, und auch der Wasserturm ist nicht mehr Teil einer Burg, von der aus unser Geschlecht seine Herrschaft über Stadt und Land ausübt.

Aber die Gerberei – die ist voller vanillefarbener Sklaven, die aus toten Tieren Seife kochen und, wenn die Kadaver aufgebraucht sind, selbst ihr Leben in den Kesseln beenden. Man kann sie durch die hohen Fenster mit den Eisenrahmen sehen. Sie haben Lederkapuzen über den Nacken hinunter wie Müllmänner und Lederschürzen mit Riemen, die ganz herumgehen. Die Welt ist still hinter den beschlagenen Scheiben, wo sich alle Gestalten auflösen. Hin und wieder stößt die Fabrik einen Strahl Dampf aus der Schornsteinpfeife aus.

Die Reithalle, die Brennerei und der Exerzierplatz sind dort, wo die Welt wieder aufhört – weiter kann ich nicht denken, ohne schwindlig zu werden.

Vom Garten aus habe ich Zugang zu einem größeren Hofkomplex, wo Brack & Söhne ihr Lager haben. In der Ecke, wo sie Autos waschen und Kisten abladen, liegt der Zement. Dann kommt ein Stall mit Halbtüren, wo schnaubend ein paar große Brauereipferde stehen. Der Pferdewagen steht aufgebockt in der Remise, aber während des Krieges wurde er gebraucht, um Waren auszufahren.

Jetzt sind die Tiere auf dem Altenteil wie die Witwe des Kutschers, Frau Kristensen, die eine niedrige Stube im Eckgebäude hat, wo sie mit einer Enkelin wohnt, die Laila heißt und genauso grauenhaft mager und rotzig ist wie Ane Catrines Balg. Von Lailas Mutter wird nur geflüstert, und wir sehen sie nie. Sie war Deutschenmädchen – sie nennen sie Feldmatratze, und ich weiß nicht, was es bedeutet, aber es klingt gemein.

Wo der Hof auf die Hersestraße geht, liegt auf der einen Seite ein rotgestrichener Schuppen, in dem die Holzkisten bis zur Decke gestapelt sind. Die Kisten sind leer, mit etwas Stroh auf dem Boden ausgelegt, mit sperrigen Eisenbändern und rostigen Nägeln. Es waren Tontöpfe darin und Glas, das kaputtgehen kann. Auf der anderen Seite liegt in einer Gasse der dunkelste Fahrradschuppen, den es gibt. Das Lagergebäude bildet eine Brücke über die Gasse. Dort ist ein Aufzug und ein großes Tor, wo die Autos hereinfahren können.

Mitten im Hof steht ein Haus mit mehreren Etagen, wo Brack & Söhne im ganzen Erdgeschoß Büros hat. Von der ersten Etage aufwärts wohnen mehrere Familien, deren Kinder im Hof herumkreischen und aus Blasrohren mit Erbsen und mit Schleudern Steine schießen. Jede Familie hat einen Schlüssel für einige Schuppen und altmodische Toiletten, die dem Haus gegenüber liegen. An das Haus grenzt ein Teerdach an, das zu einem Schuppen in Pastor Klarskovs Garten gehört, wo sich die Obstbäume unter Pflaumen, Birnen und Äpfeln biegen, wenn es an der Zeit ist und der Sommer zur Neige geht.

Die ersten Schritte in den Hof sind von Scheu geprägt. Die Welt, aus der ich komme, ist viel zu fein. Die Kleidung ist falsch. In Mütze und Mantel, die ich bei kühlem Wetter trage, sehe ich aus, als sollte ich zu einem Promenadenkonzert. Ich stolpere über meine eigenen Füße, während die Kinder in Wolken von Schmutz und Wurfgeschossen laut schreiend vorbeiwirbeln. Sie beachten mich nicht.

Bis Olaf angeflitzt kommt und mich ins Spiel wirbelt. Wir spielen Krieg auf dem betonierten Platz. In einem mit Kreide gezeichneten Kreis bekommt jeder von uns ein Land. Der, dem der Krieg erklärt wird, muß laufen, bis die anderen Stopp rufen. Dann legen sich alle, außer dem Feind, auf den Bauch und robben, Halbkreise vor sich zeichnend, an den Feind heran. Wer als erster seine Füße berührt, hat das den Kreisen entsprechende Land erobert.

Wir sind fünf. Jørgen, Flemming, Brian, Olaf und ich. Und wir kennen fünf Länder. Dänemark, Deutschland, England, Schweden und Rußland. Da ich der Jüngste bin, bin ich zuletzt dran und bekomme immer Deutschland. Darum verliere ich immer, denn die anderen lieben es, Deutschland den Krieg zu erklären. Dafür gewinnt Olaf, denn er ist der größte. Olaf ist immer England.

Hin und wieder kommt Lulú auf ihrer Schaukel hochgeflogen und wirft mit ihren Juchzern Glanz auf den Hof. Sie hat ihre eigene Art mitzumachen, und mein Herz schlägt für sie wie zuvor. Aber ich sage es den anderen nicht. Ich habe gelernt, zu spucken und ihr den Rücken zuzukehren.

Wenn alle außer mir Land erobert haben, zieht die ganze Schar in den Milchladen. Während die anderen draußen warten, gehe ich hinein und stelle mich an die Theke. Ich bitte um Lakritzen und Eis am Stiel zum Anschreiben – so sind die Regeln – und teile an die anderen aus. Dann gehen wir zurück und nehmen das Spiel wieder auf, das so lange dauert, bis Mama das Fenster öffnet und mich zum Abendessen ruft.

Lulú begrüßt mich wie den heimgekehrten Krieger, wenn ich stolz zur Abwaschung ins Bad marschiere.

ÜBERALL IST SONNTAG. Im Hof und in den Gärten ringsum herrscht Stille. Mama zieht mir den Matrosenanzug an; dann kommt Großmutter und holt mich ab. Hand in Hand spazieren wir durch die Straßen, wo die Geschäfte geschlossen sind. Im Kaufhaus stehen hinter der Scheibe die Puppen mit erloschenen Blicken. Es ist Sonntag bis in ihre gemalten Augen. Von ihren Kunden verlassen liegt die Skomagerstraße fast öde. Über den Domplatz ertönt Glockengeläut. Der Gehsteig glänzt sauber. Wir kommen ganz bis zu Sankt Jørgensberg, ehe wir Kirchgängern begegnen und Hüten mit schwarzen Spitzenschleiern zunicken.

In der Sankt-Jørgensberg-Kirche zeigt mir Großmutter das Schiff, das Onkel Thorvald geschnitzt hat. Thorvald ist niemals Seemann geworden. Als ihn der Fluch des Geschlechts ereilte und er zum ersten Mal seinen Fuß auf ein Schiffsdeck setzte, gerieten seine Beine in eine Winde, und er wurde Invalide. Seitdem schnitzte er Modellschiffe mit einer Sorgfalt für Details, die er mit seiner Bewegungsfähigkeit hatte bezahlen müssen.

Wir treten in den Raum, der zu meinem lauthals kundgegebenen Erstaunen Kirchenschiff genannt wird. Der Gottesdienst ist vorbei, aber die Orgel hallt noch unter der Wölbung, und aus den Fensterbögen schimmert das Licht in langen staubtragenden Strahlenfächern herab. Im Schiff wohnt eine weiße und goldene Stille, die ich liebe. Die Bänke sind leer, die Gesangbücher liegen noch da, und ihre Goldkreuze zeigen in alle Richtungen. Das Licht fließt über sie hin und läßt sie wie Steine im Bach glänzen.

Auf der Kanzel steht der alte Seemannspfarrer mit dem Rücken zum Raum. Er ist dabei, seine Papiere zusammenzusammeln. Es sieht aus, als fehlte der Kopf über dem weißen Kragen, so gebeugt ist er. Dies kann ich gerade noch denken, dann raschelt es in den Falten, und das Priestergewand hinter der Schnitzerei wird eins mit dem Dunkel. Er ist verschwunden wie ein Star in seinem Kasten, und ich ziehe an Großmutters Hand und zeige hoch.

Es knirscht in der verborgenen Wendeltreppe. Kurz darauf schlägt eine Tür zu, und wir sind allein.

Ein pausbäckiger Engel, getragen von dem Rücken einer Welle, setzt ein Muschelhorn an den Mund und bläst. Oben am Altar flackern die Kerzen, und das Wachs tropft und wächst zu Formen, die Orgelpfeifen gleichen. Umwogt von Licht und Schatten der Flammen erstrahlt Onkel Thorvalds großes Vollschiff in einer Aufhängung aus Messing, die in der Wölbung verschwindet und mich an einen Kronleuchter erinnert, der sich im selben Augenblick, in dem er angezündet wird, in einen brausenden Schwan auf dem Meer verwandelt.

Jetzt ist es Großmutter, die an mir zieht. Wir müssen weiter. Der Kirchendiener kommt mit einem kleinen Eisenhütchen hereingeschlurft und löscht damit die Kerzen. Dann fängt er an, die Gesangbücher in einen graugestrichenen Holzkasten zu sammeln. Er räuspert sich, daß es laut im Chor hallt. Das tun auch unsere Schritte, als wir zum Ausgang gehen. Großmutters kleine Andacht ist vorbei. Ich weiß, daß ihre Gedanken bei Viggo im Himmel und bei einem Grab sind, auf das sie niemals Blumen stellen wird. Ehe die Tür zuschlägt und wir wieder auf der Straße stehen, darf ich ein Zweikronenstück in den Opferstock werfen.

Wir gehen weiter hinunter zum Hafen. Im Sonnenschein, der über unseren Köpfen flimmert und Lichtreflexe über den Spiegel des Fjords treibt. Von hier kann man schon das Wasser zwischen den Baumkronen glitzern und die ersten Masten hochragen sehen. In den Gärten der Leute sind Fahnen, ein Klirren von Kaffeetassen und Stimmen, gedämpft von den Hecken. Ich bin gespannt vor Erwartung, denn ich darf zum ersten Mal in meinem Leben mit einem Schiff fahren.

Wir sollen Katrine, Großmutters Kusine in Gershøj, besuchen. Es geht eine Fähre hinüber, und ich werde auf dem letzten Wegstück zur Eile angetrieben. Wir können das Schiff unten im Hafen tuten hören, was bedeutet, daß es anlegt. Es ist eine ganz kleine Fähre mit einem Ofenrohr als Schornstein und einem Deckshaus für den Mann, der es steuert.

Sie rückt meinen Matrosenkragen zurecht. Genau in dem Augenblick, als wir an Bord gehen, habe ich heimlich die Trillerpfeife in den Mund gesteckt und blase hinein, daß die anderen Passagiere sich umdrehen und uns mit Fischgesichtern ansehen. Großmutter fährt zusammen und zwinkert hinter der Brille. Sie ist die einzige, die nicht entdeckt, woher der Ton kommt. Ihre Gedanken hängen immer noch in einer anderen Welt.

Wir gleiten aus dem Hafenbecken mit einem Tuckern, das weit draußen im Fjord widerhallt. Ich lege die Hände auf die Reling und spüre, wie der Schiffsrumpf zittert. Die Bewegung verpflanzt sich vom Deck aus weiter; an der Mole bekommen wir einen Schlag von der ersten Woge, und der Wasserstaub streichelt meine abgewandte Backe mit einem Kältehandschuh. Bald rollen wir kreuz und quer. Auf dem Fjord gibt es Wind und Wellen, und mir schwindelt bis tief in die Magengegend. Ich bekomme farblose Augen. Einen merkwürdigen, schmerzfreien Drang, aufzustoßen.

Ich stütze mich ab. Ich strecke den Rücken. Ich denke an meinen Matrosenanzug. Wende das Gesicht dem Wind zu und öffne den Mund. Der Wind schmeckt stark nach Mentholbonbons, und die Tränen werden wieder aus dem Augenwinkel weggezogen. In der Familie meiner Großmutter haben die Männer Salzwasser in den Adern, das sagt sie selbst. Ich stelle mich breitbeinig hin und presse die Knöchel an der Reling weiß.

Es sieht aus, als flögen wir auf eine Insel zu. Jedesmal, wenn der Steven oben gewesen ist und wieder hinabstürzt, sehe ich sie durch das Schaumgespritze vor mir liegen. Das Salz brennt jetzt in den Augen, aber ich halte aus und starre auf das grüne Band, das als einziges fest im Meer liegt.

Ich spüre eine Hand auf der Schulter und eine Stimme, die durch das Toben des Windes mein Ohr zu erreichen versucht. Es ist Großmutter. Sie ist leichenblaß und hat ihr Taschentuch an den Mund gepreßt. Sie will, daß wir unter Deck gehen, aber ich denke nicht daran, die Reling loszulassen, denn ich weiß, daß dann die Welt wieder hochfliegt und verkehrtherum im Magen landet.

Wir werden von einer schiefen Welle getroffen. Die Wassermauer bricht über uns ein; es fühlt sich auf Haut und Kleidern an wie ein Eimer zerstoßenes Eis. Wir sind durchnäßt und klappern mit den Zähnen. Jetzt gibt es keine Ausrede, wir werden vom Fährmann weggescheucht. Der Raum hat eine petroleumwarme Enge, die Großmutter dazu bringt, sich ins Taschentuch zu übergeben. Ich werde auf eine Bank gedrückt. Wir liegen direkt unter der Wasseroberfläche hier unten. Es schwappt graugrün über die Bullaugen, und die Laute sind anders.

Als uns wieder warm geworden ist, sind wir im Windschutz hinter der Insel, und die Wellen haben sich gelegt. Ich habe Großmutters Hand genommen. Sie lächelt mir tapfer zu, als sei sie es gewesen, die auf mich aufgepaßt hat, und ich grinse zurück. Ich fühle, daß ich in meinem Element bin, und trotz stickiger Luft ist die Übelkeit verschwunden. Das Wasser ist von den Bullaugen abgeronnen, und ich kann die hellgrüne Insel draußen sehen.

– Das ist Elleore!

Großmutter ist meinem Blick gefolgt und schluckt schwer, ehe sie die Worte herausbringt.

– Hier haben sie die *Löwenjagd* gefilmt, die auf der ganzen Welt gezeigt wurde. Es war, als die Bilder laufen lernten, frag nur Tante Katrine. Sie ist mit dabeigewesen – ja, ja, das stimmt –

Großmutter tupft sich mit einem Zipfel des Taschentuchs die Augen. Dann fällt ihr plötzlich ein, wozu es gebraucht worden ist, und sie wirft es schnaubend weg. Sofort geht es ihr besser, und sie windet ihren dicken grauen Zopf zurecht. Die Haarnadeln sind herausgerutscht, und der Zopf ist dabei, sich aus dem Nackenknoten zu lösen.

Wir sind wieder auf Deck, als wir in den Hafen von Gershøj einlaufen. Die See hat sich gewendet. Wir reiten auf dem Rücken sonnenglänzender Dünungen in einer Bewegung, die an ein Schaukelpferd erinnert, das wippt, während sich das Karussell dreht. Als wir an den Kai gleiten, und der Helfer eine Trosse an Land wirft, ist es, als wäre ein langer Stoß in den Rücken vorbei.

Alle Fischkutter liegen im Hafen. Ich kann feststellen, daß auch auf dieser Seite des Fjords Sonntag ist. Nebeneinander schaukeln sie in ihren Vertäuungen. Wenn die Trossen sich spannen, werfen sie einen zitternden Wasserspiegel von sich, und man kann den Bewuchs von Nixenhaar sehen. Ich bin so glücklich wie ein Seemann, der an Land geht –

Wir überqueren den Platz, auf dem zwischen Pfählen Netze zum Trocknen hängen und die Füße in Ölpfützen mit Fischschuppen und Teerrändern treten. Die Netze hängen in Bögen, beschwert von den grünen Glaskugeln, die an ihnen befestigt sind. Die leeren Fischkästen sind zu einer Pagode gestapelt, durch die man die fliegenden Fahnen des Sommerhimmels sieht.

Tante Katrine wohnt in einem Haus, das nicht allzu weit vom Hafen entfernt ist. Wir kommen an Aalbecken vorbei, die mit großen Holzdeckeln zugedeckt sind, und wo Kescher liegen, um den Aal zu fangen. Wir gehen den ganzen Weg über Kies.

Am Gartentor hängt ein Rohr, um die Post hineinzulegen, und der Kiesweg geht weiter bis zu dem Haus, wo Großmutter einen Türklopfer betätigt. Sonnenblumen wachsen an der Mauer hoch. Im Blumenbeet vor dem Küchenfenster steht ein Storch und wippt auf seinem Spiralfuß.

Die zwei Kusinen küssen sich auf die Backen. Dann schlägt Katrine die Hände zusammen:

– Na, du bist auch mitgekommen, und wie fein du angezogen bist!

Sie sieht mich an, die Hände in die Hüften gestemmt. Das Gute an ihr ist, daß sie nicht dauernd küssen und streicheln muß und ihre Schürze nach Wind draußen vom Fjord riecht. Katrine ist kleiner und runder als Großmutter. Sie hat ein richtiges Feengesicht mit zimtbraunen Augen, und ihr Haar ist gestreift wie das Fell eines Dachses. Sie ist in einem Waldhaus in Boserup aufgewachsen, wo ihr Vater Hamster und Meerschweinchen hielt, die für Versuche in der Heilanstalt Sankt Hans gebraucht wurden.

Behende wie ein Eichhörnchen hüpft sie in ihrer Küche herum. Vom Wandbord zur Speisekammer, von einer brutzelnden Pfanne auf dem Herd zu Backofen und Bratpfanne, die sie mit Topflappen herauszieht. Sie bäckt einen Sandkuchen; sie sticht mit einer Stricknadel hinein, aber er ist noch nicht fertig. Von dem Gasofen geht eine süßduftende Wärmewoge in den Raum. Katrine sinkt auf einen Schemel und wischt sich ein paar Haarsträhnen aus der Stirn.

Katrine schreibt Gedichte, Lieder und Reimrätsel, und das hat sie immer schon getan. Auf dem Sofa steht ein Kissen, auf das sie einen Vers mit Blumenranken gestickt hat:

> Ich kam am fünften Mai zur Welt.
> Ob Sonnenschein am Himmelszelt
> hab ich schon längst vergessen.
> Ich denk mir einen Frühlingstag,
> in Büschen Nachtigallenschlag.

Katrine schrieb mit einem richtigen Federhalter, der über das Papier kratzte, und bewahrte alles in der

Küchenschublade auf. Sie legte Gedicht auf Gedicht, während die Jahre vergingen und die unteren Blätter im Stapel an den Rändern vergilbten. Die Geburten der Kinder und der Tod der Freunde. Das Begräbnis einer Puppe, die Ehe, die alte Bank im Wald und *Zum Ball im Wäldchen*. Die Quelle im Park von Ledreborg, der Waldsee und ein Ständchen für die neue Anlegebrücke im Hafen von Gershøj. An eine Freundin in Vintre Møller und über die Trauerweide im Garten des Krankenhauses. Königskerzen und Fischkästen – das waren die Themen aller möglichen Rätsel und Reime. Und Vetter Viggos Flucht von zu Hause beschrieb sie in *Ein Seemann erzählt*.

Dann trat vor einigen Jahren ein Wanderer in ihre Küche. Guten Tag und Gottes Friede! Er verkaufte ein Faltblatt mit Versen, die er verfaßt hatte. Er hatte sie selbst drucken lassen, und um die Verse herum waren Vignetten gestreut. Zweige mit Knospen und Blättern und auf ihren Spitzen wippenden Singvögeln. Katrine schlug die Hände zusammen. Wie schön! Ja, sie schriebe auch selbst, gelegentlich, aber das sei ja nichts.

Er überredete sie. Zu dem, was er hatte machen lassen, konnte er auch ihr verhelfen. Wenn sie ihm die Gedichte überlassen wollte, würde er sie schon gedruckt bekommen. Es koste kein Vermögen, und sie könne mit der Bezahlung warten. Sie zog die Schublade auf und sah sich mit einem raschen Blick nach rechts und links um – ob der Teufel nicht mithorche. Dann sammelte sie alle beschriebenen Bögen und überließ sie dem Mann. Sie schmierte ihm ein ordentliches Butterbrot und legte einen Vorschuß obendrauf.

Dann hörte sie nichts mehr von ihm.

Es verging lange Zeit. Dann war Pastor Klarskov in Jütland gewesen. Während er im Zug saß, kam ein Mann ins Coupé und ging von Platz zu Platz, um ein Heft mit eigenen Gedichten zu verkaufen. Auf der Titelseite waren sein Bild und sein Name gedruckt. Pastor Klarskov kaufte das Heft für fünfundzwanzig Öre. Als der Mann das Coupé verlassen hatte, setzte er sich hin, um zu lesen. Er erkannte Tante Katrines Gedichte wieder, die er gehört hatte, wenn er bei ihr zu Besuch war. Höchstpersönlich durchsuchte er jetzt den ganzen Zug, um den Vermessenen zu finden, der sie unter seinem Namen herausgegeben hatte, aber der Mann war verschwunden, und wohin, war nicht zu erfahren. Der Zug hielt an allen Bahnhöfen, die meisten waren nur eine Haltestelle.

Aber er hatte ja den Namen des Mannes und sein Konterfei. Als der Pastor sich an Katrine in Gershøj wandte, wollte sie keine Anzeige erstatten. Die Polizei hätte sicher Wichtigeres zu tun, meinte sie, und sie hatte trotz allem die Gedichte wiederbekommen. Und dazu noch gedruckt, so daß man ganz geniert war. Das war diese Geschichte. Im Laufe der Jahre konnte man darüber lachen. Gedichte liegen am besten in der Küchenschublade.

– Alles beim alten und doch so verändert, seufzt sie zu Großmutter hin, während sie die Hände in der Schürze ringt.

Ich werde mit einem Kissen im Rücken auf einer Bank untergebracht. Meine Füße reichen fast zum Fußboden, so sehr bin ich gewachsen, seit wir das letzte Mal mit einem Bus kamen und Eis auf dem Fjord war. Wie eine Erscheinung stehen plötzlich die Segel der Eisboote vor meinem Blick, wenn sie im Wind kreuzten und mit Mann und Kufen unter sich übers Eis flogen, auf die Insel zu, die mit dem Rest zu einer weißen Fläche verschwamm.

Katrine knipst mit den Fingern unter meiner Nase, bis das Bild verschwindet und ich zurück in den Sommer in ihrer blauen Küche mit dem rotkarierten Tischtuch und der Tür komme, die zum Garten offensteht. Sie stellt eine Schale Walderdbeeren mit Sahne und einer dicken Schicht Zucker vor mich hin. Ich bekomme einen Löffel in die Hand, an dem die Versilberung abgegangen ist. Es gibt einen kleinen scharfen Geschmack mitten in dem Süßen.

Die beiden trinken Schnaps aus den höchsten Gläsern, die ich je gesehen habe, und sie essen Eierkuchen aus einer Eisenpfanne mitten auf dem Tisch, mit Schnittlauch und geräuchertem Aal auf Brot. Ich bekomme ein Käsebrot mit Jus darauf angeboten, aber sage erst wieder »Ja, gern!«, als wir zum Kuchen kommen.

Großmutter und Katrine haben beide heiße Köpfe bekommen und klingen ein wenig wie kleine Mädchen. Großmutters Zopf ist schon wieder dabei, aus dem Knoten zu rutschen.

– Erzähl von der Löwenjagd, Tante Katrine, rülpse ich, allmählich gesättigt, und wische die Krümel mit dem Handrücken weg, nachdem ich erst ein weiteres Glas Saft heruntergekippt habe. Auch wenn ich weiß, daß sie es hauptsächlich wegen Großmutter erzählt, setze ich mich in den Kissen zurecht.

XIII
Die Löwenjagd

Man sagt immer, damals hätte es nicht viel Vergnügen gegeben – beginnt Katrine –, was für ein Unsinn!

Es war hochmodern, Kannibalen vorzuzeigen, Neger aus Abessinien, die an rohen Kaninchenschenkeln nagten, mit Speeren stachen und einander die Ohren abbissen. Das weißt du sicher noch, Olga, jedes Jahr auf dem Tierschauplatz, und wir hatten den Luftschiffer, der in einem Ballon in die Luft stieg und während seiner Himmelfahrt Feuerwerkssonnen, Kanonenschläge und Knallfrösche abfeuerte, die er selbst auf einer Leiter unter der Gondel anzündete, so daß man ganz schwindlig wurde und glaubte, er würde jeden Augenblick brennend zur Erde stürzen und in einem Meer von Funken verlöschen.

Wir waren in ein neues Jahrhundert eingetreten. Die ersten Automobile fuhren herum, erst auf den Wiesen der Vergnügungsparks, wo sie mit schreienden Kindern in einem Kreis herumhusteten. Dann kamen sie nach draußen und machten die Straßen unsicher. Die bekanntesten Marktschreier hatten sich Röntgenapparate angeschafft, mit Ionenröhren, Schirm und Elektrisiermaschine, auf die man die Hand legen und in seinen bloßen Knochen die Wunder des neuen Jahrhunderts gespiegelt sehen konnte. Ich spüre heute noch den Schauder, der mich durchfuhr, als ich zum ersten Mal das lebendige Skelett meiner Finger sah und mir klar wurde, daß ich innerlich aus Glas war.

Ein paar kecke Weibsbilder waren wir, schnippisch zu den Herren, und jeden zweiten Samstag ging's zum Tanz. Damals gab es die Fjordvilla noch nicht, sondern es hieß »Quelle« – und hier traf sich alles: die Kinder der besseren Leute und die Bauernlümmel aus Kattinge …

Man sieht Großmutter an, daß auch sie an damals denkt. Erinnerungen legen sich um ihren Mund, und ihre Augen bekommen einen Schimmer von Jugend, während sie einen Takt auf den Tisch trommelt und mit leiser Stimme den Refrain eines Liedes singt, Dagmar –

Ja, sogar aus Ringsted, Slagelse und Sorø kamen sie, und dann ging es hoch her. Oder wir gingen ins Kino – es war in seiner ganzen Stummheit der letzte Schrei. Die Lichtspieltheater glichen Schiffen mit ihren Mahagonipaneelen, geschliffenen Scheiben und dem Bullauge aus Messing, durch das Licht flimmerte.

Immer wieder betrachteten wir die Luftschlangentänzerin, deren Band um sie herum stieg und fiel, bis sie sich auflöste und einer Spule aus Licht glich. Oder der Film riß. Wir fielen mit den Heldinnen der Stummfilme in Ohnmacht, weinten und lachten, während dieselben Figuren in dem wunderbaren Kegel wiederauferstanden und Abend für Abend demselben glücklichen oder traurigen Ende entgegengingen. Die Schauspieler, für die diese Kunstart neu war, hüpften auf der weißen Leinwand wie trockene Katzenfelle herum.

Und die Väter der Stadt wetterten. Wetterten gegen die neue Technik, gegen den Verfall der Sitten und den verderblichen Einfluß der Lustbarkeiten. Alles war, kurz gesagt, beim alten! Es war ein Stadtskandal, als Fräulein Famma, die Lehrerin für Gehörlose, die Lippenlesen konnte, eine Vorstellung im Kosmorama besuchte – und die schockierende Entdeckung machte, daß die Helden des Stummfilms ganz andere Sachen sagten als die heroischen Ausrufe, die im Textfenster erschienen, und sie strengte einen Prozeß gegen den Kinodirektor an mit der Behauptung, die Schauspieler benähmen sich direkt unzüchtig und hätten ihr mehrmals während der Vorführung des Films unanständige Anträge gemacht.

Eines Tages kam also der Kopenhagener – so nannten wir ihn lange – und mietete sich im Hotel Prindsen ein. Das war ein Herr, und welche Manieren!

Es konnte ihm einfallen, die Alstraße auf und ab zu promenieren – und zwar im Safarianzug mit Tropenhelm! Er sagte, er sei gekommen, um eine Löwenjagd zu veranstalten, und es wurde heimlich eine Menge über ihn gelacht. Er wollte damit anfangen, eine der kleineren Inseln im Fjord zu kaufen, wo keine Menschenseele jemals hinkam, und die Wahl fiel auf Elleore. Jetzt wurde erst richtig gelacht, denn das war ein fabelhaftes Geschäft für die Gemeinde. Es gab nichts auf Elleore. Gestrüpp, Gebüsch und Sand. Sonst nichts. Es lohnte sich kaum, im Sommer die Kühe dort grasen zu lassen, und der Kopenhagener redete von Löwenjagd und meinte, sie brächte Geld!

Er ging zur Bank und gründete eine Aktiengesellschaft, wo man sich einzeichnen konnte. Heiliger Bimbam! Das war ja direkt was für die Irren in Sankt Hans, und einer der Banklehrlinge machte sich dann auch einen Spaß daraus, die Papiere in die Heilanstalt zu schicken.

Eines Samstags kamen ein paar mysteriöse Kisten aus Hamburg an. Sie wurden auf dem Roskilder Bahnhof abgeladen und standen den Sonntag über da. *Hagenbeck* stand auf den Kisten, wenn man die krausen

Buchstaben überhaupt deuten konnte, und *Menagerie*. Sonst waren sie über und über mit *Vorsicht*-Zetteln beklebt, und es waren Löcher in die Kisten gebohrt, aus denen bedrohliches Rumoren zu hören war. Den ganzen Sonntag stellte man Vermutungen an. Am Montag wurden die Kisten weiter nach Elleore gebracht. Godtfredsen setzte sie über. Er schüttelte seinen kratzbürstigen Schifferkopf und bekreuzigte sich. Daß es Teufelswerk war, wußten alle. Was genau das alles sollte, wußte jedoch keiner – außer dem Kopenhagener selbst.

Dann kursierte ein Gerücht. Eine Gesellschaft war durch Hedehusene gezogen. Fast wie ein reisender Zirkus. Mit Stativen und Apparaten und Farbtöpfen und großen Versatzstücken zum Aufstellen. An der Spitze fuhr ein offener Wagen mit Messinglampen, Silbergitter und protzig funkelnden Stoßstangen. Er war voller junger Leute, die dem Kopenhagener glichen.

Ein Herr mit Ledermütze und Staubbrille saß am Steuer; hin und wieder streckte er den Arm hinaus und drückte auf die Gummiblase, die zu einer vergoldeten Hupe gehörte. Ein Flegel in karierter Jacke saß neben dem Fahrer – die Karos waren so groß wie bei einem Clown, aber die Jacke hatte einen vornehmen Schnitt. Auf dem Kopf hatte er einen Sherlock-Holmes-Hut.

Um die Herren drapiert stand und saß ein Flor blonder junger Mädchen auf Rücksitz und Trittbrett und winkte mit Chiffontüchern. Als letztes kam ein Viehwagen mit einem Zicklein und einem abgedankten Brauereipferd.

Sie wurden von Veddelev nach Elleore übergesetzt – wohl um kein Aufsehen zu erregen! Es war eine gefährliche Bugsiererei mit den Wagen, und man mußte mehrmals übersetzen, bis alles an seinem Platz war. Aber hinüber kamen sie. Bald herrschte Tag und Nacht reges Leben auf der Insel, es wurde gezimmert, Gerüste wurden aufgebaut, und man ließ weiteres Material aus der Stadt holen. Den Äußerungen des Fleischermeisters zufolge fraßen sie wie die Kannibalen, die Kopenhagener, und nicht nur einmal, sondern gleich mehrmals hatten sie das Hinterviertel eines Ochsen hinausbringen müssen.

Jetzt tauchte eine Anzeige in der Zeitung auf. Sie suchten nach etwas, das *Statisten* hieß. Es wußte ja kein Mensch, was das war, aber es wurde gut bezahlt, und da habe ich *topp* gesagt! Ja, du, Olga, du wolltest ja nichts davon wissen...

Und Großmutter hebt die Hände in die Luft und sieht genauso aus, als wollte sie es auch heute noch nicht.

– Ich hatte Herzklopfen, ja, hatte ich, als der alte Godtfredsen mich übersetzte. Man wußte ja nicht, worauf man sich einließ. Für den Kirchenvorstand stand Elleore inzwischen im selben Geruch wie Sodom und Gomorrha.

Als wir die Landspitze umrundeten, konnte ich dort die hellen Mädchen in ihren weißen Gewändern tanzen sehen. Godtfredsen erstarrte, er wollte nicht näher heran. Ich wurde auf der äußersten Sandbank abgesetzt und durfte selbst an Land waten.

Ich weiß nicht warum, aber ich verspürte einen Ziehen im Magen. Es war genau so ein Sommertag wie heute. Gleichzeitig zerrte die Strömung an meinen Füßen, als wolle sie mich lieber wieder hinausziehen. Zwischen den Bäumen stieg der blaue Zigarrenrauch der Herren hoch, und man hörte ihr ausgelassenes Lachen. Dann tauchte ich zwischen ihnen auf, in meinem hübschesten Kleid, die Schnürstiefel in der Hand.

Du lieber Himmel, was für ein Anblick! Meine schlimmsten Ahnungen bestätigten sich. Die Sonne schien durch den Tüll der Damen. Darunter hatten sie keinen Faden am Leib. Ich sage dir, man sah direkt ihren weißen Po. Einer der Herren – der neben dem Chauffeur gesessen hatte –, hatte unter seinem Hemd den blanken Hintern. Als ich erschien, zog er in Windeseile seine Reithose an und eine Jacke drüber, die er vor lauter Hast schief zuknöpfte.

In einem Klappstuhl saß der Kopenhagener und dirigierte mit einer großen Zigarre, mit der er in die Luft zeigte, den Reigen: Einmal hin, einmal her, rundherum das ist nicht schwer …

Ich wollte gerade kehrtmachen und weglaufen, ohne ein Wort über die Lippen gebracht zu haben, als der Kopenhagener aufstand und mich mit Augen ansah, die himmelblau vor Entsetzen waren. Er machte mir ein Zeichen, ich solle um jeden Preis stehenbleiben. Dann hörte ich einen Laut hinter mir, ein Grollen wie aus der Kehle eines viel zu großen Hundes, und ich drehte den Kopf.

Und was glaubt ihr! Ein riesiger Körper mit Löwenmähne kommt vom Waldrand her angestürzt und setzt zum Sprung an. Ich falle zu Boden. Einen Augenblick sehe ich einen fliegenden gelben Schatten über mir, dann verliere ich das Bewußtsein.

Als ich wieder zu mir komme, halten sie mir Riechsalz unter die Nase und überschlagen sich vor Eifer, etwas für mich zu tun. Eine der Damen betupft mir die Stirn mit Kölnisch Wasser, und sie reden alle gleichzeitig auf mich ein, um mich zu beruhigen.

Ich erhebe mich aus dem Gras und klopfe die Erde vom Kleid. Die Schnürstiefel haben einen kleinen Ausflug durch die Luft gemacht und sind vor einer Mahagonikiste auf einem Stativ gelandet. Unter einem kräftigen, aus Tauen gebundenen Netz liegt ein großer Löwe und nagt wütend an einem Knochen. In einer vergitterten Kiste ein Stück weiter steht noch einer und knurrt hungrig. Der erste ist offenbar ausgerissen. An dem einen Ende des Netzes steht der Mann in der Reithose und stützt sich auf ein Gewehr. Er hat jetzt einen Tropenhelm auf dem Kopf und hebt das Profil, so daß die Nase richtig in die Luft ragt.

Ich zwinkere mit den Augen. Einmal und dann noch einmal. Bin ich lebendig oder tot, bin ich ins Paradies gekommen oder was? Sind die weißen Damen Gottes Engel auf Erden oder das Böse selbst, das mich wie ein Alp drückt und ins schwärzeste Afrika verschlagen hat? Auf dem Gerüst sitzt ein Schütze von der Militärschießschule, und in die Erde sind künstliche Palmen gepflanzt, die in der Brise wedeln und Schatten auf unsere Gesichter legen.

Im selben Augenblick höre ich die durchdringende Stimme des Kopenhageners. »Danke!« brüllt er, und der Großwildjäger fällt wieder aus seiner Positur heraus. Ich kann sehen, daß seine Jacke immer noch schief geknöpft ist, also träume ich nicht, ich bin wach …

Großmutters Glucksen bringt sehr plötzlich wieder die Gegenwart in die niedrige Stube. Katrine macht eine Pause und läßt das Gesicht in ein tiefgründiges Lächeln auslaufen. Dann fährt sie fort:

– Und ich weiß nicht warum – ich habe immer gern gelacht, und auf einmal platze ich einfach vor Lachen. Ich sitze im Gras und lache mich bucklig. Das steckt den Kreis ringsum mit plötzlicher Erleichterung an, und das große Tier liegt unter dem Netz und schlägt mit dem Schwanz, daß es bebt, und die Maschen, unter denen sie es gefangen haben, hüpfen auf und ab.

Der Kopenhagener kommt mit langen Schritten auf mich zu. Er hat Spangen an den Stiefeln und trägt Knickerbocker und eine taillierte Jacke. Ein fesches Mannsbild, zugegeben, Schnurrbart und so helle Augen, daß es einem durch und durch geht...

»Junge Dame«, sagt er, während er mir die Hand reicht und mir wieder auf die Beine hilft, »was in aller Welt machen Sie hier, mitten in meinen Aufnahmen?«

»Ja das war wegen der Anzeige...«

»Ach so. Sie möchten Statistin sein!«

»Ja – nein, ich weiß nicht...«

»Davon kann auch nicht die Rede sein, nach diesem Vorfall!«

»Aber, ich hoffe nicht, daß ich etwas verdorben habe!«

Er hält mir lange die Hand. So lange, daß ich erröte. Dann überschlagen sich seine blauen Augen, und der Schnurrbart wippt mit einem Grinsen vergnügt hoch, so daß das Gesicht sich in zweimal schieres Sommerglück teilt.

»Im Gegenteil, junge Dame. Nach diesem Vorfall will ich Sie zum Star machen.«

Er kneift mir in die Backe. Ich erröte wie eine Rose. Er ist ja ein Mann im besten Alter und zwanzig Jahre, mindestens, älter als ich. Das war, bevor Kristian in mein Leben kam.

Dann sagt er, indem er eine Pfote auf meine Schulter legt und auf den Apparat mit Glasauge und Handkurbel zeigt:

»Ihnen verdanken wir die beste Aufnahme, die wir je gemacht haben. Der Film muß mit dieser Szene einfach eine Sensation werden. Ihr Name, Fräulein...«

»Jensen!«

»wird um die Welt gehen. Ich schreibe das Drehbuch um, von heute an haben Sie die Hauptrolle. Jetzt müssen Sie mir bloß versprechen, daß Sie nicht nein sagen. Denn dann ist alles verloren!«

Mindestens eine der jungen Damen starrt mich wütend an und kehrt mir den blanken Popo zu. Und der Großwildjäger tritt protestierend einen Schritt vor. Der Kopenhagener versenkt seinen Blick in den meinen und dämpft gleichzeitig seine Stimme:

»Kümmern Sie sich nicht um ihn. Er ist zwar der erste Liebhaber im Film und Ihr zukünftiger Partner, aber in Wirklichkeit hängt er meinem Stallknecht am Hintern, und von richtigen Damen kriegt er am ganzen Körper Ausschlag. Versprechen Sie mir nur, daß Sie mein Star sein wollen, dann werde ich für alles andere sorgen.«

Nicht nur die Backen brennen, sondern auch meine Lippen; jeder Vorbehalt ist mit dem Sommerwind weggeweht. Mir ist schwindlig. Ich weiß weder ein noch aus, vernehme nur das Vogelgezwitscher über mir und sehe sein männliches Lächeln, als er sich herabbeugt und mir die Hand küßt.

»Doch«, stammle ich, »ja, doch!« und mir fällt nichts Besseres ein, als vor ihm zu knicksen. Einen richtigen kleinen Küchenknicks mache ich, wie ich es gelernt habe, als ich auf dem Kaufmannshof war.

Der Rest des Tages liegt vor mir wie in einen Nebel gehüllt. Ich wurde den Mädchen im Wald überlassen. Nur die ehemalige Diva und der Großwildjäger hielten sich abseits und gingen Arm in Arm mit zusammengesteckten Köpfen herum. Sie waren offenbar *Freundinnen*. Albernd halfen sie mir aus den Röcken, entfernten die Kniehosen, das Unterhemd, die Unaussprechlichen, bis ich in nichts als meinem Evaskostüm dastand. Dann hüllten sie mich in leichten Flor, und die

Sonne schien direkt auf meine Haut mit sommerlichem Schauern.

Ich wurde mit einem Blumenkranz im Haar wie eine Braut geschmückt und schließlich wie eine Puppe angemalt. Dann wurde ich in sein Zelt geführt, wo ich für die Aufnahmen des nächsten Tages unterwiesen werden sollte.

Da saß er in seinem Feldstuhl wie ein Pascha und rauchte an einer Wasserpfeife. Der Rauch roch stark und würzig, es lag ein Schleier über dem Ganzen, und die schönen Worte, mit denen er mich begrüßte, summten wie Hummeln im Halbdunkel des Zeltes. Jetzt weiß ich, es waren Mistkäfer, aber was wußte ich damals – eine kleine Unschuld aus dem Boseruper Wald.

Und bevor die Sonne ins Meer sank, hatte ich meine Unschuld verloren. Ich mache ihm heute keinen Vorwurf, denn mein Körper war voll von den Sehnsüchten der Sommernacht, der Heiderauch der Moorhexen umhüllte mich. Und als ich mich erst hingegeben hatte, genoß ich es, zu sehen, wie meine Zärtlichkeiten ihn immer wieder in einen Satyr verwandelten. Meine Jugend machte ihn kurzatmig, sie kitzelte sein Bocksbein …

– Katrine!

Großmutter schimpft mit dem Zeigefinger.

– Quatsch, antwortet Katrine, das kann dem Jungen nicht schaden! Wo war ich stehengeblieben?

Und ihr Blick reist wieder weit weg, bis zur Insel der Jugend.

– Ja – und dazwischen sprachen wir so vertraut und tranken Champagnerschaum aus Tassen. Er war bloß ein Bauernjunge aus Høve, der es zu etwas gebracht hatte. Er hatte damit angefangen, Neger auf Märkten vorzuzeigen, aber er wollte nichts von Kannibalen hören, das war Quatsch, sagte er, er wollte sie als die stolzen Stämme zeigen, die sie ursprünglich waren.

Er hatte sich ein Panoptikum zugelegt, als Stanley von seiner Afrikaexpedition auf der Suche nach Livingstone zurückgekehrt war, wo er Wachsfiguren der Entdeckungsreisenden vorzeigte – sowie einen einzelnen Pygmäen, ebenfalls aus Wachs. Von seiner ersten Laterna magica im Zelt, wo er eine einfache Zeichnung aus der Illustrierten Zeitung zeigte, die das Attentat auf den Ministerpräsidenten Estrup darstellte, war er zum Direktor eines eigenen Lichtspielhauses aufgestiegen. Des schönsten in Kopenhagen. Auf jeder Seite der Fassade mit einer Frauengestalt geschmückt und mit einem breitschultrigen Schweizer, wie der, den der Papst in Rom als Wache am Eingang hat. Jetzt wollte er selbst Filme produzieren und auf der ganzen Welt verkaufen.

Gedanken, die ich nie gedacht habe, sprangen aus meinem Kopf, von lockenden Fragen, einem Brummen voller Einverständnis und seinem glucksenden Lachen ans Licht befördert. Bald war er mein vertrauter Reiseführer, bald – wenn sein Blick wie ein Nachtschwärmer gegen das Fleisch schlug, das seine eigene Wahrheit hat – mein stürmischer Kapitän. Mein Jungmädchenherz war rettungslos verloren und wurde in einem Meer von Feuer und Sternen herumgewirbelt.

Der nächste Morgen erblickte mich ohne Reue und andere Röte als die, die natürlich in den Backen zurückbleibt. Ich weiß noch, wie ich über die Wiese schwärmte, während alle anderen in den Zelten schliefen, und eine Ringelblume pflückte und den Tau wegküßte. Ich hätte es herausschreien können, aber es blieb auf meinen Lippen und schmeckte süß nach der Blume. Als die ersten Strahlen der Sonne auf der Landspitze spielten, ging ich zurück und legte mich zu ihm, um in dem Atemzug zu ertrinken, der seine Brust hob und senkte.

Drei helle Nächte vertanzte ich. Drei Tage verbrachte ich am Hof des Erlkönigs. Dann hörte ich die Kirchenglocken an Land läuten und erwachte mit einem schrecklichen Kopfschmerz. Es ist wahr, wenn man sagt, daß hundert Jahre zerronnen und die, die man kennt und liebt, längst gestorben sind.

Es war der Tag, an dem die Aufnahmen beginnen sollten. In dem großen Holzschuppen, den sie hatten zimmern lassen, herrschte Geschäftigkeit. Apparate und Kulissen und große Schirme für das Licht wurden herausgeschleppt, die Löwen gingen rastlos in ihren Käfigen auf und ab. Der Stummfilmstar triumphierte und ließ seinen kajalgeränderten, künstlich bewimperten Blick auf mich tropfen. Der Schütze war auf seinem Platz auf dem Gerüst. Da ging mir auf, daß ich keine einzige Stunde Unterweisung erhalten hatte, abgesehen von der nächtlichen, und da wehte mir das Hutband kalt im Nacken …

Bald hatten sich meine schlimmsten Ahnungen erfüllt. Er war verheiratet, der Schuft, und hatte meine Unschuld ausgenützt. Das war meine Begegnung mit der Welt des Films. Daß er eine Frau hatte, die mit Tuberkulose im Vejlefjord-Sanatorium lag, und erwachsene Kinder, davon hatte er ja nichts gesagt. Den Rest kennst du, Olga, und wir wollen auch nicht hier sitzen und flennen. In unserem Alter …

Sie schweigt plötzlich. Großmutter hat ihre Hände genommen und streichelt sie lange. Tante Katrines Blick wandert zum Fenster, ich bewege mich unruhig auf meinem Platz, während die Küchenuhr weitertickt und der Wasserhahn in den Spülstein tropft. Dann kann ich mich nicht länger zurückhalten und fege das Schweigen vom Tisch.

– Was dann, Tante Katrine, bist du weltberühmt beim Film geworden?

Sie zieht die Hände an sich, tupft sich unter den Augen und lacht befreit, während sie aufsteht und der Schemel hinter ihr umkippt.

– Nee, mein Junge. Es war, wie man in dieser Branche sagt, der reine Schmu. Es war gar kein Film im Apparat gewesen, und die Aufnahmen wurden fortgesetzt, wie sie angefangen hatten: ohne mich. Im übrigen wurden am Ende ohnehin alle Mädchen herausgeschnitten, ich war also nicht die einzige, die bei dieser Gelegenheit mit dem Hintern im Freien stand!

Sie schenkt Schnaps nach. Ich folge der Flüssigkeit bis an den zitternden Rand, und die Gläser beschlagen sofort. Sie prosten sich zu und schütteln gleich danach das Kinn. Wenn ihre Augen blank werden, weiß ich, es ist der Schnaps, der wieder hervorguckt. Sie wischt sich den Mund.

– Da fühlte ich Scham, Olga. Ich hätte, wo ich stand, in die Erde versinken können. Aber statt dessen kehrte ich allem den Rücken zu und lief weg. Am selben Tag noch kam ich nach Gershøj, meine Brüder witterten Unrat, und ich konnte es nicht für mich behalten. Der Damm ist einfach gebrochen.

Das eine zieht das andere nach sich. Die Fischerjungen, angeführt von Anders und Povl, setzten auf die Insel über und prügelten die Kopenhagener durch. Hinterher hatten ein paar Schwachköpfe ihren Spaß mit den Mädchen dort. So gründlich, daß es dem Polizeipräsidenten angezeigt wurde und sie ins Gefängnis wandern mußten. Es war in den Tagen des seligen Richters Just. Meinen Brüdern passierte nichts. Sie hatten bloß Schläge ausgeteilt. Aber das bringt einem gebrochenen Herzen keinen Trost, sondern nur Grauen über die Roheit der Männerwelt, die auf beiden Seiten gleich groß sein kann.

Katrine hat die Hände in die Schürzentasche gesteckt. Steht da und läßt die Gedanken mit dem Vogelgesang aus dem Garten dahinströmen, bis sie den Faden wieder aufnimmt:

– Als nächstes zeigte Fräulein Famma den Kopenhagener beim Tierschutzverein an. Die Löwen sollten ja das Pferd und das Ziegenkitz überfallen, um ihre Gefährlichkeit unter Beweis zu stellen. Der Schütze hockte da, um dem armen Klepper eine Kugel in die Stirn zu jagen, sobald der Löwe auf seinen Rücken sprang. Der andere schleppte das Zicklein davon, und es entstand ein Riesentumult, weil man meinte, es sei während der Aufnahmen noch lebendig gewesen. Justizminister Alberti, der auch nicht besser war, schickte seinen Zensor Levin zur Insel. Godtfredsen mußte den schiefen Mann, der einem großen Grashüpfer glich, auf seinem Rücken an Land tragen. Es wurde ein gerichtliches Verbot gegen die Löwenjagd erlassen, aber zu spät: Die Aufnahmen waren längst im Kasten, sie hatten nämlich die Jagd schon im geheimen durchgeführt, und die Kopenhagener verschwanden. Kurz darauf zeigte Alberti sich selbst als Großbetrüger an, und die Entrüstung erhielt andere Ziele.

Das Schlimmste war, daß mein Herz auf Elleore blieb. Ich hatte es ein für allemal verloren. Und wenn ich auch mit ungebeugtem Rücken abzog, so habe ich doch ein Loch darin gespürt, das niemand hat ausfüllen können …

Sie kneift die Augen zusammen und gleicht einer

Waldfee, als sie mich mit einem Finger zwischen den Rippen kitzelt:

– Und darum sagt man, wie du weißt, daß Elfen ein Loch im Rücken haben. Das kommt davon, wenn sie wegziehen und sich in einen von auswärts verlieben!

– Wie die kleine Meerjungfrau, nicke ich.

– Genau, sagt Katrine und sieht mich lange an, wie die kleine Meerjungfrau. Hör mal, du bist wohl ein kleines Töpfchen mit ganz großen Ohren!

Und während sie mich weiterkitzelt, stellt sie mir eine Frage, die sie selbst beantwortet.

– Und was, glaubst du, war das Ende vom Lied? Ja, der Film wurde in aller Herren Länder verkauft und brachte der Aktiengesellschaft, die in der Roskilder Bank gegründet wurde, richtig viel Geld ein. Das beste an der Geschichte ist, daß die Verrückten auf Sankt Hans ungeheuer daran verdienten. Denn sie hatten als einzige in der Stadt ihr Spargeld in die *Löwenjagd* investiert, die sie von Anfang an für ein glänzendes Geschäft hielten. Und seitdem küren die Einfältigen, die das Inselreich erbten, jedes Jahr im Mai, wenn die weißen Nächte beginnen, ihren eigenen König der Insel.

So, mein Junge, bekam die Nordisk Films Kompagni ihre ersten Aktionäre, deine Tante verlor das Kostbarste, was eine Frau besitzen kann, nämlich die Liebe, und Ole Olsens Name war in aller Munde! Jetzt ruht er in seinem Mausoleum, einem richtigen Hügelgrab, das er sich in Nordseeland errichten ließ. Er starb als reicher und glücklicher Mann, »schloß seine Zeit in alle Zeit, die entschwand«, wie es in seiner Grabinschrift heißt. Der Hügel soll am Ende dieses Jahrhunderts geschlossen und versiegelt werden. Dann darf er erst nach zwei weiteren Jahrhunderten wieder geöffnet werden. Was er solange darin vorhat, mögen die Götter wissen! Aber vorläufig liegt er einbalsamiert und mit Pantoffeln aus türkischem Wasserbüffelleder an den Füßen auf seinem letzten Paradebett vor einem Altar, in dem die Asche seiner Frau bestattet ist. Wenn es stimmt, was sie sagen.

– Und die Löwen?

Katrine zwinkert Großmutter zu und stößt ihr einen Ellbogen in die Seite.

– Ja, wenn niemand sie geholt hat, laufen sie immer noch da draußen herum. Kein Mensch weiß es. Man sagt ja, es verschwinde hin und wieder ein Schaf, aber du wirst sehen, es ist bloß Gerede!

Großmutter schickt ihr einen resignierten Seufzer.

– Katrine, das ist nichts für den Jungen.

Ich schweige verwirrt.

Auf dem Nachhauseweg im Bus – ich habe gedrängelt, daß wir das Schiff nehmen, aber Großmutter fand, es sei aufgefrischt – summt sie eine einfache kleine Melodie. Dann kommen die Worte und hängen sich dran, erst zögernd - es sind Katrines Verse. *Sehnsucht nach einem Freund* und dann *Herzenskummer*:

Ihr Vögel, ihr fliegt weit über den See,
ihr kennt wohl die Insel, nach der ich vergeh,
wo mein Liebster wandelt auf grüner Au,
ihr kennt sie, ihr Vögel, ich weiß es genau.

Die Melodie stockt, rostet ein in Großmutters Hals – wie ein Leierkasten, wenn die Töne auf die Erde tropfen, weil der Mann einen müden Arm hat. Sie schaut eine Weile aus dem Fenster, wo die Straßenbäume vorbeifliegen und die Felder sich drehen.

Es ist ein langer Sonntag, die Sonne steht noch am Himmel.

Großmutter ist still geworden und streichelt mir den Kopf, während sie auf den Fjord blickt. Ich versuche mir immer noch einen Topf mit großen Ohren daran vorzustellen, aber es will nicht richtig glücken. Die Ohren fallen immer wieder ab. Vorne beim Chauffeur summt das Motorgehäuse. Er wechselt den Gang, als wir um den Froschspringbrunnen herumfahren zur Roten Pforte. Dann rollen wir in die Haltestelle am Bahnhof. Den Rest des Weges gehen wir zu Fuß.

Ich gähne breit, als ich zu Hause abgeliefert werde. Der ganze Kopf summt vor Sonntag. Großmutter will nicht mit hochkommen. Es geht nicht an, sie hat zu viele Schnäpse bekommen, sagt sie. Ehe wir uns trennen, verspricht sie mir einen Ausflug in den Stadtpark, wo Schießzelte und Waffelbuden aufgestellt worden sind. Am nächsten Sonntag. Sonntage sind Inseln, wo die Erwachsenen lange schlafen, Verwandte besuchen und sich an die Toten erinnern. Die Kinder bekommen Eis.

In der Dämmerung sehe ich lange ihrer Gestalt hinterher, sommers wie winters im Mantel. Sie zockelt die Breitestraße herunter, als sie plötzlich von einem Strahlenbündel getroffen wird und leicht wird wie eine Fee.

Ich warte ein bißchen. Dann klingle ich an der Tür.

XIV
Füchse und rote Rosen

In langsamem Autokonvoi rollen wir durch die Allee auf Schloß Ledreborg zu. Mama sitzt hinter dem Steuer; neben ihr sitzt Oberst Leschley. Er hat weiße Zähne und dünnes, nach hinten gekämmtes Haar. Die Augen haben dieselbe Farbe wie ein Herbsthimmel mit Sonnenschimmer. Golden und grau. Jedesmal, wenn er den Blick auf Mama richtet, bricht die Sonne hervor. Mama sprüht zurück, schüttelt ausgelassen das Haar und errötet, wenn er etwas Schönes sagt, das für sie bestimmt ist. Er hält die Husarenmütze im Schoß, und trägt Handschuhe. Ein blankgeputztes Lederband läuft schräg von der Schulter zum Gürtel, wo es mit einem Messingring befestigt ist. Hier ist die Beule, von der ich die Augen nicht abwenden kann. Eine sich hoch aufwölbende Pistolentasche, zugeknöpft und prall.

Ich bin überwältigt. Er hat mir auf die Schulter geklopft und mir die Pistole gezeigt. Mit einem Rieseln im Nacken habe ich den Sicherungsknopf berührt. Es ist, als bliebe der kleine rote Fleck zwischen meinen Augen sitzen und hypnotisiere mich durch das lederne Futteral hindurch. Unwillkürlich zische ich Lulú, wenn sie etwas sagen will, zu, sie solle still sein. Sie thront in vollem Staat neben mir. Zum ersten Mal darf sie mit auf die Jagd.

Wir überholen die Reiter. Sie sind in scharfem Trab auf dem Weg zum Schloß. Weiche Klumpen von Gras und Erde wirbeln in den Seitenstreifen, die Hufe klappern taktfest zwischen den Baumstämmen, und hin und wieder muß einer der Reiter den Kopf vor einem Zweig einziehen. Papa ist unter ihnen. Er reitet mit Quickly an der Spitze in seinem roten Mantel mit Halstuch und Goldnadel. Mama kurbelt die Scheibe herunter und winkt. Ihr Seidentuch flattert hinaus. Papa nickt zurück und streckt einen Arm in die Luft als Zeichen, daß die anderen im Schritt reiten sollen. Mama tritt leicht aufs Gas, so daß wir mit einem Brummen und Knirschen von Kies unter den Reifen beschleunigen. Ein Stein spritzt hoch und trifft eines der Pferde in die Flanke. Es schlägt aus, und Unruhe entsteht, ein kurzes Wiehern, dann gleiten Reiter und Pferde in der Heckscheibe zusammen und bleiben zurück.

Wir fahren vor dem Schloß mit der Turmuhr vor. Vor der Einfahrt liegen zwei längliche Bassins mit Goldfischen. Bäume in Reih und Glied mit zu Kuppeln geschnittenen Kronen umsäumen die Bassins. Sie liegen, einer das Spiegelbild des anderen, zu jeder Seite einer Kiesbahn, die zur Einfahrt hochführt. Es schwimmen ganz frische Blätter auf dem Wasser, das grün von dem helleren Grund hochschimmert. Wir steigen aus dem Auto und vertreten uns die Füße. Lulú bleibt sitzen und drückt die Nase an der Scheibe platt. Aus ihrem Atem wächst ein Nebelbaum. Wärme und Kälte pulsen in ihm und tauschen den Platz miteinander.

Die Turmuhr setzt zum Schlag an. Dann ertönt das Hornsignal aus der Allee, und das Feld rückt zusammen. Paarweise kommen die Reiter durch das Tor auf den Schloßplatz, wo der Lehnsgraf auf der Treppe erschienen ist. Papa begrüßt ihn, indem er sich halb im Steigbügel aufrichtet und sich vorbeugt. Graf Holstein gefällt mir. Er hat ein schmales, lebhaftes Gesicht mit einem verschmitzten Blick. Er ist auch nicht so fein wie die anderen. Er trägt eine rot-grün karierte Holzfällerjacke, und die Gräfin hält ihm den Steigbügel, als er aufsteigt. Die Gräfin trägt als einzige Dame eine Hose, und er sieht so verliebt von seinem Pferderücken auf sie zurück, daß Mama einen Seufzer ausstoßen und Oberst Leschley, der ihren Arm ganz leicht am Ellbogen stützt, ein paar Worte zuflüstern muß. Der Graf tänzelt einige Runden auf seinem nervösen Vollblut, ehe er den Arm hebt und ihn wieder fallen läßt. Die Fuchsjagd kann beginnen.

Die Autos sind gestartet. Mama fährt zuerst. Gleich dahinter kommen die Kopenhagener und zum Schluß die Hiesigen. Oberst Leschley hält eine Kartenskizze in einer lederumrahmten Fenstermappe und dirigiert Mama mit Handbewegungen und Bemerkungen, die sie zum Lachen bringen. Alle anderen Autos fahren, die Vormittagssonne auf dem Lack, in einer langen Reihe hinter uns her, und Lulú und ich haben große Augen vor lauter Beeindrucktsein. Oberst Leschley leitet den Autokonvoi und bringt uns dazu, uns wie Verschworene in einem Krieg zu fühlen. Wir biegen in den Wald ein und fahren holprige Wagenspuren entlang, so daß wir mit den Schultern gegeneinander stoßen und es im Bauch kitzelt.

Hier drinnen schickt die Sonne spitze Strahlen zwischen die Bäume, und Fichten wechseln sich mit Buchen ab. Schatten und Äste schlagen gegen die Scheibe. Wie ein Dachsfell breitet sich der Nadelteppich mit Lichtfeldern zwischen den langen, geraden Baumreihen des Waldes aus. Die erste Stelle, an der wir haltmachen, ist am Feldrain auf der anderen Seite des Fichtenwaldes. Wir kommen gerade rechtzeitig aus den Autos, um das Beben der Erde und das Donnern der Reiterschar zu hören, und dann kommt der Blitz der roten

Jacken, wenn sie in Reihen von fließenden Sprüngen über den Feldrain setzen. Ich entdecke Quickly und Papa. Quickly hat wilde Augen, und Schaumflocken fliegen von der Trense. Als Papa springt, sieht es aus, als hielte er Quickly mit gespreizten Ellbogen in der Luft. Sein Gesichtsausdruck ist verbissen; er preßt die Zähne gegeneinander, das kann ich sehen, als sie, eine dampfende Konstellation von Körpern, Fellen und Hufen, über mir dahinfegen.

Im Wagen auf dem Weg zum nächsten Hindernis erklärt Oberst Leschley, uns in das Gespräch mit einbeziehend, indem er regelmäßig mit hochgezogenen Augenbrauen, die Lulú fast zum Weinen bringen, Blicke zum Rücksitz wirft, daß in England eine Meute von Bluthunden vor den Reitern herjagt und der Fuchs zu Tode gehetzt wird. Er endet als zertrampelter Lappen unter den Hufen der Pferde. Hier vertritt den Fuchs bloß ein Reiter, der einen Fuchsschwanz an den Jackenärmel geheftet bekommt. Ich schiele zu Lulú, um die Tränen hervorquellen zu sehen, aber sie hat die Zähne zusammengebissen und starrt mit hartem Blick aus dem Fenster.

Das nächste Mal steigen wir an einem Graben aus. Mit gähnenden Lehmwänden und kohlschwarzem Wasser auf dem Grund wartet er auf die Bilder der Reiter. Diesmal ist das Feld mehr aufgelockert; Papa liegt immer noch vorne, er ist mitgerissen von der Jagd und setzt mit einem Ausruf über den Graben. Die Vorderbeine ganz am Bauchgurt, die Hinterbeine nach hinten gestreckt und mit fliegender Mähne schwebt Quickly in einem Sprung, der alle die Luft anhalten läßt. Anschließend klatschen die Zuschauer. Spannung und Begeisterung gehen mir ins Blut. Oberst Leschley nickt mit einem anerkennenden Mienenspiel zu mir herab, und ich fühle mich an seiner Seite wie ein kleiner Soldat.

Es entsteht Unruhe im Feld. Zuerst ein einzelnes scheuendes Pferd, dann breitet sich die Nervosität auf die anderen aus, die Reiter werden rot im Gesicht und setzen die Peitsche ein. Einer fliegt über den Kopf und landet mit den Zügeln in der Hand vor seinem Tier, das Pferd bäumt sich auf und zieht ihn mit hoch, das Rudern der Hufe in der Luft bringt ihn dazu, loszulassen, und das letzte, was wir sehen, ist das Pferd, das in den Wald läuft, während der Reiter hinter ihm herruft. Es bildet sich ein chaotischer Knäuel vor dem Graben.

Dann passiert etwas. Es ist Carl Madsen aus Lejre, der einen blauen Kopf bekommen hat, sich ans Herz greift und im Sattel schwankt, während Irene – eine Wilde unter den Rennern des Stalles, auf den Knäuel zustürmt. Sie kommen durch, beide das Gleichgewicht verlierend, und Irene verfehlt den Sprung. In einem großen, atemlosen Entsetzen rollen sie Hals über Kopf in den Graben, und es entsteht eine wilde schreiende Panik. Carl Madsen liegt eingekeilt unter Irene, die einen Laut ausstößt, der nicht zum Wiehern werden will. Sie hat erloschene Augen; eine der Fesseln ist gebrochen, und der Knochen ragt blauweiß aus dem Haarkranz hervor. Mama hat das Gesicht abgewandt. Mehrere Zuschauer schreien.

Ich sehe Oberst Leschley mit Sturmschritten loslaufen, während er gleichzeitig seine Pistolentasche aufknöpft. Mit einem Tigersprung ist er im Graben, setzt die Pistole an Irenes Stirn und drückt ab. Es geht ein Zucken von dem großen Kopf bis zur Schwanzspitze. Irene verdreht die Augen, so daß nur noch das Weiße zu sehen ist, zuckt noch ein paarmal und fällt dann schwer auf die Seite. Blut strömt aus Maul und Nüstern und vermischt sich mit dem Schlammwasser zu einer klebrigen Masse. Noch bevor Irene still wird, hat Oberst Leschley Carl Madsen mit einem Griff unter die Achseln aus der Reichweite des Todes gezogen. Die letzten Krämpfe wogen im Fell und verebben wie ein zitternder Wasserspiegel. Irene ist weg. Sie hat nur den Körper hinterlassen, eine Form in Ton, so tot wie Gips.

Es ist still in mir wie in einer Kirche. In diesem Augenblick bin ich heillos zwischen zwei Vätern gespalten – dem fliegenden Fuchs und dem Soldaten, dem resoluten Beherrscher des Todes. Ich habe alles mit offenen Augen von der ersten Reihe aus betrachtet, ohne mich abzuwenden. Die Stimmen der Erwachsenen sind fern, der Wald schwebt über dem Feld, und die Laute werden weit weggetragen. Meine Augen suchen Lulús Augen, die am Seitenfenster kleben. Es ist innen naß geworden von Tropfen, die in einem zweifachen Lauf nach unten rinnen.

Die letzten Reiter haben den Graben überquert, indem sie die Tiere mit den Sporen hinein- und auf der anderen Seite wieder hinaufgetrieben haben, anstatt zu springen. Steifbeinig und mit zurückgelegten Ohren passieren die Pferde den erstarrten Kadaver. Einige haben aufgegeben und kehren um, indem sie in langsamem Schritt in den Waldpfad einbiegen, der zum Schloß zurückführt. Oberst Leschley steht nicht eher auf, als bis Carl Madsen wieder auf die Beine kommt und der Herzanfall vorüber ist. Er klettert aus dem Graben heraus, blaß, mit aufgeköpftem Kragen, der Gürtel baumelt vor ihm herunter. Im letzten Auto des Konvois wurde der Motor angelassen, und man hilft Carl Madsen auf den Rücksitz. Der Wagen wendet und rollt mit ihm davon in die Waldschatten.

Ich stehe noch da, die Füße haben sich im Schlamm festgesaugt; es hat sich eine Kruste rund um den Strumpfrand gebildet, und ich komme nicht mehr los. Mama steht direkt neben mir. Sie hat meine Hand losgelassen, die sie während des ganzen Geschehens in einem Todesgriff gedrückt hatte, und ihr Gesicht ist auf das von Oberst Leschley gerichtet. Sie hat eine weiße Nasenspitze und sieht aus, als würde sie jeden Augenblick in Ohnmacht fallen. Sie atmet stoßweise, in ihren Augen ist Fieberglanz und auf den geöffneten Lippen Feuchtigkeit. Der Oberst des Husarenregiments in Næstved breitet seine Arme aus und legt sie um uns beide. Von seinem Mund geht ein beruhigender Ton aus, in seinen Worten klingt eine Musik mit, die die Welt vor uns wieder zu einer Ganzheit vereint. Wir setzen uns in den Wagen. Lulús Kopf ist zur Seite gefallen. Die Backe hat einen langen Streifen über die Scheibe gezogen. Sie hat sich von dem Geschehen weit weg in den Schlaf entfernt. Die Spucke kocht in ihrem Mund auf, als Mama ihren Kopf anhebt, um ein Kissen darunterzuschieben. Schweigend fahren wir weiter, den Konvoi hinter uns, zum nächsten Hindernis.

Wie zuvor kommt das Feld aus dem Wald gedonnert und setzt in einem prustenden Pulk auf und ab wogender Körper, die mit Rufen und Pferdegetrampel zu einer Einheit verschmelzen, über ein Hindernis aus Tannenzweigen. Ich sehe ohne weiteres Interesse zu. Die Fuchsjagd hat ihren Höhepunkt überschritten, an den, was jetzt noch kommen mag, nicht mehr heranreichen kann. Es muß nur noch der Fuchs gefangen und das Rennen auf den Feldern hinter Schloß Ledreborg gewonnen werden. Ich weiß, Papa wird Sieger. Ich kann es ihm ansehen. Es läßt sich an allen seinen Seitenblicken zu den Konkurrenten und an den entschlossenen Strichen der Lippen ablesen. Er weicht nicht von seiner Position als erster im Feld.

Und so bleibt es. Es ist weit über Mittag, als wir die Strecke durch sind und uns in einer gedämpften Schar auf dem Feld versammeln, wo der Endspurt stattfinden soll. Auf dem Zaun hocken die Krähen; sie folgen uns mit ruckenden Köpfen und heiseren Schreien. Dann ertönt das Hornsignal, und die Jagd wird schließlich freigegeben. Der Fuchs hat einen Vorsprung von tausend Metern bekommen, dann kommt das Feld angedonnert. Papa ist zuerst da. Mehrere Längen vor allen anderen. Quickly streckt den Hals, und der rote Schwanz fliegt. Er hat freie Zügel bekommen, und los geht es, was das Zeug hält. Vergebens wirft sich Kai Rytter hin und her, um die Trophäe zu schützen. Papa erhebt sich halb in den Steigbügeln, packt den Fuchsschwanz und zieht. Im selben Augenblick ist er der Fuchs für die Jagd des nächsten Jahres geworden.

Ich sehe die Entspannung in seinem Grinsen. Er nimmt Quickly wieder mit kleinen Rucken in die Zügel und reitet in einem großen Bogen zu uns Zuschauern, die wild klatschen. Es hört sich trotzdem sonderbar zerstreut und leer an, aber das liegt an dem offenen Feld. Ein paar Krähen heben von den Zaunpfählen ab. Papa brüstet sich im Sattel, reitet zu Mama und wirft den Fuchsschwanz zu ihr herunter. Im Silberbeschlag hängt noch ein durchgerissenes Stück Gummi. Mama hält den Schwanz in der Hand, als wäre Blut daran. Es sind Fotografen mit Blitzlichtern dazugekommen, die sie auf Papa richten.

Ich bin stolz wie ein Spanier.

Oberst Leschley gratuliert ihm und informiert ihn mit wenigen Worten über das Geschehene. Ein Teil des Grinsens verblaßt in seinem Gesicht, und er macht

Anstalten, vom Pferd zu steigen. Mein Herz wächst im Leib, als ich mich hochrecke, um ihn zu empfangen. Mit einem »Paß doch auf, Bursche!« tritt er beim Absteigen direkt auf mich. Ein Stalljunge zieht mit Quickly ab. Ich komme nicht einmal dazu, das Pferd zu streicheln. Verwirrt komme ich wieder auf die Beine und sehe lange meinem Vater hinterher. Mir geht auf, daß er nicht einmal bemerkt hat, daß ich es war. Die Damen bilden einen Kreis um ihn. Er ertrinkt in einem Gezwitscher, das die Krähen veranlaßt, ihnen den Bürzel zuzukehren.

Bei dem anschließenden Lunch unter den Kristallleuchtern im Rittersaal des Schlosses, wo richtige Diener das Essen auf Silberschüsseln herumtragen, schlägt er ans Glas und hält eine Rede für die Damen. Mama errötet kleidsam über die Witze, die die Herren aufbrüllen lassen. Erst als er die Rede beendet hat, habe ich ein peinliches Gefühl. Er ist nicht wie die anderen. Die feine Gesellschaft ergötzt sich an seinen Grobheiten, die Damen kichern. Er wendet die Worte mit der List eines Fuchses, so daß er jedesmal das Gelächter auf seiner Seite hat. Das macht mich unsicher.

Lulú sitzt auf ihrem hohen Stuhl und gleicht einer Prinzessin. Mit blanken, ausgeschlafenen Backen und einer Seidenschleife in den dunklen Locken. Sie lacht, wenn die Erwachsenen lachen. Sie hat den Lehnsgrafen als Tischherrn und Mama zur anderen Seite. Der Graf beugt sich über sie und macht ihr Komplimente wie einer richtigen Dame. Sie sprüht zurück, schlagfertig, wie sie in letzter Zeit geworden ist. Gewandt kann sie mit den Worten jonglieren. Ich selbst verliere mich meistens schon in dem Lichtreflex, der in blanken Oberflächen glänzt. Ich höre sie über Messer, Gabeln und polternde Stuhlbeine hinweg. Sie hat gerade erklärt, daß sie, wenn der Graf einen Sohn bekommt, diesen zu heiraten gedenkt. Aber der Graf und die Gräfin bekommen nur Mädchen, das wissen alle. Trotzdem lacht er laut, und Mama wischt ihr Lächeln in der Serviette ab.

Carl Madsen hat sich wieder erholt und nimmt am Lunch mit einer Stimme teil, die genauso durchdringend ist wie das Quaken der Frösche in einem Dorfteich. Er ist ein wenig blaß, und der bläuliche Schimmer im Gesicht ist geblieben. Er ist Rechtsanwalt. Kommunist, sagen die anderen, und verdammt tüchtig. Er ist herzkrank, nimmt aber jedes Jahr zusammen mit großkotzigen Großhändlern, Direktoren von Kopenhagener Versicherungsgesellschaften, Damen in Zobelpelzen, Gutsbesitzern und Grafen, über die er die Nase rümpft, an der Jagd teil. Vor Gericht benimmt er sich respektlos wie nur was, er verteidigt die Schwachen, die mit dem Gesetz in Konflikt geraten sind. Keiner kann wie er »Hohes Gericht!« auf eine Art sagen, daß seine Worte schon in Hohn eingepökelt sind, bevor er überhaupt den Mund aufgemacht hat. Seine Person ist von einem sonderbar verdrehten Respekt umgeben, und er sagt genau, was ihm paßt. Es ist nur ein vages Gefühl, aber er ist für mich der dritte Held des Tages.

Der Lunch ist vorbei. Die Gäste stehen auf, perlend vom Champagner. Der Rittersaal beginnt sich zu leeren. Papa ist in einem blauen Dunst aus Cognac und Zigarrenrauch aufs Pferd gestiegen. Die anderen Reiter bilden einen Kreis um ihn und rufen ein letztes *Hurra*, bevor sie sich auf den Nachhauseritt machen. Es herrscht Hochstimmung, und Papa redet mit ausladenden Armbewegungen nach rechts und links. Als wir in die Allee einbiegen, hat sich die Dämmerung zwischen die Bäume gesenkt.

Auf dem Nachhauseweg im Auto – wir haben uns auf dem Schloßplatz von Oberst Leschley verabschiedet – drücke ich mich fest gegen Mama. Ich bin auf den Vordersitz gewechselt. Lulú schläft wieder auf dem Rücksitz mit ausgebreiteten Schwingen und weit geöffnetem Mund, erschöpft nach ihrem ersten gesellschaftlichen Erfolg. Sie hat sich einen Platz im Herzen des Grafen erzaubert, und er hat ihr einen silbernen Löffel mit seinem Wappen darauf verehrt. Ich sehne mich nach den Träumen, die wir teilen, und den Flugzeuggeräuschen, die sie mit den Lippen macht, wenn wir in die Luft gehen. Ich habe an dem Rotwein genippt, und mein Kopf summt schwer. Er wiegt genauso viel wie der von Lulú, und lila Wolken treiben hindurch. Ich kann gerade noch murmeln: »Mama, warum kann er nicht unser Papa sein?« und ihren verstörten Blick auffangen, der ein bißchen an den von Großmama erinnert, dann werden die Wolken schwarz, und der Traum fängt damit an, daß Oberst Leschley mir seine Pistole überreicht und einen Fuchsschwanz an meiner Brust befestigt.

Ein Reiter erscheint in der mondhellen Nacht. Ich hänge am Fensterbrett, und die Hawaiiblume kitzelt mich hinter dem Ohr. Die weichen Hufschläge haben unter dem Fenster haltgemacht, und Goméz begrüßt mich mit dem Aufblitzen seines Ohrrings. Seine Zähne sind blau, und der Bart umkränzt wie ein dunkler Schatten sein Gesicht. Er hat sich in den Steigbügeln erhoben und hält die eine Hand vor die Brust, so daß man sein Herz nicht sehen kann. Unter ihm tanzt das Pferd eine Quadrille auf der Stelle, und um seine Fesseln schimmert Meeresleuchten. Reiter und Roß verschmelzen zu einer Einheit, die vor meinen Augen in einer stehenden

Bewegung Wasser tritt. Es ist Reiten und Stehen in einem, und Goméz beugt sich vor und schwingt seinen Hut an der Flanke entlang. Es ist, als wolle er mir danken, ganz ohne Worte, denn diese Welt ist lautlos. Zum ersten Mal sehe ich ihn zu Pferd.

Er sitzt unversehrt auf dem Pferd, mit geradem Rücken, und er zeigt mir sein Gesicht. Die Freude weitet seine Pupillen, als lägen sie unter einer Lupe, und Entschlossenheit sprüht aus ihnen. Ich begreife, daß ich ihm ein Pferd geschenkt habe, denn jetzt, wo es sich unter ihm aufbäumt und mit seinen Hufen im Luftmeer rudert, kann ich sehen, daß es die tote Irene ist, die in ihrem fuchsroten Fell wieder auferstanden ist. Aus dem Loch in ihrem Schädel, wo der Schuß hineinging, schwirren Feuerfliegen. Pferd und Reiter sind wieder vereint; er bohrt die Sporen in seine Flanken und wirft sich an seinem Hals nach vorn. Zusammen brausen sie im Mondschein davon, ein Wellenkamm, der einen Widerschein davon einfängt und glänzend in den dunkleren Baumkronen des Gartens aufleuchtet, bald hier, bald dort. Er soll in die Nacht donnern. Wenn er jetzt sogleich losreitet, kann er vor dem Hahnenschrei über alle Berge sein, bevor das Fleisch am Gerippe zu Blättern verwelkt und abfällt.

Es ist Herbstmond. Glück erfüllt mich und mit Trauer vermischte Erleichterung. Ich spüre die rote Blüte hinter dem Ohr und nehme Abschied von ihm wie eine Dame. Ich weiß, er hat mich verlassen, und der Tag wird das Grab leer finden. Im Fensterrahmen riecht der Blumentopf süß nach Erde.

DIE PFLAUMEN in Pastor Klarskovs Garten sind reif. Wo sie aufgeplatzt sind, sieht man das blaurote Fleisch leuchten. In Büscheln hängen sie, schwer und trächtig, und es geht ein fauliger Geruch von ihnen aus, als rülpsten sie vor Sattheit. Wir robben mit Olaf an der Spitze über das Teerdach.

– Sieh mal, kichert er dicht an meinem Ohr, die baumeln wie Titten!

Die Dachpappe ist weich, aber trocken in der Spätsommerwärme und zeichnet mit schwarzer Kreide auf unsere Backen, Arme und Kleider.

Auf dem Rand des Dachs wippend, angelt sich Olaf, während Flemming ihn an dem einen Fußknöchel festhält und ich an dem anderen, einen Ast heran und streift die Früchte in seinen Pullover mit Harlekinkaros, den er wie eine Schürze hochgenommen hat.

Ein Schäferhund fängt an zu bellen, und der Pastor stürzt schreiend in seinen Garten, während wir vom Dach in einen hohen Kieshaufen im Bracks-Hof purzeln und feixend in einen Schuppen flitzen, um den Raub zu teilen. Die meisten Pflaumen sind zerquetscht, und Olaf hat große traubenfarbene Flecken auf seinem Pullover.

Hinterher spielen wir ein ganz neues Spiel, das Olaf erfunden hat. Er schnallt den Gürtel der kurzen Hose auf, rollt die Unterhose herunter und zeigt, daß sein Piephahn steif werden kann. Er sieht so komisch blau und dünn aus, wie er aus dem spärlich sprießenden Haarkranz herausragt. Flemming und ich sind stumm vor Bewunderung. Olaf zieht etwas daran, so daß er noch steifer wird. Unter der Wurmhaut ist ein feuerroter Kopf. Er reißt an meiner Hose, knöpft sie auf und zeigt mir, wie ich selbst reiben muß. Aber es geschieht nichts. Es ist, als würde man einen Fisch berühren. Flemming traut sich gar nicht; er behält die Hose an. Er wird abwechselnd weiß und über und über rot.

Olaf hat einen glasigen Blick bekommen. Seine Backen glühen, als er sich langsam zur Tür bewegt, die Hose immer noch heruntergezogen, und den Riegel vorschiebt. Mit einer fremden Stimme sagt er, ich solle mich über die Waschbank lehnen. Ich spüre, wie er sich in mein bloßes Hinterteil hineinzuschieben versucht. Es ist kalt wie Wasser. Er spuckt auf seine Finger und reibt den Spuckeklecks in meinem Loch herum. Dann versucht er wieder, sein kleines Fleischstäbchen hereinzuzwängen, aber jetzt fängt es an zu knicken. Die Haut zieht sich unter meinem eigenen zusammen, und im Hodensack tut es weh. Flemming ist aus dem Schuppen hinausgelaufen und hat die Tür offenstehen lassen. Als jetzt das Licht hereinströmt und von den gekalkten Wänden zurückschlägt, erstarren unsere Gesichter in beidseitigem Erschrecken zu Masken, und wir haben blitzschnell wieder unsere Hosen an. Als ich in den Hof laufe, tickt das Herz mit einer fremden Unruhe.

In der Einfahrt steht Lailas Mutter, die Feldmatratze, und wartet auf ein Auto. Sie hat das gebleichte Haar, das am Ansatz dunkel ist, so hochtoupiert, als stecke ein Leib Weißbrot darunter. Über ihre Brüste spannt sich ein Pullover mit Haaren darauf. Die Taille schnürt ein straffer schwarzer Lackgürtel zusammen, der sie aussehen läßt wie eine Biene, und unter dem Gürtel wird der Pullover zu einem stramm sitzenden Kleid. Sie hat den größten Popo, den ich je gesehen habe; das Kleid ist hochgerutscht und enthüllt den kleinen Gummistöpsel eines fleischfarbenen Hüfthalterstrapses. Man kann sehen, wo die Schenkel anfangen. Im Arm hält sie einen großen Strauß roter Rosen.

Als Olaf an ihr vorbei auf die Straße saust, ruft er ihr schnell etwas zu, worauf sie etwas zischt und nach ihm schlägt. Sie läßt einige der Rosen fallen und bückt sich, um sie aufzuheben. Ich bekomme kurz ihre lachsfarbene Unterhose zu sehen, und die Stelle, wo etwas Haar in einem Büschel hervorschaut, läßt mich nach Luft schnappen. Zum ersten Mal kann mir so etwas den Atem rauben, und ich lehne mich mit einem Klopfen in den Händen gegen das Gartentörchen. In diesem Augenblick kommt das Auto, das sie abholt, und sie setzt sich auf den Vordersitz neben einen Mann im Fleischerkittel.

Olaf kehrt auf seinem Fahrrad zurück. Die Hälfte der Milchkapseln ist von den Speichen gefallen, der Rest hat keine Farbe mehr. Die Sommersonne hat sie gebleicht. Er bremst, so daß das Hinterrad im Kies schlittert, und springt vom Fahrrad, das mit hochragendem Vorderrad liegenbleibt. Er ist erregt. Die Sommersprossen brennen auf seiner Milchhaut, das Haar steht in roten Büscheln ab. Er bellt mich an wie ein junger Fuchs und zieht mich mit. Auf dem Beton hüpft Laila in den Kreidekästchen ihres Himmel-und-Hölle-Spiels herum. Wir reißen sie mit, und der Rotz läuft ihr aus der Nase, als wir – mit angehaltenem Atem – in die dunkle Passage am Fahrradschuppen schlüpfen und in dem verwilderten Garten dahinter, wo keine Seele je hinkommt, wieder auftauchen.

Der Garten ist von den gelben Mauern des Lagergebäudes umzäumt. Fenster, mit Teer und weißen Kreuzen auf die Mauern gemalt, blicken blind auf uns herab. Eine falsche oder blinde Tür macht einen frösteln.

Es ist still in dem vergessenen Würfel. Am Ende des Gartens liegt ein viereckiger Teich, in dem einmal Goldfische gewesen sind, und die Wege sind mit hohen Tonkrügen eingefaßt. Das Wasser im Bassin ist grün und brackig, die Wege bedeckt mit Unkraut, und aus den angeschlagenen Krügen rieselt Erde. Das Gras ist zu Büscheln verfilzt, überall stehen Disteln mit erstarrtem Glanz auf den Blättern.

Der Laut einer späten Grille bohrt sich in das Labyrinth. Es läuft mir kalt den Rücken hinunter, als ich den Metallglanz in Olafs Augen zurückkehren sehe.

– Wir spielen Doktor, erklärt er Laila verbissen, die schnieft und nickt, während sich das Blaue in ihren Augen zu einem schmalen Ring zusammenzieht.

In der Ecke des Gartens steht eine geborstene Vogeltränke. In der Mitte ist einmal ein Engel aus Kalkstein gestanden, aber der Kopf fehlt, und der rundliche Körper ist voller bröselnder Brüche. Als Olaf sie auf die Erde zerrt und mir sagt, ich solle ihre Schultern hinunterdrücken, rieselt ein Strahl von Kalkstaub meinen Nacken hinunter und legt sich über ihr weit offenes Gesicht. Sie kneift die Augen zusammen und schüttelt den Kopf; es kommen kleine Laute über ihre Lippen. Olaf schlägt das Volantkleid hoch und zieht ihr die Hose aus.

– Schau, sagt er heiser.

Sie hat einen molligen, kleinen Spalt zwischen den Beinen. Eine merkwürdig farblose Pflaume. Olaf faßt sie mit drei Fingern an und fängt an, etwas zu murmeln, was wie beim Doktor klingen soll. Er trennt die Lippen mit einem alten Eisstiel, den er aus seiner Hosentasche gekramt hat. Drinnen ist es rot und runzlig und etwas feucht, und zualleroberst, wo die Lippen zusammentreffen, hängt eine Art Tropfen. Ich bin fast enttäuscht. Ich finde, es ist nichts – und erst recht nichts, das an das Vanillespiel erinnert, mein und Lulús großes Geheimnis. Ich spucke ins Gras.

Der Teufel packt Olaf, und er bohrt das Eisstöckchen in sie hinein, bis sie schreit. Als er es zurückzieht, ist

Blut daran, und Laila weint und kreischt laut. Ich lasse ihre Schulter los und trete zurück. Gelähmt von dem Gedanken, daß jemand sie hören könnte.

– Hör auf, Olaf, sage ich. Da mache ich nicht mit...

Olaf legt eine Hand auf Lailas Mund, und sie keucht durch die Finger mit Rotz und Tränen.

– Du sagst keinem was, kommt es leise von Olaf – wenn du petzt, melden wir deine Hurenmutter den Freiheitskämpfern!

Er hält die Hand auf ihrem Mund, bis sie still daliegt und er alles Weinen zurück in ihren Hals gestopft hat. Dann steht er langsam auf und steht über ihr mit gespreizten Beinen.

– Hau ab, du Rotzbalg!

Vor der dunklen Passage, die aus dem Garten führt, bleibt sie stehen. Ihre Augen gleichen denen jener Kuh, die bei dem Tuborgmann nicht wieder die Treppe herunter wollte. Etwas vorsichtig schubse ich sie. Sie ist steif im Rücken wie ein Brett. Im Dunkeln verborgen, nehme ich ihre Hand und führe sie an dem gefährlichen Fahrradschuppen vorbei. Die kleinen Nägel bohren sich in meine Haut. Als wir wohlbehalten draußen angekommen sind, bläst Olaf uns beiden etwas und stürzt davon. Das letzte, was ich von ihm sehe, ist der Hosenboden, der sich erhebt, als er sich über die Lenkstange beugt und kräftig in die Pedale tritt.

Die Locken der kleinen Laila tanzen im Sonnenschein, als sie über den Hof zu ihrer Großmutter hineinläuft. Ich mache mich auf den Weg um das ganze Bürogebäude herum, um zum Gartentor zu kommen, ohne an Frau Kristensens Fenstern vorbei zu müssen.

Im selben Augenblick rastet die Garagentür ein, und Mama steht da mit zusammengepreßtem Mund. In der Hand hält sie zwei rote Rosen mit geknickten Stielen.

Sie sieht mich gar nicht, sondern geht mit schnellen Schritten auf das Haus zu. Das Gartentor knallt hinter ihr zu. Als ich hineinkomme, ist Papa zu Hause. Mama schlägt ihm die Rosen mitten ins Gesicht.

– Die steckten in der Autotür, zischt sie, bitte deine Freundinnen, das nächste Mal besser aufzupassen!

Er sieht naß und belämmert aus. Ein Rosenblatt gleitet langsam seine Backe herunter und flattert auf den Hemdkragen. Er hebt schützend eine Hand vor sich, aber Mama verschwindet ins Badezimmer und schließt hinter sich ab. Wütend werden die Hähne aufgedreht, aber das Geräusch des strömenden Wassers scheint nur ihr Schluchzen durch die Tür zu verstärken. Jetzt sieht er wieder aus wie der Fuchs, den Schwanz zwischen den Beinen, und ich muß vor lauter Spannung prusten. Da bekomme ich eine geknallt und werde auf mein Zimmer geschickt. Im Inneren bin ich stumm und blau wie eine Pflaume. An diesem Abend habe ich Lulú nichts zu erzählen.

XV
Sie träumen von Flugzeugen

Mama ist abgereist – sie ist mit Oberst Leschley nach Afrika gefahren. An einen Ort, der Mombasa heißt, wo die Neger leben. Sie ist in ein Silberflugzeug mit schnurrenden Propellern gestiegen und hat zum Abschied gewinkt. Dänemark ist zu einer winzigen Zwergenmütze unter ihr geworden, und die Regenwolken sind Schaum auf den runden Fenstern. Sie ist über Berge mit Eis auf der Spitze geflogen, über Länder, deren Menschen und Erde von der Sonne lederbraun gebrannt sind und deren Flüsse so groß sind wie das Meer, und sie landet bei den Hütten, wo der Vogel Strauß herkommt. Sie geht herum, wo die Vanille blüht, in einem Kleid, das leicht ist wie die Sommerbrise, und ins Haar hat sie Orchideen gesteckt. Sie ruht an Oberst Leschleys Arm; mit schelmisch schrägem Blick badet sie ihr Gesicht in seiner Sonnenbräune, freut sich an seinen weißen Zähnen und läßt sich von dem Klappern der Revolvertasche an seiner Hüfte beruhigen.

Ich male es Lulú jeden Abend aus, wenn wir ins Bett gegangen sind. Das gelbe Licht draußen malt Löwen auf die Wände, die nassen, schwarzen Äste im Garten verwandeln sich in Palmenkronen auf der Tapete, und die hupenden Autos sind plötzlich Elefanten, die trompetend im Gänsemarsch durch Sümpfe schreiten, wo Krokodile, deren Augen rot in der Dunkelheit leuchten, lautlos im Schlamm lauern. Nur die Affen schreien mit ihren wütenden Gesichtern und gleichen dabei kleinen Kindern, die zu früh alt geworden sind.

Wir haben beide einen Kloß im Hals, wenn wir davon sprechen, *wie* glücklich Mama jetzt ist ... »und dann, abends, weißt du, wenn er von der Jagd nach Hause kommt, steht Mama draußen vor der Hütte und empfängt ihn. Sie ziehen das Reisegrammophon auf, legen eine Platte auf und tanzen unter den Sternen, bis es wieder hell wird. Alle Tiere des Waldes kommen herbei und lecken Mamas Hände, sie ist wie eine Krankenschwester gekleidet mit einem stolz blitzenden rot-weißen Medaillon auf der Brust.«

Am Tag kommt Papa nach Hause und geht im Haus herum wie ein Fremder. Wir hören seine rastlosen Schritte im Herrenzimmer, wo er wie ein Löwe in seinem Käfig auf und ab trabt. Er entkorkt Weinflaschen und spricht laut mit sich selbst, oder er sitzt ganz still im Sessel, hört Radio und starrt aus dem Fenster. Plötzlich springt er auf und dreht am Radio, so daß es wie aus allen möglichen Ländern durcheinanderklingt, vielleicht versucht er, Mama auf einem der Sender zu finden. Oder er kippt den Rauchtisch um, so daß die Zigarrenasche auf dem Teppich verstreut wird; dann flucht er laut. Er bemerkt uns kaum. Über seinen Augen liegt ein Schleier.

Großmutter und Fräulein Thisted kümmern sich abwechselnd um ihn. Großmutter ist bei uns eingezogen. Sie stellt das Mittagessen auf den Eßtisch, und morgens kocht sie sein Ei. Es ist das reine Paradies für mich und Lulú. Ich schleppe Topfpflanzen im Wohnzimmer herum und spiele Tarzan in der neuen Unterhose, die Großmutter mir von Papas Geld gekauft hat. Ich habe mich mit Ketten aus bunten Kunststoffringen gefesselt, die ich mit gewaltigen Kräften sprenge, während Lulú hingerissen stöhnt. Sie ist hochbeglückt, weil sie nicht zu den Ärzten nach Kopenhagen muß.

Wie ein gieriger Regenwald wächst die Insel und überwuchert das Haus. Von der Tapete oben breiten sich die Löwen und Palmen bis in die Wohnzimmer hinunter aus, im Badezimmer rauschen die großen Wasserfälle, und auf dem Dachboden wohnen die Affen mit ihren Affenkindern. Die Teppiche verwandeln sich im Nachmittagslicht in Strände, die ich mit Lulú durchstreife, ich weise sie auf Haifischflossen hin, die lautlos im Dunkeln unter dem Sofa umhergleiten, zeige ihr, wie der Sessel Löwenfüße bekommen hat, und genieße den Ausdruck feierlichen Staunens, der sich auf ihrem Gesicht ausbreitet, als sie in einem einzelnen Detail alles bestätigt sieht.

In den dunkelsten Ecken spielen wir wieder das Vanillespiel. Wir liegen still wie Pflanzen nebeneinander und lassen die Spannung steigen. Wir machen abwechselnd Negernasenlöcher, saugen den Blütenstaub aus einer Hawaiiblume und begeben uns in ihr tropfendes Inneres. Es ist eine lebendige Grotte, Feuchtigkeit sickert von den Wänden und der Decke; man muß auf den Zehenspitzen gehen, denn sonst können einen die Schlangen hören und mit ihren Zungen aus dem Dunkel kommen. Wenn sie uns mit ihren kleinen Spitzen berühren, geht die Blüte entzwei, und wir schweben wie der schillernde Regenbogen in einer Seifenblase ins Licht hinaus, furchtbar leer innendrin. Wie die Toten.

Eines Tages kommt Großmutter mit einem Wellensittichkäfig aus der Tierhandlung und stellt ihn auf den Rauchtisch, ohne daß Papa etwas zu sagen wagt. Er hat Angst vor ihr seit jenem Abend, als sie beim Essen von Mama sprachen und Großmutter die Tränen in die Augen stiegen. Sie wischte sie mit der Serviette weg, die sie unter die Brille schob, und schimpfte ihm die Hucke voll. Wir saßen mäuschenstill auf unseren Stühlen, und plötzlich, in einem Augenblick der Lähmung, wußte ich wieder, wie es war, Polio im Leib zu haben.

Niemand schimpfte jemals mit Papa. Immer war er es, der brüllte und die Türen zuknallte. Er schob den Teller mit ein paar kleingeschnittenen Frikadellen von sich und verließ den Eßtisch, zähneknirschend und stumm. Aber Großmutter verfolgte ihn mit ihrer Seemannssprache durch die Zimmer und gab nicht eher Frieden, als bis die Tür zum Herrenzimmer zugeknallt wurde. Eine ganz kleine Hochstimmung senkte sich über den Tisch. Später machte Lulú es noch schlimmer mit der Frage, ob Mama jemals wieder zu uns zurückkäme. Kurz darauf kriegten wir die Wellensittiche.

Wir versorgen sie mit Wasser in Schalen, Vogelsamen und Hirsekolben, die sie mit schräggelegtem Kopf und zwinkernden Augen abknabbern. Alles geht so schnell bei ihnen. Sie versuchen, unsere Worte aufzufangen, und würgen sie mit heiseren halben Lauten wieder hoch. Es ist ein Männchen und ein Weibchen, aber ich kann keinen Unterschied sehen, was mich aus irgendeinem Grund beruhigt. Sie sind die Papageien in unserem Dschungel, und wenn wir allein in den Wohnräumen sind, lasse ich sie heraus und jage mit Lockrufen und fliegenden Händen hinter ihrem Geflattere her. Lulú stampft auf den Fußboden und will auch mitmachen, aber das geht ja nicht. Die Kinderlähmung ist ihr Käfig.

Es klingelt an der Küchentür. Es ist Olaf – die Mütze in der Hand knetend. Ob ich zum Spielen herunterkomme? Plötzlich wird mir bewußt, daß ich in all der Zeit, die es gedauert hat, Afrika ins Wohnzimmer zu verlegen, keinen Gedanken an ihn verschwendet habe. Ich sehe ihn an, als sei er inzwischen ein anderer geworden. Nee, ich habe keine Zeit – ich muß die Wellensittiche füttern. Dürfe er hereinkommen und sie sehen? Nein, das gehe leider nicht, meine Schwester müsse Mittagsschlaf halten und dürfe nicht gestört werden – sie könne ganz leicht wieder sterben! Ich schiebe ihn fast mit der Tür auf die Treppe. Noch lange sehe ich seinen Blick im Türrahmen hängen und genieße die neue Macht, die in mir zum Vorschein gekommen ist. Von der Speisekammer aus hat Lulú uns beobachtet. Mit den Zähnen reißt sie das Rosinenpäckchen auf, das wir mit zusammengesteckten Köpfen teilen. In ihrem Hals gurren Laute, die sie von den kleinen Papageien gelernt hat.

Wir versuchen, die Wellensittiche mit Rosinen zu füttern. Sie machen sich verdutzt darüber her – als erwarteten sie, die Rosinen könnten jeden Augenblick auf sie losgehen und zurückbeißen. Mit ruckenden Köpfen picken sie erst ein Loch in die Haut, nähern sich mit einem Zittern in den schuppigen Augenlidern, strecken plötzlich den Hals, um die Rosine irgendwohin zu schleudern, und ziehen sich in wilder Flucht auf die Sitzstange zurück. Lulú wird in dem offensichtlichen Erschrecktsein der Vögel zu meiner vertrauten Mitwisserin. Dumme Viecher!

Im Badezimmer nehme ich sie in meinem Boot an Bord, und wir segeln auf einem See herum, der nach einer englischen Königin benannt worden ist und über dessen Wasserspiegel rote Flamingos schwärmen. Das Schiff ist ein kleines Blechmotorboot mit einem Kerzenhalter drinnen; wenn man die Kerze anmacht, erwärmt sich die Luft, strömt aus zwei Rohren unter Wasser aus und treibt das Boot an. Großmutter hat es mir gekauft, Lulú ist Passagier, und solange die Kerze brennt, tuckert es in der Badewanne herum.

– Das darf Olaf nicht bekommen, sagt Lulú, und versucht, die Augenbrauen zu runzeln und drohend auszusehen.

Ich mache ein Papierflugzeug, das ich vorsichtig obendrauf setze – jetzt können wir um die ganze Welt reisen – aber als die Kerze einen Augenblick flackert, geht das Flugzeug in Flammen auf und stürzt mit Flügeln, die zu rußgeschwärzten Fetzen versengt sind, ins Meer, und Lulú fängt an zu weinen. Jetzt komme Mama nie mehr nach Hause, schnieft sie; ich werde sauer, weil sie das Spiel kaputtmacht, und sage ihr, sie sei genauso dumm wie ein Wellensittich. Als ich allein bin und Lulú Mittagsschlaf hält, versuche ich, das Spiel wieder aufzunehmen, aber das Wasser in der Badewanne ist lau, die Kerze rußt, und das neue Papierflugzeug will nicht auf dem Boot stehenbleiben. Die Kacheln im Badezimmer verwandeln alles Licht in Wasser, das lautlos steigt. Ich kann nicht mehr atmen und stürze hinaus.

Als Lulú aufwacht und immer noch Mama vermißt, fühle ich mich betrogen. Als wäre die ganze Welt, die wir um uns herum gebaut haben, nichts. Die Löwen verschwinden in die Teppiche und werden wieder zu dem Gelb im Muster, die Hawaii-Blume riecht nach Gift statt nach Honig, und die Erde darum herum ist sauer. Lulú hat eine zarte Haut und bekommt schnell blaue Flecken. Es ist ein Jammer, und Großmutter schimpft wie immer, wenn sie unsere Stimmung nicht mehr versteht. In Lulús Augen sehe ich die ganze Zeit zwei nasse, versengte Papierflugzeuge, und niemand kann an ihrer tiefen Gewißheit etwas ändern. Sie ist jedem Trost unzugänglich. Mama kommt nicht nach Hause! Die große Zeit im Haus ist stehengeblieben, die kleine, nahe Zeit mit unseren schlimmsten Befürchtungen pocht weiter. Über dem Eßtisch hängt der Kronleuchter wie eine tote, stehengebliebene Sonne.

Es PASSIERT immer öfter, daß Papa nachts nicht nach Hause kommt. Wir sehen ihn nur zum Lunch. Die Nächte sind wieder lang geworden, voller Sturm und Regen. Das Haus ist zu Großmutters Haus geworden, es ist uns jetzt nähergerückt, zwischen den Zimmern ist es nicht mehr so weit, und in den Lampen scheint das Licht gelber. Das Bettzeug beginnt wie das in der Clermontstraße zu riechen. Es gibt Tage, an denen wir heizen müssen, es singt im Ofen, wenn Großmutter mit Ofenklappe und Aschenkasten hantiert, und ich habe wiederholt Phantasien, daß Mama, wenn Großmama lange und hartnäckig genug rüttelt, eines schönen Tages in den Aschenkasten fallen wird, schwarz wie ein Neger, und daß Großmutter auf eine ganz bestimmte Art »Kamma!« sagen und sie tüchtig ausschimpfen wird.

Auf dem Flur draußen steht Großmutter und ruft uns. Sie hat Hut und Mantel an, einen Schirm mit Elfenbeingriff, und treibt uns zur Eile an, während sie Lulú in den Mantel hilft. Am Gehsteig wartet Olsen mit dem Auto. Wir sollen Onkel Thorvald besuchen. Großmutter trägt Lulú die Treppe hinunter, ich folge mit dem Gehstuhl. An diesem warmen Spätsommertag wehen durch die Straße die ersten gelben und weinroten Blätter von der Bibliothek gegenüber.

Onkel Thorvald wohnt in Sankt Jørgensberg, genau wie Großmutter. In einem kleinen Fischerhaus mit Tang auf dem Dach, der in Zungen herunterhängt und das Haus unrasiert aussehen läßt. Er ist in seiner Werkstatt und montiert gerade die Masten für ein Vollschiff, dessen Rumpf sich auf wundersame Weise schon im tiefgrünen Inneren der Flasche befindet – Lulú will einfach nicht in den Kopf, wie das Schiff durch den Flaschenhals gekommen ist, und Onkel Thorvald sagt, man steckt ein Samenkorn hinein, gießt Wasser in die Flasche und schüttelt sie gut. Dann wächst es ganz von selbst, bis es eines Tages wie eine Seeanemone aufgeht und sich aus den Wellen als Segelschiff mit vier Masten erhebt.

– Warum machst du sie dann? sagt sie und deutet mit dem Kinn nach dem feinen Spinngewebe von Stöckchen und Schnüren, die er auf dem Tisch vor sich zusammenmontiert. Er nimmt sie unterm Kinn und kneift sie zärtlich.

– Du bist gar nicht so dumm, was?

Ich beobachte sie mit wachsendem Erstaunen. Lulú kann man sonst alles mögliche weismachen; ich entdecke etwas an ihr, das ich übersehen habe.

Onkel Thorvald ist schon weißhaarig. Es ist merkwürdig, daß Großmutter einen Sohn haben kann, dessen Haar so weiß ist wie ihres, obwohl er nur etwas älter ist als meine Mutter, die kein einziges graues Haar hat. Er hat ein großes Gesicht mit vielen Lachfältchen. Es sieht aus, als lägen die Augen schräg über der Nase, getrennt durch eine tiefe Furche, wo die Augenbrauen zusammengewachsen sind. Er hat Schultern und Arme wie ein Holzfäller, aber die Beine im Rollstuhl unter der grauen Decke sehen wie flachgedrückt aus, und die Füße baumeln kraftlos herunter und bewegen sich nicht von selbst. Ich weiß nicht warum, aber Schuhe an kranken Beinen sehen immer aus, als seien sie aus schwarzlackiertem massivem Holz gemacht.

Lulú ist ihm sofort um den Hals gefallen. Mit einem Mitgefühl, das in ihren poliogelähmten Gliedern wurzelt. Aber ich kann sehen, wie der Chrom des Rollstuhls ein Frösteln an ihrem Rückgrat hinauflaufen läßt und sich in ihrem Blick der erste und größte Entschluß spiegelt, den sie jemals treffen wird. Sie strampelt in dem Gehstuhl durch ein Lockengewirr von Spänen, die nach frischgeschnittenem Holz mit Harz und Tischlerleim riechen. Ein paar Stücke kleben an ihrem Absatz fest und bleiben dort als kleine Flügel hängen.

Jetzt zeigt er ihr, wie er Masten und Rahen der Länge nach zu einem feinen kleinen Weihnachtsbaum zusammenfalten kann, den er in die Flasche schiebt, während er mit der anderen Hand alle Fäden behutsam zusammennimmt. Mit einer langen Pinzette, die Großmutter ihm aus dem Krankenhaus mitgebracht hat, als sie Pflegerin war, bugsiert er den Mast auf seinen Platz – das ist das letzte –, und Lulú und ich halten den Atem an, während er eine Pause macht wie ein Zauberkünstler und uns in Spannung hält. Dann zieht er an den Fäden, und die Masten stellen sich auf. Eine Drehung mit der Hand, und die Rahen stehen quer, wie es sich gehört; ein Ruck, und die Segel entfalten sich. Es ist ein atemberaubender Anblick tief im Inneren der Flasche.

Das dünne Waffelmuster der Wanten an der Reling befestigt er mit Hilfe von Leimklecksen auf der Pinzette und zieht die Fäden in Schritten auf, die immer kleiner werden und auf einer kleinen Plattform enden, wo die Matrosen stehen und Hei-Hoh rufen können.

Ich lasse mich mit in die Flasche, in seine Miniaturwelt schleusen, die vor meinem erstaunten Fernglasauge zu wachsen beginnt. Schließlich wimmelt das ganze Deck und hallt von Kommandos, die der Kapitän durch einen Messingtrichter von der Brücke schmettert. Mit einem Schaudern entdecke ich – während ich fühle, wie sich das Deck unter meinen Füßen in einer rollenden Woge hebt –, daß Onkel Thorvald die *Stella Polaris* der Zwillinge auf ihrer Reise zum Nordlicht nachgebaut hat. Ein Eisberg, geformt wie ein stolzer Schwan, schiebt sich vor meinen Blick.

Mit dem leisen Summen seiner Stimme im grünen Nachmittag begleitet Onkel Thorvald aus Rücksicht auf Großmutter so behutsam wie möglich die Fahrt. Zum ersten Mal höre ich die Geschichte, die schon seit langem durch unsere Nächte geistert, richtig. Ursprünglich hatte das Schiff *Eisbär* geheißen, erhielt aber im letzten Augenblick einen neuen Namen, der der bevorstehenden Expedition würdig war. Das rief bei den abergläubischen Seeleuten Murren hervor. Onkel Thorvald war der Jüngste von ihnen – er war fünfzehn, während Großmutters Brüder in ihrem besten Mannesalter waren. Sie sollten während der gefährlichen Fahrt ein Auge auf ihren Neffen haben. Dann nahm das Schicksal seinen Lauf, und seine Beine wurden im Spill zerdrückt, noch ehe das Schiff in See stach. Seemann wurde er trotzdem – in den kurvigen Räumen der Flaschen, in die alle Schiffe zurückkehren, früher oder später.

Die Zwillinge wurden als erster und zweiter Steuermann angeheuert – direkt unter dem Kapitän. Das Schiff war für eine Expedition unter der energischen Leitung von Kapitän Jannsen gerüstet. An Bord waren die allerneuesten Navigations- und Meßinstrumente, optische Quadranten, fein kalibrierte Skalen mit Libellen in gebogenen Glasröhren, Fernrohre mit Gradeinteilung, Thermometer mit Fahrenheit, Reaumur und Celsius, Meßlatten, Wetterballons und ein wahrer Wald von Sextanten in poliertem Kupfer und Messing mit Spiegeln, die von einem Glasschleifer in der Schweiz geschliffen worden waren. Denn hier sollte neues Land erobert, sollten Entdeckungen gemacht werden. Und als das neueste Wunder auf dem Gebiet der Schiffsverpflegung war das Schiff vollgestaut mit Dosen, die Gerichte wie Kalbskopf en tortue in Sherry, echte Consommé à la Nesselrode, Chateaubriand und Kalbsbries in Zitronensahne enthielten und deren zukunftweisendes Verpackungsmaterial – verlötet mit Blei – seine Probe bestehen sollte. Es sollte eine bisher nicht erreichte Haltbarkeit in diesen gottverlassenen öden Gegenden garantieren, wo ohnehin nichts vergehen konnte und sogar den Toten ewiges Leben unter Eis gesichert war. So fein waren damals die Dosen, und so pompös – mit Zylindern und Schwalbenschwänzen – war auch die Direktion der Firma auf dem Kai erschienen, daß im selben Augenblick, als die Luftschlangen flogen und das Schiff ablegte, bestimmt wurde, daß dieser Proviant den Mündern der Offiziere vorbehalten sein solle, Feinschmeckern, wie man vermuten konnte, da sie durchwegs aus besseren Familien kamen. Nur so konnte man die Ostasiatische Kompanie ehren, die mit einem Federstrich der Expedition die kulinarischen Dosen geschenkt hatte, die angeblich mehr als alle Instrumente zusammmen gekostet hatten.

Von Kindesbeinen an waren die Zwillinge ihrem ungebärdigen großen Bruder nachgeschlagen, aber im Gegensatz zu Viggo waren sie so vorgegangen, wie es sich gehört. Sie hatten die Steuermannsschule in Marstal besucht und sich langsam, aber sicher hochgearbeitet. Da sie unzertrennlich waren und beide gleich qualifiziert, hatten sie schließlich eine Münze entscheiden lassen, wer erster Steuermann auf der Expedition sein sollte, die versprach, das Abenteuer des Jahrhunderts zu werden. Sie hatten eineiige Träume, und sogar in wachem Zustand wollten sie sich um gar keinen Preis voneinander unterscheiden. Sie hatten dieselbe Veranlagung zur Vornehmheit, dazu ein unbändiges Temperament, Großmutters Habichtprofil und dünne Schnauzbärte, und sie spaßten damit, daß ihre Schädel blau waren, was eher ihrer dunklen Hautfarbe zu verdanken war als unserem Ahnen, dem Soldaten, der mit den Spaniern nach Koldinghus gekommen war.

Als die *Stella Polaris* vom Langelinie-Kai ablegte, war es schon ein Ereignis, das sich mit Andrées Ballonfahrt messen konnte. Hier sollte dänische Seemannskunst, glücklich vereint mit der großen, im Osten gegründeten Handelskompanie, ihre Probe bestehen und der Krone neues Land bringen. Es war ein unvergeßlicher Anblick, als Mannschaft und Offiziere Luftschlangen in allen Regenbogenfarben vom Schiff warfen. Sie schwebten auf die vielen Menschen herab, die am Kai erschienen waren. Die letzten flogen auf Großmutter, als die *Stella Polaris* ein melancholisches Tuten ausstieß und den Steven nach außen wendete. Großmutter stand mit einem grünen und einem roten Streifen in den Händen, und das feine Geräusch des Papiers, als es zu ihren Füße hinabschwebte, blieb als Stich in der Herzgrube haften. Einen Augenblick schloß sie die Augen und wurde von einer Vision erschüttert, die aus Eis und Ewigkeit geschaffen war. Als sie sie wieder öffnete, sah sie die Zwillinge ihre Steuermannsmützen schwingen, hatte aber nicht die Kraft, den Arm zu heben und zurückzuwinken.

Die Fahrt begann in übermütiger Stimmung. Die ersten Salzwasserspritzer auf offener See fühlten sich an wie eine Verheißung. In der Offiziersmesse wurden die Dosen geöffnet, der Inhalt sorgfältig auf der Zunge gewendet und mit Mienen probiert, aus denen hervorging, daß die Erwartungen nicht enttäuscht wurden. Dazu wurde mit Gläsern, in denen der Schaum hoch stand, angestoßen und Prosit gesagt. Die erste kulinarische dänische Expedition begann in einer Stimmung, die die meisten Landsleute für eine unumgängliche Voraussetzung für tapfere Taten halten: rülpsende Freßlust. Vor dem Mast schwangen die Matrosen mit demselben Eifer die Krüge mit Schnaps und Bier und aßen gesalzene Heringe dazu.

Sie fuhren in Richtung Norden. In der Kolonie waren die Grönländerinnen in ihren feinen, mit Perlen bestickten Trachten erschienen und die Männer in schneeweißen Anoraks mit Seehundfellhosen und Stiefeln aus Eisbärenfell. Sie standen am Kai in Godthåb und schwangen Dannebrogflaggen, so daß die ganze Hafenfront in Rot und Weiß wogte. Der Kirchenchor hatte sich mit dem dänischen Liederschatz eingefunden, verpflanzt in die grönländische Sprache, die die Strophen mit einer bisher ungehörten Sangbarkeit klingen ließ. Es war ein sonderbares Erlebnis für die Seeleute, alle die Melodien zu hören, die sie mitsummen konnten – etliche mit Tränen in den Augenwinkeln –, umgesetzt in eine Sprache mit einer derartigen melodischen Kraft und Wildheit, daß die altbekannten Lieder wie eine neue exotische Offenbarung aus den Kehlen der Chorknaben stiegen. Ein Hauch von Heidentum ging vom Kai aus und ließ den Donkeymann – in all seiner jungenhaften rundbäckigen Unschuld – erzittern.

Die erste Etappe der Expedition war glücklich überstanden. Es wurden Trinkwasser und Kohle geladen. Der Proviant wurde mit Mehl und Graupen für die Mannschaft abgerundet. Der Schullehrer von Godthåb, dessen Hauptfach Naturgeschichte war und der an mehreren Schlittenexpeditionen teilgenommen hatte, riet dem Fregattenkapitän Jannsen, er solle reichlich Vorrat an Dörrfisch, Seehundfleisch und Walspeck verladen, letzterer sei reich an Vitamin C, das ihnen den Skorbut vom Leib halten könne. Das sei nun mal das ABC des Überlebens in der Arktis. Aber Kapitän Jannsen lehnte – auf die wunderbaren Dosen hinweisend – lächelnd ab.

Jetzt stand der gefährliche Teil der Reise bevor. Keiner wußte, welche Stürme über das öde Eismeer tobten, wo man zwischen dem schwimmenden Schein reiner Schönheit zu navigieren gezwungen war. Die Eisberge lagen in einem türkisfarbenen Kranz unter Wasser; aus den Kristallen sprühte Tag und Nacht Licht, denn die Sonne schlich in einer niedrigen Kurve vom einen Ende des Horizonts zum anderen, ohne jemals darunter zu verschwinden. Es war eine schweigende Fahrt, nur hin und wieder vom überirdischen Seufzen eines kalbenden Eisberges unterbrochen, der, umkränzt von schäumenden Ringen, in die Wellen sank.

Sie segelten nach dem Kompaß direkt in Richtung Norden, Tag für Tag, Woche für Woche. Die dunkle Zeit näherte sich. Einige Tage gelang es ihnen, so zu steuern, daß sie die Sonne auf der Kimm sehen konnten, dann ging sie unwiderruflich in einem breiten, dunkelvioletten Band unter, das immer dunkler wurde und schließlich tiefschwarz war. Die Sextanten wurden in mit Samt gefütterte Kisten gelegt. Die große Kälte brach aus. Die Luft stach die Haut mit Glasnadeln, und die ersten Frostbeulen zeigten sich. Man hielt sich nur dann, wenn es unbedingt erforderlich war, an Deck auf, eingepackt in Wollmützen und Schals, die Hände in selbstgefertigte Bandagen gewickelt, die mit Zunahme der Kälte an Umfang wuchsen. Das Metall über Deck biß; wenn man sich nicht in acht nahm, blieb die Haut kleben, und man bekam Wunden bis auf die Fingerknochen.

Aber es war weiterhin still in der arktischen Nacht. Keiner wußte mehr, wann es Tag war und wann Nacht, nur Schlaf und Aufwachen bestimmten den Rhythmus. Eine beklemmende Stimmung von Träumen, die nicht zu Alpträumen werden wollten, herrschte auf dem Schiff. Erst bekam der Donkeymann Skorbut, dann der Quartermeister, dessen Schneidezähne einfach in einem Zwieback steckenblieben. Panisch öffnete Kapitän Jannsen Konservendosen, aber das half nicht. Schwäche und Auszehrung grassierten ohne Unterschied unter Offizieren und Matrosen.

Alle waren gleichermaßen von einem Gefühl der Unwirklichkeit befallen, aber dennoch trat ein Unterschied mit immer größerer Deutlichkeit zutage: die Mannschaft kämpfte mit einem Schicksal, das genauso alt war wie die Seefahrt, und jeder wußte wenigstens, was es war. Die Offiziere dagegen schwankten ärger als das Barometer. Bald munter, laut und übermütig wie nach einem niemals endenwollenden Weihnachtsessen. Bald deprimiert, bald aufbrausend, bald wieder teilnahmslos. Einige wurden apathisch, andere litten an blühendem Verfolgungswahn, und der Zahlmeister brachte Schlösser vor den Luken an aus Furcht, die einfachen Matrosen könnten sich am Proviant vergreifen. Allmählich war allen außer den Offizieren klar, daß die Sonderverpflegung nichts Gutes gebracht hatte.

Die vornehme Messe achteraus war immer erleuchtet. Durch die Bullaugen konnte man an den flackernden Schatten unter dem Kronleuchter erkennen, daß eine lange, scheinbar endlose Mahlzeit stattfand. Freilich wechselten die Schatten die Form, waren einmal lang, einmal dünn, einmal gedrungen, einmal dick. Das kam daher, daß inzwischen jeder einzelne seinen eigenen Tag- und Nachtrhythmus hatte, so daß zu allen

Zeitpunkten gegessen wurde. Eine Dose nach der anderen wanderte in die Kombüse, wo die Versiegelung aufgebrochen und der Inhalt mit überwiegend französischen Namen in die Töpfe geleert und anschließend, in Silberschüsseln und unter dem Schein schwingender Petroleumlampen, auf den Mahagonitisch gestellt wurde, der besondere Vertiefungen mit Messingringen für Gläser und Schüsseln hatte.

Nur der Tag- und Nachtrhythmus der Zwillinge stimmte noch überein, und wie zuvor träumten sie in derselben Tonart, aber davon abgesehen waren sie genauso sonderbar geworden wie die anderen und hatten eine grausame Munterkeit gegenüber allen Vorfällen an Bord entwickelt. Als das Ruder auseinanderbrach, kreischten sie vor Lachen und schlugen dem Zimmerer vor, es mit Haferbrei zu reparieren – den könne man ja ohnehin schneiden, so dick sei er. Sie gingen, die Arme einander um die Schultern geschlungen, die Kajütendielen schwankten unter ihnen, und es fiel ihnen – wie immer zur gleichen Zeit – ein, im versetzten Rhythmus aufzustampfen, so daß ihr Gang einem Seemannsreel glich. Schlimmer war, daß ihr Navigationsbesteck nicht mehr stimmte. Sie folgten einem schlingernden Kurs zwischen den Eisbergen, die sich in einem immer engeren Ring um das Schiff legten. Den Kapitän kümmerte es nicht – solange er täglich seine Flasche Mouthon-Rothschild zum Dosenessen trinken konnte.

Die Mannschaft erwog eine Meuterei. Aber ehe sie ihre Pläne ausführen konnte, steckte das Schiff im Packeis fest. In der schwarzen Nacht heulten die Stürme – als wären sie alle zugleich aus einer Stille freigelassen worden, die scheinbar Ewigkeiten gedauert hatte. Als der Schiffsrumpf feststeckte und sich das Eis immer dichter anlegte, knickte der Großmast und mußte gekappt werden. Vergebens sandte der Telegrafist seine Signale in die Dunkelheit.

In einer unbarmherzigen Spirale schraubte sich die *Stella Polaris* ins Eis und hing schließlich mehr als dreißig Grad über, so daß man sich nicht bewegen konnte, ohne hart anzustoßen. Bord und Planken knirschten, und Drahtseile rissen wie Nähfäden. Ein Seilende fegte mit einem Knall über die Brücke und schleuderte den Kapitän in die Nacht hinaus. Es wurden Gruppen aufs Eis geschickt, Hände schwenkten Lampen und ließen das Dunkel um ihr Licht kreisen. Er wurde nie gefunden.

Dann begann das Sterben unter den Offizieren. Aus vorerst unerklärlichen Ursachen. Aber ihre Messe glich weiterhin einem hell erleuchteten Ballsaal, wo Chateaubriand mit Hummersuppe abwechselte und der Inhalt der Schüsseln in Sherry und Armagnac schwamm. In gleichem Maße, wie ihre Vorgesetzten mit einer Regelmäßigkeit den Tod fanden, als hielten sie sich an eine Rangordnung der Ewigkeit, gab die Mannschaft es allmählich auf, sie mit allen Ehren beizusetzen. Jetzt ging es um Leben und Tod für alle. Das Schiff war inzwischen völlig im Eis eingekapselt, man brauchte Hacken, um die Luken freizuhalten, und von überallher kroch eine gläserne Haut über die Wanten, wo sie sich als klingende Fransen in den Überresten des Riggs einnistete. Diejenigen, die ihren Verstand bewahrt hatten – und das galt im großen und ganzen für die Mannschaft –, waren sich klar, daß das Schiff evakuiert werden mußte.

Ein Matrose, der einmal einem Landvermesser zur Hand gegangen war und mit den optischen Meßinstrumenten einigermaßen genau umgehen konnte, sammelte eine Schar von Leuten um sich. Aus Überlebenstrieb stellte sich schließlich die ganze Mannschaft auf ihre Seite, sie packten Sauerkraut, gepökeltes Fleisch, Zucker, Salz und Zwieback ein sowie Streichhölzer und Spirituskocher, damit sie den Schnee schmelzen konnten, und machten sich auf den Weg übers Eis. Bis zuletzt flehten sie die Zwillinge an, mitzukommen, aber entweder waren sie schon jenseits aller Vernunft, oder aber sie hatten einfach keine Lust, sich mitten im Todesfest unterbrechen zu lassen. Sie blieben auf der *Stella Polaris* zurück, und keine Menschenseele hätte sie von ihrem letzten Vorhaben abbringen können: das Glasschiff zu illuminieren. Singend zogen sie Leitungen mit bunten Lampen über das Schiff. Den Generator für den Strom hatten sie mit unübertroffenem technischem Geschick aus Teilen gebaut, die sie im Maschinenraum fanden. Weit in die Nacht hinein war das mühsame Husten einer Maschine zu hören, die dem Untergang und dem ewigen Schweigen geweiht war.

Die wenigen Überlebenden behaupteten später, die Zwillinge hätten aus der Ferne geleuchtet und geglänzt, als sie wie Drahtpuppen herumtanzten und Leitungen von vorn nach achtern zogen. Sie schickten Wetterballone in die Luft, ließen Notraketen steigen und zündeten wogende Nordlichtteppiche am Himmel an. Das letzte, was man von ihnen sah, war, daß sie ein Rettungsboot in die Davits schwangen und es auf das Eis senkten, wo sie sich – immer noch aus vollem Hals singend – daranmachten, es wie einen Schlitten davonzuschieben. Viele Jahre später wurde das Rettungsboot tatsächlich gefunden: es waren zwei Männer an Bord, sie waren zu klirrenden Glaspuppen gefroren mit schwarzen, gespannten Lippen und einem See aus unendlichem Blau in den Augenhöhlen, die das Inlandeis spiegelten.

An Notwendigem hatten sie nur Seidentücher, Spiegel, Champagnerflaschen und Haarwasser mitgenommen. Sie saßen leibhaftig auf der Ruderbank, eng umschlungen, und sahen aus, als hätten sie gesungen. Eigentlich glichen sie eher zwei aufgeräumten Festteilnehmern als Menschen, die ins ewige Leben eingegangen sind, wie es ihnen seit Beginn des Geschlechts prophezeit worden war. Man konnte feststellen, daß sie – wie die anderen Offiziere, die von den Konserven gegessen hatten – an akuter Bleivergiftung gelitten hatten, bevor sie der Kälte erlagen.

Die Diagnose wurde nach ausführlichen Gewebeproben gestellt, wobei man im übrigen tief in ihren Körpern noch lebendige Bakterienkulturen fand. Was ist also der Tod? Bekanntlich führt Bleivergiftung schnell und schmerzfrei zu einem blühenden Wahnsinn, der sich vielleicht mit dem messen kann, der in Kaiser Neros Gehirn ausbrach, als er Rom in Flammen aufgehen ließ. Und vielleicht war auch die Ursache dieselbe, denn Roms Trinkwasser kam aus den Bleirohren der Aquädukte.

Die *Stella Polaris* dagegen wurde nie gefunden. Einige meinen, das Schiff sei als Fliegender Holländer in der Polarnacht geendet, völlig eingekapselt in den Eisberg, der irgendwann abgebrochen sein muß, und habe daraufhin seine Fahrt wieder aufgenommen. Wahr ist, daß es von Seeleuten späterer Zeiten auf dem Weg zu neuen Horizonten gesehen wurde. Sie stützten sich dabei, ohne jeglichen altmodischen Aberglauben, nur auf Erklärungen, die man in einem rationalen Jahrzehnt natürlich nennt. Man sah ganz deutlich das Schiff im Eis. Der Name war noch so deutlich zu lesen, als wäre er gestern nachgezogen worden.

Onkel Thorvald hat sein Garn zu Ende gesponnen.

Im Sessel sitzt Großmutter, die Augen glänzen hinter vergrößernden Brillengläsern. Schweigend steht sie auf und legt seine Wäsche zusammen. Onkel Thorvald lehnt sich plötzlich vor, schiebt die Räder des Rollstuhls an und rollt durch die Hobelspäne in seine kleine Teeküche. Im grünen Licht des Nachmittags bleibt die Flasche als sichtbare Erinnerung an ein Fahrzeug zurück, das draußen immer noch unter den optischen Täuschungen der Sonne, des Monds und der Sterne segelt.

WIEDER ZU HAUSE, weint Lulú und ist untröstlich. Sie ist jetzt – mit der frischen Erinnerung an die unheimliche Polarnacht – davon überzeugt, daß Mama nie mehr zurückkehrt und das Haus leer und öde sein wird ohne sie. Eine neue Eiszeit wird unseren Kontinent verschlingen, die Vanille wird in den Stengeln der Orchideen zu Glas erstarren, die Giraffen werden Rinde von den nackten Bäumen essen, und kein Palmenwind wird mehr in unsere Gesichter wehen.

XVI
Die Flucht nach Elleore

In der Marinestube ist die Flasche leer. Ich habe alle Schiffe aufgetrunken, eine Fanfare auf dem Jagdhorn geblasen und warte jetzt nur noch darauf, daß sie mich holen kommen. Aber es kommt niemand. Keine Menschenseele, kein Polonius lauert hinter den schweren Vorhängen mit Samtquasten, und auf den Gemälden stehen die Pferde vor dem *Posthof* genauso still wie am Anfang. Auch die, die sich aufbäumen, während dem Reiter in der roten Hubertusjacke vom Gastwirt ein Krug Bier gereicht wird. Wie ein flügellahm geschossener Vogel flattere ich vom Grund des Ledersessels hoch. Unter den Rissen in der Polsterung lauert der Sumpf, und der Raum riecht nach Entengrütze. Vergebens stoße ich meinen Degen durch den Velour – und stürze mit der Stirn gegen eine eiskalte schwarze Scheibe, über die der Regen in Sturzbächen rinnt. Hier stehe ich, bis das Hirn zu Eis erstarrt ist und ich meine Schritte durch die Korridore steuern kann bis zum Zimmer siebzehn im ersten Stock.

Der nächste Tag ist klar und kalt. Ich bin auf die Straße gegangen, um die Halle mit den Wikingerschiffen zu besichtigen, die erst nach meiner Kindheit gebaut worden ist. Durch die Scheiben sehe ich auf den Fjord, wo eine weiße Sonne im Winterdunst brennt. Ich sehe die erste der Wellen wieder, die meine Tage geprägt haben: Die Welle, die gegen das Land rollt. In dem Augenblick, in dem sie bricht und zu Brandungsschaum wird, spiegelt sie flüchtig die palmengrüne Insel, von der sie ihren Ausgang nahm.

Ich gehe zum Hafen hinunter und stehe lange vor dem Ruderklub, wo ich bei einem Stadtfest den jungen braungebrannten Schauspieler Preben Neergård auf Wasserskiern gleiten sah, während die Damen der Gesellschaft seufzten und die Mädchen, die für mich zu alt waren, den Liebsten an ihrer Seite vergaßen. Ich lasse die Hände über die Gestelle gleiten, wo die Mahagoniboote mit dem Kiel nach oben liegen. Der Fjord glänzt wie ein Spiegel vor mir. Die letzte Welle hat ihn geglättet.

Ich treibe langsam zum Kællingepark. Niedrige Sonne und Licht direkt ins Hirn. Der Geruch von Teer und Muschelschalen hängt so schwer in der Luft wie in alten Zeiten. Ich bleibe neben dem Wrack eines Ruderbootes stehen, das von den Spanten fällt. Wie ein morscher Abdruck liegt der Kiel in der Erde – mit aufragenden Rippen aus winterbleichem Holz, mit Rostspuren längst verschwundener Nägel und Beschläge. Die Farbe ist abgeblättert. Ich habe einen Einfall. Ich möchte Onkel Thorvalds kleines Fischerhaus wiedersehen. Onkel Thorvald ist vor vielen Jahren gestorben. Nicht lange vorher war Großmutter für immer in dem aufgepolsterten Bett des Pflegeheims verschwunden, wo sie wirr zwischen Röhren und Schläuchen redete, nachdem man ihr ein Bein voller verfaulter Blutgefäße und Krampfadern abgenommen hatte.

Das Haus steht noch. Aber es sieht nicht mehr so aus wie damals. Es sieht schamlos neu aus. Heitere Farben. Das Dach aus Tang ist durch frisches, sonnengelbes Stroh ersetzt. In Blei gefaßte Fensterscheiben, ein lustiger kleiner Briefkasten am Gartentor mit neuen Namen drauf. Ein Kopenhagener Architektenpaar ist eingezogen. Sie haben die alten Beschläge an der Tür behalten und auf Hochglanz polieren lassen. Onkel Thorvalds Fußböden haben sie abgelaugt, ein einziges Flaschenschiff hat auf einem Kaminsims überlebt. Durch das Küchenfenster kann ich rundbäuchige Flaschen mit ökologisch erzeugtem kaltgepreßtem Olivenöl erkennen, und in der Werkstatt, die sie gekalkt, gekachelt und mit einer Sauna versehen haben, stehen ihre gesunden Trainingsfahrräder mit hochragenden Gangschaltungen.

Ich sehe Onkel Thorvalds weißes Gesicht vor mir, sein langsames Lächeln, und gehe weg. Ich hätte es nicht gewagt, eine Tür in diesem Haus zu öffnen.

Die Sonne geht unter. Ich gehe zum Fjord zurück, um einen letzten Blick auf den Wasserspiegel mitzunehmen, der sich wieder bewegt. Die Strömung hat gewechselt. Die Farben des Sonnenuntergangs tanzen auf ihr. Hier sehe ich wieder jene andere Welle, die meinen Tagen Richtung gegeben hat. Die – in einer langen, lockenden Bewegung – in ferne Reiche und Länder hinausträgt, bis sie verschwindet und in den Horizont gleitet. Die Welle des Fernwehs. Die Summe beider Wellen ist eine ewige Sehnsucht, die mancher als Fluch auffaßt.

Meine Schritte führen mich wieder zum Wrack des Ruderbootes im Kællingepark, der Kreis schließt sich, und die Gedanken gehen auf eine lange Reise…

Es ist hundert Jahre und einen Sommer her.

Mama ist von einem Kontinent verschluckt worden, dessen Herz die Dunkelheit ist, und Papa sehen wir nur hin und wieder zu einem hastigen Lunch, wo er nach uns fragt, als würde er uns kaum kennen. Er ist viel außer Haus mit seinen Geschäftsfreunden, und die

Nächte gehören jetzt ihm allein. Großmutter hat Fräulein Thisted freigegeben. Sie will das Haus lieber selbst in Ordnung halten. Eines Tages klingelt es an der Tür. Es ist der Bote vom Milchladen an der Ecke. Er hat Rechnungen, die auf ein Bündel von Zetteln mit einem Loch drin geschrieben sind, weil sie auf einem Halter steckten. Es ist gerade nach dem Lunch, Papa kommt heraus und setzt die Brille auf. Er steht lange da und schmatzt über den Zahlen, wie immer, wenn er Rechnungen durchsieht. Es ist ein größerer Betrag für Lakritzpfeifen, Salmiakpastillen und Eispüppchen. Ich verstehe gar nichts. »Zum Anschreiben!« hallt es immer wieder in meinem Kopf wie ein langes, glückliches Echo. Mit einem Schlag stürzt die Magie der Zauberformel in sich zusammen, und es setzt was auf meine Backen und mein brennendes Hinterteil. Erst ein paar Ohrfeigen, dann eine ordentliche Tracht Prügel. Und der Bote, der Olaf gleicht, sieht auch noch dabei zu! Papa ist außer sich. Er brüllt. Sein Sohn ist ein Betrüger! Der Kerl, der so gut kopfrechnen kann und das Geschäft übernehmen soll. Schläge hageln von seinen Händen – schließlich wird es Großmutter zu viel. Sie rüttelt schon lange an ihm, damit er aufhört. Jetzt läuft sie in den Flur und holt den Schirm. Sie schlägt ihm auf die Schulter, bis er sich umdreht, sein Gesicht hat sich in eine Pierrot-Maske verwandelt. Dann schleudert er mich von sich, gibt Großmutter einen Stoß und stürzt mit Wahnsinnsflammen im Blick durch die offene Haustür davon. Lulú weint am lautesten. Mein Hals ist so zugestopft vor Scham dem Boten gegenüber, der schon lange verschwunden ist, daß ich keine Luft bekomme und nur japse wie ein auf den Stuhlsitz geschwemmter Fisch.

Kurz danach klingelt es wieder an der Tür. Ich sehe

nur flüchtig zwei Polizisten, die ein Gespräch mit Großmutter beginnen, und schon bin ich aus der Tür hinaus. Ich stürze durch das Gartentor auf die Straße. Ich bin kopflos vor Panik. Ich muß Olaf finden! Wir sind entdeckt worden! Der tote Mann im Garten wird petzen, daß wir dort gewesen sind. Sie werden sehen können, daß wir gegraben haben; vielleicht werden sie glauben, wir selbst hätten ihn umgebracht, denn wenn man die Leiche versteckt, ist man der Mörder.

Ich stehe nach Atem ringend in Olafs Laden und will gerade nach ihm fragen, als er pfeifend aus dem Hinterzimmer kommt mit einer Mütze, die er von dem Milchjungen bekommen hat. Ich sehe, wie er die Pranke in den Karton mit den Kaugummis steckt, während der Kaufmann ihm den Rücken zukehrt, und mache unser heimliches Zeichen. Während er die Taschen füllt, gibt er mir einen kurzen Wink mit dem Kopf: Warte draußen auf mich. Er läßt sich Zeit.

Das Klingeln über der Tür läßt meine Knie weich werden, als ich das Geschäft verlasse, ohne ein Wort gesagt zu haben. Es klingt wie ein Alarm, der über meinem Kopf losbricht.

Kurz darauf kommt Olaf heraus. Er sieht sich nach allen Seiten um, die Mütze in den Nacken geschoben, die Hände in den Taschen, um die Beulen zu kaschieren. Nur sein ununterbrochenes Pfeifen verrät ihn. Es ist ein Kirchenlied aus der Sonntagsschule, etwas zu laut, und es paßt schlecht zu seinem diebischen Elsterblick. Er kneift die Augen zusammen und schielt lange die Grønnestraße hoch, ehe er die Stufen herunterkommt. Die Grønnestraßebande wütet furchtbar in unserem Viertel, große Jungen, die auf alles und alle mit benagelten Brettern losdreschen.

Ich informiere ihn über die Lage. Er wird ganz weiß

unter den Sommersprossen, die im Gegenzug erröten und ihn wie ein Tier aussehen lassen, das je nach Umgebung die Farbe wechseln kann. Erst die Rechnung vom Milchgeschäft, an der wir beide gleichermaßen schuld sind, und dann die Leiche unter der Kastanie, von der er längere Zeit so gut wie ich gewußt hat. Er wehrt sich, will es am liebsten zu meinem Problem machen, findet sich aber schließlich mit seiner Mitschuld ab.

– Alles wird bei einem Verhör ans Licht kommen. Sie haben ihre Methoden, sagt er und wird leise vor lauter Bedeutsamkeit.

Als er die Polizeiuniformen unsere Treppe herunterkommen und in Richtung Kornerupsvænge verschwinden sieht, ist es entschieden. Nichts wie weg! Instinktiv laufen wir hinunter zum Hafen, wo wir die Sommertage damit verbracht haben, auf dem Bauch zu liegen und mit Weckgläsern Stichlinge zu fangen.

Am Kællingepark ist ein Bootsverleih, und Olaf kennt den Besitzer. Jetzt setzt er seinen ganzen Charme und ein blankes Zweikronenstück ein, das er aus dem Haushaltsportemonnaie seiner Mutter gestohlen hat, um ihn zu überreden, uns ein Ruderboot zu vermieten, obwohl wir eigentlich zu klein sind. Ich wegen meines Alters, Olaf, weil er so ein dünner Suppenkasper ist. Schließlich gibt der Mann nach.

Er steht auf der Brücke, die Hände in den Hosentaschen, der Seemannspullover ist von Schuppen und Öl verschmiert. Kopfschüttelnd sieht er uns zu, wie wir uns mit den Rudern abmühen. Dann macht er kehrt und geht in sein Bootshaus mit einer Miene, die jede Verantwortung von sich weist.

Als wir ein Stück hinausgefahren sind, wird es ernst. Olafs Ruder verheddert sich, er reißt die Ruderdolle hoch und läßt Ruder samt Dolle über Bord fallen. Einen Augenblick glänzt der verzinkte Halter blau auf, dann ist er in der Tiefe verschwunden. Mit offenem Mund sehe ich, wie das Ruder von einer starken Strömung weggerissen wird. Der Strom hat unser Boot gepackt, schwingt den Steven mit einem Schwung, der die Planken zum Knirschen bringt; jetzt treiben wir auf die Mitte des Fjords zu, wo er am tiefsten ist. Ich tauche das Ruder ins Wasser und versuche, allein zu rudern, aber das Boot dreht sich hin und her, während ich hilflos mit dem Ruderblatt paddle und die Drehung bis in meine Ellbogengelenke spüre. Gleichzeitig müssen wir zusehen, wie das Wasser unter der vorderen Ruderbank hereinsickert. Wir haben nichts zum Ausschöpfen. Olaf starrt bloß unbewegt in die Luft; ein Wind geht über den Fjord und bringt das Boot zum Schaukeln. Er ist grün geworden unter den Sommersprossen.

Ich muß alle Entscheidungen treffen. Ich merke erstaunt: Ich bin seefest. Ich habe es im Blut. Großmutters Brüder schauen aus einer Wolke herunter, mit Schiffermützen und Goldtressen. Die Zwillinge nebeneinander, mit einem langen Fernrohr, das einer dem anderen reicht, und über ihnen Papa Viggo, der jedem von ihnen eine Hand auf die Schulter legt. Er nickt mir ermutigend zu. Nur eine Sekunde, dann sind sie wieder weg, und ich schiele zu der Wolke hoch, die dunkel geworden ist.

Es fängt zu regnen an, erst ein paar Tropfen. Dann bricht es los. Ich hole das Ruder ins Boot, ziehe einen Schuh aus und werfe ihn Olaf zu. Er sieht ihn teilnahmslos an.

– Schöpf! rufe ich ihm mit plötzlicher Wut zu, während ich den anderen Schuh ausziehe und selbst zu schöpfen beginne. Olaf taucht ihn ins Bilgewasser, aber nach ein paar Bewegungen zuckt es in seinem Gesicht, und er übergibt sich. Ein dünner Strahl Kotze fließt aus seinem Mund über die Ruderbank. Es gelingt ihm lediglich, den Schuh mit Erbrochenem zu füllen.

Mir ist im Regen kalt geworden, und ich klappere mit den Zähnen. Aber es ist eine Kälte, die wie eine Messerschneide in den Kopf fährt und mich scharf denken läßt. Die Regenschauer jagen das Dunkel über den Fjord. Es ist später Nachmittag geworden. Das Boot schaukelt jetzt heftig in der wilden See; der Steven hebt sich und stürzt wieder hinunter, so daß das Herz hochspringt und sich der Magen zusammenkrampft.

Ich nehme Olaf den Schuh ab und sage, er solle nur daran denken, sich festzuhalten. Hin und wieder sehe ich zwischen den Wogen Elleore vor mir auftauchen und versuche, von der hinteren Ruderbank aus das Boot zu steuern, indem ich das Ruder in die reißende Strömung tauche. Es gelingt nicht. Es rutscht mir weg, und meine Schultern und Arme schmerzen schon arg.

Da entdecke ich im Heck eine Längsspalte. Ich taumle auf die Mitte des Bootes zu, werde von der nächsten Welle nach vorne geworfen und schürfe mir die Haut vom Schienbein. Ich packe die übriggebliebene Ruderdolle, drehe sie schließlich los, während das Schaumpferd des Fjordes sich unter mir aufbäumt, und taste mich zurück, Regen in den Augen.

Ich bekomme Salzwasser in den Mund, das nach Kotze schmeckt, spucke und huste, während ich die Finger weiß um die Ruderdolle drücke. Ich kralle mich mit der einen Hand am Heck fest, knie mich hin und stecke das lange Ende des Eisens in die Spalte. Mit dem Schuh schlage ich es hinein. Ich ziehe ein Stück Bindfaden aus der Tasche, lege das Ruder in die Dolle und wickle den Bindfaden ganz oft herum. Dreimal stößt das Ruder hart zwischen meine Augen, so daß ich Funken aus einer leuchtenden Klinge schlagen sehe, aber dann sitzt es fest, und ich binde mit Hilfe der Zähne einen straffen Knoten.

Jetzt geht es. Jetzt kann ich mein ganzes Gewicht hineinlegen. Mit beiden Händen auf dem Ruder gelingt es mir, den Steven zu zwingen, Kurs auf die Insel zu halten. Es geht auf einen grüneren Horizont zu. Olaf hängt schlackerig da, wie Pinocchio in den Schnüren, ehe er lebendig wurde; er klammert sich mit beiden Händen an die Ruderbank und öffnet nur den Mund, um zu würgen. Sein Magen ist leer. Ich grinse breit vor lauter Freude darüber, daß ich derjenige bin, der die Situation beherrscht.

Die Insel taucht im Sturm vor uns auf. Wir reiten auf dem Kamm einer Welle, und als sie sich überschlägt, sieht es aus, als würden wir an Land geworfen und das Boot zu Brennholz zerschlagen. Dann umrunden wir in einem Sog die Landspitze, der Wind hat sich plötzlich gelegt, die See ist flach. Wir sind in den Windschutz der Insel gekommen. Ich entdecke, daß ich uns mit dem Ruder ruckartig vorwärtsbewegen kann. Wir gleiten in eine Bucht, während die Sonne das Wasser im Westen draußen anzündet. Ich höre Vogelgesang, kurz bevor das Boot auf Sand läuft, von der sanften Brandung geschoben. Ich springe heraus und versuche, es ein Stück an Land zu ziehen. Aber die Kräfte reichen nicht. Statt dessen ziehe ich ein Seilende unter der vorderen Ruderbank hervor, finde einen großen Stein an Land und befestige das Seil. Wir sind auf Elleore an Land gegangen.

Nach und nach erwacht Olaf zum Leben. Aber noch liegt Totenblässe auf seiner Haut, er hat einen Arm über meine Schulter gelegt, und ich muß ihm wie einem Schiffbrüchigen an Land helfen. Langsam verrinnt die Dämmerung und geht in den Abend über; das Wetter klart auf, je mehr das Licht verschwindet. Noch nie habe ich einen solch hellen Stern am Horizont erscheinen sehen. Er steht da und flimmert in der Luft, weiß und blau, und gewinnt unter dem Halbmond an Leuchtkraft. Dann entdecke ich eine Palme im Sand, und ich begreife, daß wir in einer anderen Welt angekommen sind. Vielleicht sind wir tot, ohne es zu wissen.

Ich schiele zu Olaf. Er hat sich auf einen Stein gesetzt und kaut mit leeren Augen einen Kaugummi. Erleichtert stelle ich fest, daß er wieder auf dem Damm ist. Die Dunkelheit kommt jetzt schnell, und ich will ihr ungern allein begegnen. Ich habe mehr Angst vor der Dunkelheit als vor allem, was geschehen ist. Ich räuspere mich. Er dreht den Kopf, und Kaugummisaft läuft vom Kinn auf den Pullover, der klatschnaß ist. Die Kleider legen sich in Blasen um den Brustkasten, die Gänsehaut spannt auf den Armen. Olaf gleicht mit seinem struppigen Haar einem Teufel. Es sieht aus, als hätte es ihm die Sprache verschlagen, und ein Kälteschauer durchfährt mich. Was sollen wir in der Nacht tun? Ein Feuer am Strand anzünden und uns die wilden Tiere vom Leib halten? Ohne Streichhölzer? Können wir vielleicht mit einem Stein Feuer schlagen? Hört man nicht schon Geräusche dort drinnen im Dschungel, wo die Löwen in der Nacht herumschleichen, um Beute zu fangen? Olaf antwortet mit keinem Ton. Er sitzt bloß da und pinkelt aus dem einen Hosenbein.

Erst als eine Schmeißfliege in eines seiner Nasenlöcher kriecht, kommt er durch ein Niesen wieder zu sich, das die Fliege mit einem Rotzklecks zur Hölle schickt.

– Mann, sagt er, das war haarscharf!

Ich könnte ihm um den Hals fallen. Meine Leistung bedenkt er mit keinem Wort. Als ich andeute, daß ich die Sache geschmissen habe, kehrt der alte Ausdruck in sein Gesicht zurück. Verachtung.

– Ooch, das war doch nichts Besonderes, stellt er fest und schielt über den Strand.

Ich fühle mich auf einmal klein. Mein ganzer Gerechtigkeitssinn ist in Aufruhr.

– Du hast vielleicht gekotzt, was, sage ich bloß und versuche, ihm in die Augen zu sehen. In ihnen flackert die Angst wie ein Schwarm Feuerfliegen in der Dunkelheit.

Unser Schweigen läßt die Nacht noch dunkler erscheinen. Unwillkürlich rücken wir zusammen. Zwei Jungenmägen knurren vor Hunger, das Fleisch spannt, und wenn wir gegeneinanderstoßen, reiben wir uns an Sandpapierhaut. Wir sitzen lange da, die Beine hochgezogen, die Arme um die Knie geschlungen, jeder für sich in der Nacht begraben. Das Seil zieht an, und von dem Ruderboot kommt ein langes Ächzen. Ich merke, daß der Strand vor uns kürzer geworden ist. Es muß die Flut sein, die auf dem Weg zu unseren Zehen ist. Ich flüstere es Olaf zu, wir stemmen die Handflächen gegen die Erde und schieben uns weiter hoch. Bis ich mit dem Rücken gegen eine Palme lande, deren Blätter sich kühl und wachsähnlich anfühlen. Wir können nicht weiter zurück. Dort hinten beginnt der Dschungel, ein siedender Sumpf von Fröschen und Gott weiß was.

Ich muß meiner Furcht Luft machen.

– Olaf?

Es gibt einen Stoß in ihm, als er spürt, wie sich meine Hand an seinen Ellbogen, der eine Aalhaut hat, vortastet.

– Olaf, es stimmt etwas nicht ... ich glaube, wir sind irgendwohin gekommen, weil wir vielleicht gestorben sind! Vielleicht kommt uns Onkel Viggo holen. Oder das Vanillemädchen!

Er schnaubt. Er hat keine Ahnung, wovon ich spreche, aber die Furcht wogt zwischen uns hin und her wie ein Geruch. Es prickelt auf der Stirn und hinter den Ohren, der Magen hat sich zu einer harten, kleinen Faust geballt, und unser Blut ist ohne Kraft. Ich kann seinen Atem direkt neben mir hören, und trotzdem ist er fast ein Gespenst, leuchtende Flecken weißer Haut in der Dunkelheit.

Es trifft mich wie ein Sog. Ich bin mitten in der Nacht ohne Bett und Bettdecke. Es ist nach allen Seiten hin weit und atemberaubend hoch zu den Sternen. Am Wasser röcheln die Steine, und hinter mir schleicht sich von überallher etwas heran, ohne sich zu erkennen zu geben. Ich bin Zentrum eines Entsetzens, das größer ist als die Welt. Die Ohren werden steif vor lauter Horchen. Wenn ich die Augen zumache, wird Olafs Atem zu Löwen, die mir heiß in den Nacken blasen.

Ich glaube, er ist eingeschlafen. Ich spüre, wie er zur einen Seite schwankt, dann ein Zucken, ein Wimmern, und sein Kopf landet schwer auf meiner Schulter, auf die seine Spucke läuft. Plötzlich ist die Nacht nicht mehr ganz so schwer zu ertragen, und ich falle in leichten Schlummer. Durch lange Dämmerzustände zwischen Träumen gelange ich zum Tag. In den letzten Stunden vor dem Morgengrauen erstarrt der Sand zu einem kühlen Griff unter mir. Ich bin tief unter meine Haut geflüchtet und friere zum Gotterbarmen. Olaf liegt laut schnarchend mit dem Kopf auf meinem Bauch. Die Wärme, die unter seiner Backe entsteht, ist die Insel, auf der ich überlebe.

Wir werden von einem Sonnenstrahl geweckt und von Schmeißfliegen, die auf uns herumklettern, daß wir zucken. Die Luft ist schwer, die Hitze brennt auf unseren Gesichtern. Dann spüre ich in meinen Kniekehlen den roten Pißstrahl einer Ameise und springe auf die Beine. Wir sind Strandgut unter einem fremden Himmel, von Träumen an Land gespült, vor denen wir zurückschrecken, und wir stehen erschöpft und krumm im Sand, wo wir stampfend die Ameisen von uns schütteln. Der Hunger läutet jetzt mit Alarmglocken.

Wir haben keine besondere Lust, den violett leuchtenden Strand zu verlassen. Das Ruderboot liegt immer noch draußen und schaukelt an seinem Tau; Olaf meint, wir sollten fischen, aber er weigert sich, in See zu stechen, watet zum Boot hinaus, wo er sich auf die Achterbank setzt und wütend ins Wasser starrt. Kurz darauf kommt er zurück.

– Verdammt, hier ist keiner, verkündet er, und sieht mich verdrossen an.

– Vielleicht gibt es hier Kokosnüsse, antworte ich schuldbewußt und schiele zu der Palme, die sich im Lauf der Nacht in den Sand gebogen hat. Er kehrt mir den Rücken zu. Ich gehe zum Boot, um meine Schuhe zu holen, fische sie aus dem Bilgewasser und wasche sie gründlich, bevor ich an Land wate. Ich lege sie zum Trocknen auf einen Stein, während wir Pläne machen.

Am späten Vormittag treiben uns unsere knurrenden Mägen zwischen die verstreuten Bäume, wo sie wie die Geräusche kleinerer Raubtiere klingen. Wir brechen Stöcke ab und schleichen vorwärts. Wir haben keine klare Idee, was wir jagen, und wenden die Blätter, um etwas Eßbares zu finden. Wir bleiben lange stehen und starren auf eine fette Waldschnecke auf dem Pfad, stoßen uns gegenseitig an, aber hochsteigende

Übelkeit entscheidet den Fall für uns beide. Schließlich finden wir ein Brombeergebüsch, wo wir uns die Arme blutigreißen, während wir uns vollstopfen.

Wir sind an eine Lichtung gekommen. Zwischen den Büschen können wir das Meer auf der anderen Seite der Insel durchschimmern sehen. Aber nicht das hält meinen Blick fest, während ich rufe:

– Siehst du!

Vor uns haben wir eine richtige Negerhütte mit den gleichen umgekippten gummiähnlichen Palmen drumherum. Daneben ein Holzgerüst mit heruntergefallenen Latten. Es könnte eines sein, auf dem die Wilden Schrumpfköpfe trocknen. Olaf reißt den Mund auf, aber es kommt kein Laut über seine Lippen. Seine Augen sehen aus wie damals, als ich ihm zum ersten Mal den toten Mann im Garten zeigte. Von der Hütte geht in der Mittagshitze ein übler Gestank aus.

Mit klopfendem Herzen wage ich mich hinein.

– Schau mal hier! schreie ich plötzlich.

In der Ecke liegt eine richtige eingetrocknete Affenleiche und stinkt gewaltig. Gegen die Wand lehnt ein rostiges Gewehr, und über einen Tropenhelm mit Löchern krabbeln die Ameisen. Olaf zieht den Rotz hinauf, wobei er sich die Nase zuhält. Ungläubig betrachtet er den kleinen Schrumpfkopf, er liegt dort, wo der Lichtstreifen endet.

– Sieht aus wie eine Ziege, sagt er schwach und stößt ihn mit dem Stock an. Ein Schwarm von Fliegen summt auf und macht die Oberfläche des Kadavers plötzlich lebendig. Er zieht schnell den Arm zurück.

Dann entdeckt er das Gewehr.

– Nimm es mal!

Ich zögere, strecke den Arm aus, zögere wieder.

– Du traust dich nicht, stichelt er.

Ich schließe die Augen und greife zu. Der Rost fühlt sich in der Hand wie Schuppen an, vor meinem inneren Auge windet sich der Gewehrlauf und verwandelt sich in eine Schlange. Dann reiße ich es mit einem Ruck an mich. Draußen im Sonnenlicht besabbert Olaf das Gewehr mit seinen Blicken.

– Gib es her, sagt er drohend, ich habe es zuerst gesehen!

– Stimmt doch gar nicht, protestiere ich.

Er stürzt sich auf mich und versucht, es mir abzunehmen. Aber die Kralle, die gestern die Ruderdolle rettete, schließt sich jetzt um das Gewehr. Er schlägt mir ins Gesicht, heult wie ein Hund und kratzt mich mit seinen schwarzen Nägeln. Weiße Wut packt mich; ich trete ihn in den Bauch, genau dorthin, wo die Eier hart in seiner Hose stecken.

Der Schrei, den er ausstößt, nimmt ihm die Luft; er rollt auf die Erde, wälzt sich hin und her, während er sich mit beiden Händen zwischen die Beine greift. Schließlich liegt er mit offenem Mund und geschlossenen Augen still. Ganz still. Es kommt kein Laut von ihm, und ich starre in sein blasses Gesicht. Ich habe ihn getötet! Vielleicht werde ich wegen Doppelmord gehängt. Oder wie ist es bei Kindern? Kommen sie auf den elektrischen Stuhl, weil ihre Körper zu klein sind, und der Hals nicht bricht, wenn sie baumeln? Ich starre stumpf auf das Gewehr in meiner Hand.

Sobald ich wieder Luft holen kann, beuge ich mich über Olaf. Er rührt sich immer noch nicht.

– Olaf? sage ich kleinlaut.

Es zittert über einem Augenlid.

– Olaf, wiederhole ich, diesmal etwas lauter –, Olaf, du darfst gern das Gewehr haben, wenn du wieder lebendig wirst!

Er stützt sich plötzlich auf die Ellbogen.

– Dummes Schwein, zischt er.

Ich grinse froh zurück und schiebe ihm das Gewehr zu. Er reißt es schnell an sich.

– Mann, sagt er, jetzt können wir auf die Jagd gehen!

Da hören wir plötzlich Stimmen auf der anderen Seite der Bäume, unten am Wasser.

Ein Schiffsrumpf glänzt weiß durch das Laub, es sind Rufe und lautes Gelächter zu hören, durchsetzt von Frauengezwitscher. Während wir uns geprügelt haben, ist jemand auf unserer Insel an Land gegangen. Wir schleichen uns an, Olaf mit dem Gewehr unter dem Arm, ich zu einem Viertel mit dem Verdacht, daß es die Polizei ist, die uns holen will. Zu drei Viertel glaube ich immer noch, daß wir uns in einer anderen Welt befinden. Auf der Schatzinsel mit dem Mann mit dem Papagei, dem Holzbein und der Krücke, dem schwarzen Hund, dem Sarg mit den fünfzehn Mann und einer ganzen Flasche Rum und dem Kerl in Leder mit den herumspringenden Ziegen. Ich habe den Film mit meinem Vater auf einem Ausflug nach Kopenhagen gesehen, wo ich ihm die ganze Zeit vor Aufregung auf die Schuhspitzen trat und an seiner Hand hing, während er sagte: »Geh ordentlich auf deinen Füßen, Bursche!« Jetzt blättere ich mit einem wollüstigen Schauer in den Bildern. Ich beginne zu glauben, es ist eine Wunschinsel, wo man alles haben kann, was man in seinem Kopf herumträgt. Wenn es stimmt, sind wir ins Paradies gekommen. Unter den Frauenstimmen ist eine, die der meiner Mutter gleicht.

Olaf zischt, ich solle still sein, obwohl ich kein Wort gesagt habe. Wir sind jetzt dicht am Steilufer, wo wir vorwärtsrobben und durch die Grasbüschel spähen können. Der Anblick brennt sich unter der Mittagssonne ein.

Unten am Strand hat sich eine Gruppe von Männern und Frauen in einem lauten Kreis versammelt. Plötzlich rufen sie hurra und prosten sich mit Bier zu. Noch bin ich im Zweifel, denn ihr Anführer gleicht sowohl einem Polizisten als auch einem Seeräuberkapitän. Er trägt eine schwarze Uniform mit blanken Knöpfen; aber auf dem Kopf hat er einen Hut mit hochgeschwungener Krempe und einer Kokarde in Rot und Blau.

Er dreht sich um und sieht mich an, ohne mich wirklich zu sehen. Das Merkwürdige ist, daß ich das bronzefarbene Gesicht das Mannes aus den Illustrierten kenne. Er ist einer der berühmten Söhne Roskildes, Entdeckungsreisender und Schriftsteller, er wohnt in einer Villa am Fjord. Hakon Mielche heißt er, alle sprechen von ihm. Ich wage einen Wunsch: wäre *er* doch mein Vater! Dann werde ich von einer unbezwingbaren Lust überwältigt, hinunterzulaufen und mich in seine Arme zu werfen. Er soll mich an Bord eines Schiffs nehmen, das den Wind zum Namen hat, und mit mir um die Erde segeln. Unterwegs legen wir in Mombasa an und holen Mama.

Ich schiele zu Olaf. Sieht er überhaupt dasselbe wie ich? Ich wage nicht zu fragen. Ein kräftiger Mann im Anzug, mit einer großen Goldkette um den Hals, hat angefangen, eine Rede zu halten. Es ist auch ein Fotograf dabei, der herumspringt und mitten in der Sonne mit großen Blitzbirnen schießt. Die Frauen sind blond und groß. Sie haben nur Büstenhalter an und Baströckchen um die Taille. Ich kann meine Mutter nicht entdecken. Ich glaubte, Engel hätten Flügel, aber die hier haben Flügel aus Stroh.

Als der Mann fertiggesprochen hat, pflanzt er eine Fahne auf. Die anderen klatschen, rufen hurra und prosten sich wieder zu. Er tritt aus dem Kreis – es ist Bürgermeister Løve-Jørgensen! Aber jetzt träume ich. Denn aus dem Meer steigt ein Mann mit einem Dreizack in der Hand, und dieser Mann ist mein Vater!

Ich sehe, wie sich die Frauen um ihn scharen und er die Arme um zwei von ihnen legt und dem Fotografen sein größtes Grinsen zeigt. Olaf bläst mir ins Ohr und hält die Hand vor, als er flüstert:

– Das ist doch dein Vater!

Ich bin sprachlos. Dann sehen wir also dasselbe! Das macht es bloß noch unwirklicher. Und als ich unter den Baströckchen Mamas Teefreundinnen erkenne, gerate ich aus der Fassung. Mein Hirn schwitzt, und ich fürchte um meinen Verstand.

Papas Arme sind überall auf den Frauen, er hat acht – wie ein Tintenfisch –, und die Hände kneifen in Hintern, lüpfen Büstenhalter, so daß er hineingucken kann, kneifen in Backen und heben den blonden Frauen das Kinn hoch. Und von den acht Armen ist immer einer da, der den Dreizack hochhält.

Alle müssen ihn anfassen, die Frauen wedeln mit Schleierschwänzen um ihn herum. Er ist ein Gott! Das geht mir voll Angst und Schrecken auf, denn ich habe gesündigt und mich gegen sein Gebot vergangen. Jetzt kann ich es sehen. Beschämt beuge ich meinen Kopf. Zweimal habe ich mir jetzt gewünscht, er wäre ein anderer. Bevor der Hahn zum dritten Mal kräht, werde ich ihn verleugnet haben.

Da blicke ich auf, die Gruppe zerstreut sich. Bald ist sie wieder hinausgerudert zu Fabrikant Kemps Lustjacht. Mit einem bestürzten Ausdruck im Gesicht ist Olaf aufgestanden und läuft zum Ufer hinunter, rufend und mit beiden Armen winkend. Aber keiner hört ihn. Wir sehen den Anker hochkommen und den Steven herumschwingen. Dann ertönt die Maschinenglocke, und das Motorboot erhebt sich in der Dünung und zischt mit voller Kraft los. Auf der Bugwelle leuchten weiße Pflugscharen. Bald sind sie nur ein Pünktchen auf dem Fjord mit einem langen V-förmigen Streifen hinter sich.

Olaf steht mit hängenden Armen am Wasserrand, seine Schulterblätter zucken unter dem zerrissenen Hemd. Ich wage nicht, mir vorzustellen, wie sein Gesicht aussieht, denn ich habe ihn noch nie weinen sehen. Er trocknet sein Gesicht mit dem Handgelenk, tut in der nächsten Sekunde, als hielte er nach Schiffen Ausschau, indem er seine Hand über die Augen hält und weit über das Wasser blickt.

Schlendernd kehrt er zurück, zeichnet mit den Füßen Kreise in den Sand und tritt gegen Steine. Er sieht mutlos aus. Ich selbst bin fest entschlossen. Ich will nach Hause und meine Strafe entgegennehmen, koste es, was es wolle. Olaf will bloß nach Hause.

Er hebt das Gewehr auf und folgt mir durch das Wäldchen. Bald sind wir wieder an der Bucht, das letzte Stück laufe ich. Das Wasser leckt am Stein hoch, und es sieht aus, als habe das Boot ihn hinausgezogen. Ich rufe Olaf an Bord. Er kann gar nicht erst nachdenken, als ich abgelegt und angefangen habe, das Boot mit dem Ruder in den offenen Fjord zu schaukeln. Es ist windstill; wir lassen den Vogelgesang hinter uns und kommen in die Strömung, die nach Gershøj trägt. Bald brauche ich nur zu steuern, voller Stolz auf meine Erfindung, während Olaf hohlköpfig zusieht. Der Fjord leckt die Seiten des Boots, mit sanften Strichen treiben wir auf das Land zu. Wir können schon die Häuser erkennen. Bei der geringsten Dünung jedoch wirft Olaf mißtrauische Blicke über Bord.

Mitten am Nachmittag landen wir mit einem Rumms an der Mole im Hafen von Gershøj. Ich werfe das Seil einfach einem Fischer zu. Dann hauen wir ab. Ohne ein Wort der Erklärung. Außer Atem gelangen wir zu Katrines Haus, wo der Storch nickt und die Sonnenblumen die braun werdenden Blätter hängen lassen.

Katrine ist nicht zu Hause. Sie ist im Gasthaus und serviert. Ich stürme in die niedrige Gaststube, und die Tür knallt hinter uns zu. Bald sitzen wir mit unserem Heißhunger auf der Bank, und Katrine belädt den Tisch. Eierpfannkuchen mit Schnittlauch, Schwarzbrotscheiben mit gelber Butter, Marmelade, Rosinenbrote und Käse. Wir bekommen Milch aus einer blauen Milchkanne. Wir schlagen uns den Bauch voll, während ich zwischen den Bissen erzähle, was wir erlebt haben. Sie schüttelt den Kopf, aber die Augen verraten sie. In ihrem Inneren besteht sie aus einem einzigen großen Lächeln.

– Habt ihr die Löwen gesehen, fragt sie auch noch irgendwann, und ich weiß nicht, ob ich mit ja oder nein antworten soll. Olaf ist etwas merkwürdig. Er ist plötzlich zu wohlerzogen. Katrine läßt ihn in Ruhe. Er gibt sein Gewehr, das in alte Zeitungen eingepackt ist, nicht aus der Hand. Sie fragt mich etwas aus. Dann ruft sie zu Hause an und bekommt Großmutter an den Hörer. Ich spüre ihre Erleichterung bis an unseren Tisch.

Sobald wir unseren Hunger gestillt haben, scheucht sie uns wieder hinaus und bringt uns zum Bus. Sie bezahlt den Fahrer, streichelt mir ein letztes Mal übers Haar und winkt. Das letzte Bild, das ich von ihr habe, ist das einer kleinen Waldfrau am Straßenrand, mit

Himbeerlächeln auf den Backen und mit Händen, die eine rot-weiß karierte Schürze glattstreichen.

Als der Bus am Stadtpark vorbeifährt, sehen wir, daß Stadtfest ist, denn es sind Zelte mit Schießbuden und Glücksrädern aufgestellt. Wir können die Krapfen bis in den Bus riechen, aber das kümmert unsere Bäuche nicht, voll wie wir sind. Vom Roten Tor an sind in der Alstraße Girlanden aufgehängt, und ringsum auf dem Pferdeplatz stehen Tombolas. Es gibt auch eine Lostrommel mit rot-weißem Zeichen, der Erlös ist für die Poliobekämpfung.

Roskilde hallt wider von Lautsprechergedröhn, Zirkusmusik, Ausrufern mit hohen Hüten und Medaillen auf der Brust. Einer von ihnen spricht wie geölt von einer Tribüne vor seinem Zelt.

– Schauen Sie sich die junge Dame mit dem Fischschwanz an! ruft er in einen Trichter, während er gefährlich lärmend mit einer Stange hämmert. Wir schlüpfen mit hinein, ohne zu bezahlen. Aber es ist nur ein Schwindel. Im Halbdunkel des Zeltes liegt zwar eine Dame, aber jung ist sie bestimmt nicht. Die Nummer besteht darin, daß er einen großen Hering nimmt, ihm mit einem langen Messer den Schwanz abschneidet, diesen dann mit zwei Fingern hochhebt und mit einer dramatischen Armbewegung auf die Dame legt. Dabei brüllt er mit rollenden Augen:

– Meine Damen und Herren – eine junge Dame mit Fischschwanz!

Einige Roskilder Bauern versprechen ihm eine Tracht Prügel. Wir laufen schnell hinaus. Gut, daß wir nicht bezahlt haben!

Bald haben wir unsere Schwierigkeiten vergessen, denn die ganze Stadt steht auf dem Kopf. Wir laufen zum Stænderplatz vor dem Rathaus, wo eine mit Bändern geschmückte Bühne aufgebaut ist. Hier treffen wir zu unserer großen Verblüffung mehrere der Leute wieder, die wir auf Elleore gesehen haben, und Hakon Mielche geht immer wieder zum Mikrofon und erzählt, was passieren wird.

Jetzt kommen Ballettmädchen herein, Chorsänger und ein schüchterner, gut frisierter Junge, der Gitarre spielen kann. Es gibt einen Zauberkünstler, der die goldene Uhr des Bürgermeisters mit einem Hammer zerschlägt und sie dann unversehrt wieder hervorzieht. Eines der blonden Mädchen, das ein Baströckchen trug, steht jetzt in einem Badeanzug da und winkt den Leuten mit einem großen Blumenstrauß zu. Sie hat ein Band mit goldenen Buchstaben über dem Badeanzug und gleicht einer Schachtel Pralinen, sie lächelt und lächelt. Papa ist nirgendwo zu sehen.

Aber jetzt erscheint Hakon Mielche in seinem Zeremonienmeisteranzug und ruft stellvertretend für das Stadtfest Elleore zur selbständigen Republik aus. Olaf und ich sehen uns an ...

Plötzlich fällt mir Großmutter ein, die auf mich wartet. Ich reiße mich von Olaf los; er bleibt mit dem Paket unter dem Arm stehen und glotzt auf die Bühne. Ich mache mich auf die Socken durch die Allerheiligenstraße, biege um die Ecke – und bleibe mitten in einem Herzschlag stehen.

Im Garten sind Männer in dunklen Uniformen und graben! Der Impuls wegzulaufen, bricht mit erneuter Kraft über mich herein, aber ich bin zu verwirrt, um die Flucht wieder aufzunehmen, also bleibe ich lieber bei meinem Entschluß. Ich ermanne mich und drücke auf die Klingel.

Großmutter wackelt die Treppe herunter. Sie hat den

ganzen Weg von der Wohnungstür herunter mit sich selbst geredet. Jetzt drückt sie mich an ihr feines Kleid mit dem Spitzenkragen und murmelt Worte, die beruhigend aus ihrem Bauch klingen. Sie macht mir keinen Vorwurf. Es ist nur Freude in ihr darüber, daß ich unversehrt heimgekehrt bin. Papa hat nicht einmal entdeckt, daß ich von zu Hause weggelaufen bin. Er ist diese Nacht nicht zu Hause gewesen.

Lulú strampelt in ihrem Stuhl. Ich muß ihr alles zweimal erzählen, und jedesmal, wenn ich zu etwas Gefährlichem komme, sagt sie: »Hätte ich es auch sehen können, ohne zu weinen?« Ich weiß, ich bin in ihren Augen ein Held, und antworte tapfer auf Mißverständnisse. Niemand ist wie Lulú, die aus allem ihre eigenen Geschichten machen kann.

Papa kommt gar nicht nach Hause. Er soll wohl im Rathaus mit dem Polizeipräsidenten, Hakon Mielche und der schicken Dame essen, die den Schönheitswettbewerb gewonnen hat. Großmutter will gar nicht, daß wir ihm erzählen, was passiert ist. Lulú beißt sich auf die Lippe. Sie ist ein einziges großes Fragezeichen.

Mir fällt etwas ein, und ich sause zum Fenster. Draußen im Garten haben sie zu graben aufgehört. Jetzt kann ich erkennen, daß es Parkaufseher sind und ihre Uniformen überhaupt nicht wie die der Polizei aussehen. Ich drehe mich um und frage Großmutter aus.

– Was haben die Beamten gesagt?

Wir wollten bloß die Erlaubnis haben, einen Baum im Garten fällen und wegfahren zu lassen. Ich drehe mich auf dem Absatz um. Habe ich es nicht gesehen! Die große Kastanie ist verschwunden, es liegt nur noch ein Wirrwarr abgesägter Äste an der leeren Stelle. Der Stumpf, um den herum sie gegraben haben, ragt auf wie ein riesiger Beinstummel. Gefällt vom Dreizack des Blitzes.

Haben sie ihn gefunden? Ich glaube es nicht. Er liegt unter dem Geäst der großen Krone begraben, wo sie nicht an ihn herankommen. Aber tief in mir schmerzt es. Geknickt schleiche ich auf mein Zimmer, um allein mit meinem Geheimnis zu sein. Jetzt, wo ich ihr nicht mehr wie versprochen den Soldaten zeigen kann, wenn sie groß genug ist, ihn, das leuchtende Zentrum unserer magischen Nächte, jetzt wird Lulú niemals mehr gehen können.

XVII
Flügel aus Stroh

Am Tag darauf kommt Papa in bester Laune zum Lunch nach Hause. Seine Augenbrauen verraten keinen Zorn. Ich vergewissere mich mit verstohlenen Blicken. Er knallt die Zeitung auf den Tisch, über Leberpastete und Heringssalat. Papa ist in der Zeitung. Ein großes Bild schmückt die Titelseite. Er sitzt da mit dem Dreizack in der Hand, den Arm um das blonde Hawaiimädchen gelegt, und man kann sehen, daß er das große Wort führt. Er serviert Großmutter einen Schnaps, er holt ihn selbst aus dem Eisschrank draußen, legt eine weiße Serviette um die Flasche und fragt:

– Wie wäre es mit einem Schnaps, liebe Frau Großmama?

Er kümmert sich freilich nicht um ihre Antwort, sondern schenkt gleich aus der Gluckflasche ein. Großmutter muß pro forma einmal protestieren, aber sie sagt nie nein. Er hat Warenproben aus dem Geschäft mitgebracht. Für mich eine Wasserpistole aus Gummi und für Lulú eine Bakelitente. Lulú schmollt. Sie hätte lieber die Wasserpistole gehabt.

Hinterher hält er Mittagsschlaf. Lulú darf sich unter seine Decke kuscheln. Ich werfe Großmutter einen fragenden Blick zu, und sie zwinkert zurück, schenkt sich selbst ein paar Gluckser aus der Flasche nach und hebt das Glas. Wir fühlen uns wie Verschworene, deren Plan gegen alle Erwartung gelungen ist. Kein Wort über mein Tun und Treiben. Und die Rechnung aus dem Milchgeschäft scheint vergessen zu sein. Vom Sofa her mischen sich Lulús Laute mit denen von Papa. Ein emsiges kleines Schnurren, ein rotes Eichhörnchen klettert in den großen Schnarchbaum. Er stöhnt im Schlaf. Ich glaube, er träumt vom Hawaiimädchen.

Ich laufe ins Badezimmer und fülle die Wasserpistole. Während Großmutter den Tisch abräumt und abzuwaschen beginnt, bespritze ich die Wellensittiche. Es sieht köstlich aus, wenn sie getroffen werden. Die Federn sträuben sich, alles an ihnen gerät in Bewegung; sie ziehen den Hals ein und hacken mit dem Schnabel sich selbst dorthin, wo der Strahl trifft. Ich entdecke, daß sie sich, wenn ich schnell hintereinander auf die Schwanzfedern schieße, immer wieder um die eigene Achse drehen. Ein Volltreffer, wenn einer von ihnen fast von der Stange fällt und mit den Flügeln schlagen muß, um das Gleichgewicht zu halten. Das Geräusch der Kugel mache ich mit den Lippen.

Als ich genug davon habe, laufe ich in den Hof, um weiterzuspielen. Aber da ist keiner, dem ich die Pistole zeigen kann. Es dauert noch eine Woche, bis die Sommerferien zu Ende sind und ich in die erste Klasse in der Allerheiligenstraße-Schule komme. Der Hof ist leer. Den Garten meide ich. Ohne die große Kastanie als Mittelpunkt wirkt er fremd und tot. Die auf der Erde liegende Krone ist der heruntergefallene Himmel selbst. Ich kann die zerdrückten Sterne im Kastanienschleier sehen.

Ich gehe auf den Gehsteig und sehe mich um. Olaf stolziert mit dem Gewehr die Grønnestraße auf und ab. Die Banden folgen ihm wachsam, aber keiner wagt ihn anzurühren. Es sieht aus, als sei er seit gestern einen Kopf größer geworden. Aber ich habe nicht die geringste Lust, mit ihm zu spielen, spritze bloß einen

Strahl nach ihm wie ein Hund, der eben mal ein Bein hebt. Ich habe eine Idee, zu der ich dringend Papa befragen muß, wenn er wieder aufwacht.

Ich poltere die Treppe hoch, um bereit zu sein, falls er gut gelaunt sein sollte.

– Darf ich mit ins Geschäft?

Er sieht überrascht aus und eine Spur skeptisch. Es ist lange her, daß ich gefragt habe. Dann klopft er mir auf die Schulter.

– Geh nur zum Auto hinunter, sagt er.

Ich setze mich hinter das Steuer und drehe dran. Ich lasse die Winker hinausschnellen und lege die Hand auf den Schaltknüppel. Kurz darauf bin ich ein Flieger und schaukle durch die Wolken dorthin, wo der Himmel blau ist wie das Meer. Ich habe eine Mütze mit Goldflügeln auf. Mama sitzt neben mir, ein kleines bißchen nervös, weil wir hinunterfallen könnten. Aber ich beruhige sie. Niemand hat jemals so fliegen können wie ich.

Ich höre Papa sich räuspern. Ich rutsche auf den anderen Sitz, wo ich mich zurechtsetze, ich habe einen Besenstiel im Rücken, damit Olaf mich sehen kann, wenn wir vorbeibrummen. Aber Papa biegt statt dessen in die Allerheiligenstraße ein und summt den ganzen Weg zum Geschäft ein Lied, das sie pausenlos im Radio spielen. Auf dem Sitz ist etwas Goldflitter und ein undefinierbarer fischähnlicher Geruch. Wie eine Offenbarung geht mir auf: Hier ist er mit einer Meerfrau auf dem Schoß gesessen. Ich werfe beeindruckte Blicke auf die Hände, die uns mit Schalten und Lenken durch den Verkehr schleusen.

Im Lager erwische ich Olsen. Ich zeige ihm die Wasserpistole und frage, ob er noch weitere Proben hat. Er wühlt sich durch Spülbürsten und neue Stapel von

Plastikschüsseln, die Papa verkaufen will. Dann findet er sie. Er füllt einen ganzen Pappkarton für mich und trägt ihn hinaus in den Kofferraum. Ich überrede ihn, mir zu helfen, ein Schild zu malen: »Wasserpistolen, 50 Öre«. Papa sitzt in seinem Büro und spricht mit einer der Damen. Er hält eine Rechnung gegen das Licht, schwingt im Schreibtischstuhl herum. Plötzlich erscheint sein Gesicht in der Scheibe mit dem Firmennamen, der wie seine Unterschrift aussieht. Er entdeckt mich, und ich halte ihm das Schild hin, so daß er es lesen kann. Mit einem kleinen Lächeln sagt er etwas zu dem Bürofräulein, und sie antwortet ihm. Sie sieht in meine Richtung, während sie die Lippen bewegt. Ich liebe es, die Erwachsenen hinter Glas reden zu sehen, dann kann ich selbst bestimmen, was sie sagen.

Kurz darauf kommt Olsen, um mich nach Hause zu fahren.

Die nächsten Tage verkaufe ich Wasserpistolen an die Grønnestraßebande, und Olaf ist giftgrün vor Neid. Zu Beginn trage ich die Kiste zum Gartentor und lege das Schild darauf. Bald hat sich das Gerücht herumgesprochen. Die erste Kiste ist in zwei Stunden leer, dann melden sich die Kinder des Viertels an der Küchentür, jeder hat zwei klebrige 25-Öre-Münzen in der Handfläche vergraben. Sie klingeln vergebens, bis ich weitere Kisten aus dem Geschäft bekomme. Olsens rundes Gesicht mit dem Brillantineschädel glänzt vergnügt, als er die Kisten die Küchentreppe heraufträgt.

Als erstes gebe ich Lulú eine, die ihr allein gehört, obwohl sie noch zu klein ist, um sie zu benützen. Ich habe goldene Tage als Waffenhändler der Breitestraße, bis der Bestand, der ohnehin weggeworfen werden sollte, aufgebraucht ist. Jedesmal, wenn Olaf kommt, sind gerade alle ausverkauft. Mit Feder und Tinte kritzle ich Zahlen in langen Kolonnen, die ich Papa zeige. Ich habe sie erst im Kopf addiert, einige stehen verkehrt herum, aber sie stimmen. Papa ist stolz wie ein Spanier und prahlt vor dem Bankdirektor mit meinem Geschäftstalent.

Eines Tages ruft er aus dem Büro an und spricht lange mit Großmutter. Er hat von Mama gehört! Sie kommt nächste Woche nach Hause!

Wir verbringen die Tage in unerträglicher Sehnsucht. Großmutter hat ein Maßband abgeschnitten und über meinem Bett aufgehängt. So machen es die Soldaten, sagt sie, wenn sie nach Hause geschickt werden sollen. Ab ersten Abend schneiden wir die Fünf ab. Dann sind es noch vier Tage, wenn wir aufwachen. Wir nennen das Zimmer Kaserne, und Großmutter ist mit ihrem dunklen Bärtchen der Stabsunteroffizier. Wir sagen »Jawohl!« und legen uns auf Befehl zum Schlafen nieder. Lulú hat ihre Wasserpistole unter dem Kopfkissen liegen, und manchmal, wenn sie glaubt, sie sei allein, spricht sie laut mit dem *Schwarzen Sambo*, damit die Diebe glauben, sie habe einen großen Schäferhund unter dem Bett. Ich habe ja auch meine Pistole, schließt sie unweigerlich.

Am nächsten Abend schneiden wir die Vier ab. Anstatt Geschichten zu erzählen, phantasieren wir von den Geschenken, die Mama uns mitbringen wird. Ich habe mir Pfeile und Bogen aus schwarzem Ebenholz gewünscht, Lulú ein Flugzeug mit Rumpf und Flügeln aus silbernem Metall. Es war das letzte, was wir Mama sagten, bevor sie zum Flughafen gebracht wurde, und wir sahen, wie sie es in ein Notizbuch mit Goldschnitt schrieb. Ich male mir den Bogen aus – dort, wo die

Sehne befestigt ist, besteht er aus Elfenbein. Die Sehne ist aus Elefantenhaar und mit Wachs von Killerbienen eingerieben. Zu den Pfeilen gehört ein besonderer kleiner Köcher mit Gift für die Pfeilspitzen. So einen habe ich nämlich bei Direktor Baungård gesehen, einem von Papas und Mamas feinsten Freunden mit einer Villa in Søborg und mit einem eigenen Pferdestall. Er besitzt mehrere Fabriken in Kenia, und dort ist Mama hingefahren.

Um die Mitte des Bogens sind Streifen aus Jaguarfell gewickelt. Wenn man ihn spannt und der Pfeil über die Hand zischt, verleihen ihm die Flecken des Jaguars Kraft, so daß er einen Tiger auf der Flucht stoppt. Das Gift wirkt so schnell, daß der Tiger tot ist, noch ehe er auf die Erde fällt.

– Es gibt auch Eingeborene, die Mau-Mau heißen und nachts die Weißen mit langen Messern ermorden. Aber nur ruhig, Lulú, Oberst Leschley paßt auf Mama auf. Darum ist er ja mitgefahren. Weißt du noch, als er Irene mit der Pistole erschoß und sie die Hufe streckte und in einer Sekunde steif wurde?

Ich habe eine Menge Ideen, was Lulú sich besser hätte wünschen sollen, aber sie wünscht sich hartnäckig immer dasselbe. Ein Flugzeug mit Propellern, die richtig schnurren können. Ich habe ihr ein Puppenklavier mit Tasten aus Ebenholz und Elfenbein vorgeschlagen. Ich habe nur Ebenholz und Elfenbein im Kopf und sage es die ganze Zeit. Lulú vergißt immer Ebenholz, und Elfenbein erinnert sie an das Krankenhaus. Für mich faßt es das ganze Afrika in einem Emblem zusammen: feiner als Gold und Silber, denn es nutzt sich mit den Jahren zu immer größerer Schönheit ab. Aber was mir auch einfallen mag, und wie fein es auch immer ist, so sehr wünscht sie sich nur eines:

das Flugzeug. Wenn sie sich etwas in den Kopf gesetzt hat, können sie zehn wilde Pferde nicht davon abbringen.

Wir schneiden die Drei ab. Es saust ein wenig hinter den Augen, und im Brustkasten wird das Herz zu eng. Es fällt mir schwer, stillzuliegen, die Haut ist dünn, und die Laken sind das reine Kribbel-Krabbel. Großmama versucht, uns zu beruhigen, indem sie vorliest, bis wir ins Bett fallen, aber nichts kann mich richtig fesseln.

Das Buch handelt von einem schwachsinnigen Dackel, der Ib Fidelius Adelzahn heißt und seiner Herrschaft treu bis in den Tod ist. Ich kann mir einfach nicht vorstellen, wie ein Dackel Diebe und Räuber bekämpft. Lulú stört das nicht. Für sie sind Dackel und Schäferhunde eins, wenn es bloß ein Hund ist. Als Ib Fidelius Adelzahn schließlich stirbt und in eine samtgefütterte Schachtel gebettet wird, während die ganze Familie im Garten versammelt ist und die kleine Komtesse tränenreich von seiner rechten Vorderpfote Abschied nimmt, bin ich fast erleichtert. Lulú ist aus guten Gründen ungerührt – seit einer halben Stunde atmet sie so schwer und ruhig wie ein Brauereipferd. Sie schläft. Großmutter ist ganz wirr im Kopf vom vielen Vorlesen.

– Du brauchst nicht mehr, sage ich gnädig, ich kann trotzdem nicht schlafen!

Als wir die Zwei abschneiden, wird Lulú ganz steif und hört zu atmen auf. In wilder Panik rufe ich im Schlafzimmer an, aber da antwortet keiner. Papa ist nicht zu Hause. Großmutter jagt von Bett zu Bett, um uns auszuschimpfen, und fällt über den Stabilbaukasten. Ich tobe zu wild im Bett herum, und Lulú blickt starr auf die Decke, felsenfest überzeugt, daß es nie

Morgen wird. Schließlich stellt Großmutter einen Stuhl zwischen uns und schläft bei eingeschaltetem Licht ein.

Bei der Eins hält Papa am Eßtisch eine Gardinenpredigt. Wenn Mama morgen nach Hause kommt, haben wir uneingeschränkt lieb zu sein. Wir schielen forschend zu ihm hinauf. Gilt das auch für ihn? Er erwähnt es mit keinem Wort, aber er schafft es, Festlichkeit im Wohnzimmer zu verbreiten. Er schenkt Großmutter Rotwein ein, die Kristallkrone glänzt in vornehmem Schimmer, und die Decke scheint höher als sonst. Unsere Stimmen klingen wie in einer Kirche. Aber ich glaube, irgendwo ist er doch nervös. Er verschüttet Wein auf dem Tischtuch, und Großmutter streut schnell Salz drauf und klopft dreimal auf Holz.

Mein größter Wunsch ist, zum Flughafen mitzufahren und zu sehen, wie die Flugzeuge starten und landen. Aber solche Wünsche werden einem ja nie erfüllt.

Schließlich bricht der Tag an. In strahlendem Sonnenschein. Papa ist losgefahren, um sie vom Flughafen abzuholen, Großmutter hat den Tisch mit Fähnchen geschmückt und mit Silberbesteck gedeckt. Die feine Zuckerschale, das Sahnekännchen, die gerillten Butterkugeln, die im Wasserbad liegen, und die Platte mit einer ganzen Brezel, direkt zum Anschneiden. Die Brotkörbchen sind mit Servietten ausgelegt, und draußen in der Küche steht Großmutter und kümmert sich mit Topflappen und einer Stricknadel um das Gebäck. Sie macht Mohnbrötchen und Hörnchen mit Mandelfüllung. Es duftet himmlisch. Lulú und ich sitzen artig am Tisch und trauen uns nur ein paar angebrannte Mandeln aus der Brezel zu pulen.

Die Stunden schleichen. Die Kuckucksuhr – mit Bronzegewichten, die wie Tannenzapfen geformt sind – schnurrt und schlägt, schnurrt und schlägt wieder, aber es passiert nichts weiter, als daß der dumme kleine Kuckuck herausspringt und seinen blutroten Holzschnabel aufsperrt. Viermal die Stunde fahren wir hoch, als wären wir mit einem Gummihämmerchen unterhalb des Knies geschlagen worden. Schließlich rettet Großmutter uns, indem sie uns Haferbrei serviert – mit einem Butterauge und Zimtzucker –, der einen Dämpfer auf unsere rebellischen Mägen legt. Lulú muß die ganze Zeit aufs WC.

Erst als der Kuckuck elf geschlagen hat, ist das bekannte Autohupen vor dem Haus zu hören, und ich stürme die Treppen hinunter auf den Gehsteig. Als Mama aus dem Auto steigt und sich aufrichtet, bleibt mir die Luft weg. Ich bin getroffen – wie von einem Fußball, der mit voller Wucht auf dem Zwerchfell landet –, denn da steht sie, die Königin von Afrika, in einem wehenden Sommerkleid, das von Seide und sternenbesäten Nächten flüstert, mit einer weißen Blume hinter dem Ohr und einem großen Rosenstrauß im Arm, der mich daran hindert, mich in ihre Arme zu werfen. Noch nie habe ich ihre Haut so braun gesehen und ihre Augen so leuchtend blau. Rank und schlank steht sie da, und ein Lächeln spielt auf ihren Lippen, das Hitzeflecken auf meine Backen lockt. Der Hals ragt aus dem Ausschnitt heraus wie ein dunkler, exotischer Stamm, und in den tiefen Salzfäßchen, wo ihre Schlüsselbeine zusammentreffen, ist die Haut gerunzelt von der Sonne.

Der Verkehr in der Breitestraße steht still. Die Fenster im Altersheim öffnen sich und werfen Lichtreflexe auf die Hausmauern. Die dreieckigen Fensterspione füllen sich mit Gesichtern und gleichen plötzlich Schiffen mit auf den Steven gemalten Augen. Alles verschwimmt. Die Füße stehen fest im saugenden Asphalt, und ich kann mich nicht vom Fleck rühren, bis Mama den Strauß an Papa weiterreicht, sich bückt und mich mit all der Dunkelheit ihrer Haut umarmt. Die Nase steckt im Salzfäßchen, in einer Grube verdampften Meeres. Sie küßt mich wild, und ich spüre die Feuchtigkeit auf ihrem Gesicht wie Silberflügel über mein eigenes flattern.

Das Trompetengeschmetter der Straßengeräusche kehrt zurück. Die Autos fahren weiter, die Leute haben zu grüßen begonnen, und Papas Auge hängt die ganze Zeit an Mama, während er sein wiedergefundenes Goldstück verwaltet, zurückgrüßt, den Verkehr drumherum dirigiert und schlagfertig auf Zurufe reagiert. Er ist in seinem Element. Der Spaßvogel mit den schnellen Blicken und Antworten, die ihn nie im Stich lassen.

Großmutter ist mit Lulú auf dem Arm oben auf der Treppe erschienen. Da geschieht das Wunder, das ich nie ganz begriffen habe.

Als Lulú Mama sieht, windet sie sich in Großmutters Armen, die dünnen Beinchen zucken elektrisiert, und einen Augenblick sieht es aus, als würde Großmutter sie fallen lassen. Dann ist sie frei, steht plötzlich allein, wackelt und macht ihren ersten Schritt nach der Krankheit. Mit einer Stimme, die laut vor Erstaunen ist, ruft sie nach Mama und beginnt zu gehen. Ihre Bewegungen lähmen alle anderen.

Sie hat den Gehsteig überquert und ist jetzt auf der Fahrbahn, zwischen Autos und Fahrrädern schwankend. Man kann sehen, wie ihr Lockenkopf den Strom teilt. Sie stolpert wild, aber bleibt auf den Beinen, während sich die Wasser vor einem Willen scheiden, der nicht von dieser Welt ist. Bremsen kreischen; Mama schlägt die Hand vor den Mund und erstickt einen Schrei. Dann ist sie angelangt. Das letzte Stück fällt sie, bumms, direkt in Mamas Arme. Keiner sagt einen Ton. Die Straße ist wieder leergefegt. Fenster und Augen haben sich vor dem Wunder verschlossen. Ich, als einziger auf der ganzen Welt, weiß, was geschehen ist.

DER REST DES TAGES leuchtet in allen möglichen Farben. Von der tiefen Rührung am Frühstückstisch, wo die Servietten am meisten zum Betupfen gebraucht werden, zu der heiteren Stimmung von fernen Ländern, wenn Mama von Meer und Palmen erzählt, von weißen Sandstränden und in grünen Kokosnüssen servierten Drinks. Ausnahmsweise läßt Papa sie ausreden. Sie ist über die Alpen geflogen, auf einen Sonnenaufgang zu, der die Bergspitzen wie Spiegel aufblitzen ließ, und sie hat die dänischen Küsten als unbegreiflich flaches Schmuckstück gesehen, eingefaßt von der Ostsee und von Federwolken überflogen. Irgendwann frage ich nach Oberst Leschley, und Mama wirft mir einen Blick zu. Aber ehe der Gedanke Wurzeln schlagen kann, hat er sich wieder aufgelöst, und sie erzählt mit Schmetterlingen auf den Lippen, daß er in Afrika geblieben ist, auf Safari mit einem berühmten Großwildjäger.

Dann ist Papa dran. Die letzte Auskunft hat er ignoriert. Es gelingt ihm, ein Gesicht zu machen, als sei Safari eher etwas für Milchbübchen. Nee, aber er hat zwei Überraschungen: die eine ist eine goldene Uhr mit Diamanten statt Zahlen, und er schließt sie um Mamas Handgelenk mit einer kleinen Kette, während er ihr etwas ins Ohr flüstert, das ihre Wangen unter der Sonnenbräune erglühen läßt. Die zweite Überraschung ist eine Illustrierte, die heute erschienen ist. In der Mitte des Heftes sitzt er mit seinen Hawaii-Mädchen auf dem Schoß, mit Dreizack und blitzenden Zähnen. Merkwürdig ist, daß ich Mamas leisen Stolz spüre, und daß sie rote Backen bekommt. Er war vorher schon in Illustrierten, aber nur, weil er Fuchsjagden gewonnen hat, und immer zusammen mit einem Pferd.

Dann kommen die Geschenke. Papa ist unten gewesen und hat sie aus dem Auto geholt. Lulú dreht vor lauter Spannung eine Runde auf dem Parkettboden. Sie jubelt laut über ihre neuen Beine. Ich bin einfach sprachlos und etwas geknickt. Mama war also stärker als der Soldat! Mama hat überhaupt etwas Neues an sich. Sie ist eher nachsichtig als verwirrt, hat einen anderen Ausdruck in ihrem Blick und eine größere Festigkeit Papa gegenüber. Sie ist weniger Kamma und mehr Gómez-Jørgensen. Sie will dem Verein zur Poliobekämpfung beitreten und verkündet es mit einer Stimme, die keinen Widerspruch zuläßt.

Das Gehgestell ist in einer Ecke gelandet, und ich habe das Gefühl, daß es nie mehr gebraucht wird. Jedesmal, wenn Großmutters Blick darauf fällt, schüttelt sie den Kopf und redet katholisches Zeug vor sich hin, während sie ihr Maria-Medaillon drückt. Lulú wird auf einen Stuhl gehoben. Wir sollen ordentlich mit den Händen auf dem Tisch dasitzen, wenn Papa mit den Geschenken kommt.

Ich kann sie schon von weitem sehen. Ein Paket ist flach, in der Mitte ausgebeult und auf der einen Seite abgerundet. Mein Herz galoppiert ganz wild. Da ist der Bogen! Mit einem Griff aus Jaguarfell, mit Enden aus Elfenbein – ich sehe etwas Weißes herausragen –, mit einer Sehne aus gezwirntem Elefantenhaar und mit den schnellsten Pfeilen, die in diesen Himmelsgegenden je gesehen wurden. Ich fliege zu Mama, nehme ihr Gesicht in beide Hände und küsse sie mitten auf den Lippenstift. Dann fange ich an, an dem Papier zu zerren, das von einem zähen Klebestreifen zusammengehalten wird.

Papa hat sein Geschenk schon ausgepackt. Sein Mundwinkel hängt leicht nach unten, er dreht und wendet eine Statue in der Hand. Es ist eine gewaltige Negerdame mit Arsch und Titten, die im Vergleich zum Rest völlig unproportioniert geschnitzt sind. Das einzige, was damit konkurrieren kann, sind ihre zu einem Pferdegrinsen aufgesperrten Tellerlippen. Aber es ist Ebenholz, das sehe ich sofort. Jetzt versucht er es mit der Brille, schnalzt mit der Zunge, brummt etwas Unverständliches und weiß sichtlich nicht, was er sagen soll. Mama schickt ihm ihr süßestes Lächeln. Sein Soll-das-vielleicht-ein-Scherz-sein-Gesicht kaschiert er mit einem lustigen Dankesgemurmel. Die Aufmerksamkeit wendet sich mir zu.

Ich schüttle einen Daumen mit Klebestreifen, versuche, ihn mit den Zähnen abzulösen, aber er bleibt an meiner Oberlippe hängen, die ohnehin schon feucht von Schweiß ist. Die Finger gleiten vor lauter Fahrigkeit ab – bis schließlich das Papier aufspringt und der Bogen zum Vorschein kommt. Im selben Augenblick schiebt sich eine Wolke vor die Sonne. Es ist zwar ein Bogen, aber was für ein mickriger! Ein weißes entrindetes Stöckchen mit einem ganz gewöhnlichen Stück Bindfaden als Sehne. Er ist an den Enden mit etwas versehen, das Lötdraht gleicht, und der Griff ist mit Wollgarn in roten und grünen Bahnen umwickelt. Ich finde, er sieht aus, als hätte sie ihn bei einer Tombola gewonnen. Er verkörpert ungefähr soviel Afrika wie eine handbemalte Spielzeugeisenbahn aus dem Tivoli. Es sind auch keine Pfeile dabei. Sie sind zu gefährlich. Der Bogen ist dazu da, an die Wand gehängt zu werden.

Trotzdem sage ich »Tausend Dank!« und beuge den Kopf über das, was in der Wellpappe in der Mitte gelegen hat und sie ausbeulte. Diesmal wickle ich das Geschenk langsam und wie ein Erwachsener aus. Um es zu beschwören. Ein Köcher mit Pfeilgift jetzt, und die Situation läßt sich zwar nicht retten, aber doch mildern. Ich leihe mir Papas Zigarrenschneider und schneide das braune Klebeband an den Rändern durch. Die Wellpappe rollt weg – und entblößt eine Maske aus kackebraunem Holz. Sie hat dicke Lippen und riecht ranzig. Beim ersten Blick sehe ich sofort, daß sie nicht aus Ebenholz ist. Sie starrt mir höhnisch ins Gesicht wie eine abgeworfene Hülle von Papas Gesichtsausdruck. Es gelingt mir, meine Enttäuschung hinunterzuschlucken, und ich versuche, an etwas anderes zu denken. Damen verstehen natürlich nicht viel von Pfeil und Bogen, das weiß ich ja, aber sie hätte sich doch von Oberst Leschley beraten lassen können. Er ist ein Mann, der nicht ein einziges Taschenmesser besitzt, das nicht in Ordnung ist.

Lulú sitzt am Tisch und versucht, ein Puzzle zusammenzusetzen. Es ist ihr Geschenk. Allerdings ist es kein richtiges Puzzle, sondern die Strohhalme von dem, was gerade noch ein Flugzeug war. So eines, wie es die Kikuyus machen, um die silbern glänzenden Metallvögel auf die Erde zu locken. Es ist von Kindern im Dorf gemacht, erklärt Mama, in einer Missionsstation in Nairobi gekauft, wo gesammelt wird, damit die Schwarzen lesen und schreiben lernen können, anstatt auf Flugzeuge zu warten, die nie kommen.

Es sind wohl auch Wollfäden darauf gewesen. Ich habe es nicht richtig mitbekommen, aber als Lulú das Flugzeug aus dem Papier schälte, sagte sie bloß:

– Ooch, das is aba ganich, was ich mir gewünscht habe! und schlug mit der Faust hinein.

Damit war es aus der Welt.

Jetzt zucken ihre Beine wieder, sie rutscht hinunter und stolpert in einem halsbrecherischen Slalom zwischen Stuhlbeinen und Rolltischen herum. Sie hält den Rücken schief wegen des schweren Arms, Mama nimmt ihre Hände und hilft ihr, das Gleichgewicht zu halten. Was soll man machen, wenn man ein großes Glück und einen großen Kummer gleichzeitig erlebt, und das Glück alle angeht, der Kummer aber nur einen selbst? Ich nehme mir vor, daß ich sie nie mehr Bambi-Bein nennen werde, und lasse das wirkliche Wunder des Tages alles andere überstrahlen. Wunder lassen sich nur in dem kurzen Augenblick festhalten, in dem sie stattfinden. Im nächsten Augenblick gehören sie zur Alltagswirklichkeit wie alles andere.

Nach vielen Runden durch die Zimmer klappen schließlich die Beine unter Lulú zusammen, und sie wird hinaufgetragen, um Mittagsschlaf zu halten. Großmutter liegt schon auf der Ottomane, die Hände auf der Decke gefaltet, den Mund halb geöffnet. Ich bin etwas verwirrt. Dann streichelt Papa Mama die Backe und macht eine Kopfbewegung in Richtung Schlafzimmer. Ich werde auf die Straße spielen geschickt. Der Hof ist still. Manchmal glaube ich, ich bin der einzige wache Mensch auf der Welt. Eines Tages wird mir jemand erzählen, es sei ein Traum gewesen.

IM KÆLLINGEPARK ist es dunkel geworden – schwere, vom Regen glänzende Erde. Es ist, als sei das Jollenwrack wieder in die Erde geglitten und hätte meine Seele mit sich genommen. Ich sehe ungläubig auf meine Uhr. Ich hatte vergessen, daß in Dänemark »Dunkel wie der Mittag« keine alttestamentarische Metapher ist, sondern eine der Plagen, die unsere Vorväter begleiteten, als sie – noch mit der Kälte der letzten Eiszeit im Blut – beschlossen, sich hier niederzulassen, in der Übergangszone zwischen Winterdunkel und hellwachem Frühjahr. Ich ziehe den Kopf in den Kragen, der sich um meinen Hals legt.

Ich stehe vor der pechschwarzen Silhouette einer Esche. Wie ein zartes verzweigtes Fingerwerk erstarren die Äste in einer Geste, die nach den Sternen greifen wollte. Im Stamm des Baums ist alle Geschmeidigkeit gebunden – aus Katzenschnurrhaar und Jungfrauenbart gesponnen. Es ist ein Bogenbaum, weil er hoch hinauf zielt.

Zwischen Erde und Sternen ist nur ein Atemzug. In einem hohen Bogen am Himmel ist mein Gedanke stehengeblieben ...

Ich bin kein Sammler. Das paßt nicht zur Hast meines Lebens. Dennoch sammle ich Bogen, und die Sammlung wächst. Das Prachtstück, das ich von meiner Seelenfreundin erhalten habe, ist ein handgearbeiteter langer Bogen. Das Holz ist erlesen und nach Regeln lackiert, die der Arbeitsweise von Cellobauern früherer Zeiten entsprechen, die die Instrumente zum Lackieren weit aufs Meer hinaus mitnahmen, damit sich kein Staubkorn im Lack festsetzen konnte.

In das Mittelstück ist anstatt des Ebenholzes ein Stück Mooreiche aus prähistorischer Zeit eingelassen. Die Sehne ist aus Flachs, und die Hörner sind aus handgeschmiedeter Bronze, denn der Bogen ist so stark, daß Elfenbein zerbrechen würde. Der Griff ist mit Hirschfell umwickelt, und in die Stelle, von der der Pfeil abfliegt, ist ein Stück Walroßzahn eingelassen. Die Pfeile sind laminiert und haben an der Spitze Eisenholz. Ich habe noch nie einen Bogen besessen, der besser schießt, und nie einen Pfeil, der so laut und tödlich singt, wenn er seinen Ausgangspunkt verläßt.

Lange, viel zu lange, hatte ich die afrikanische Maske über meinem Bett hängen. Bis sie in der Abstellkammer endete – in der Kiste mit Papa Viggos Briefen. Aber ich habe immer gewußt – wenn ich sie eines Tages herausnähme und vor mein Gesicht hielte, würde ich sie nicht mehr herunterbekommen.

XVIII
Die schwarze Tafel

Seit vier Tagen und drei Nächten ist Mama jetzt wieder zu Hause. Großmutter ist in der Clermontstraße, Papa kommt und geht wie immer, aber mit dem Unterschied, daß er jede Nacht im Doppelbett schläft. Mit einer Besitzermiene, der unvermittelt auftauchende Hitzeflecken in Mamas Gesicht entsprechen. Bei hellichtem Tag und oft auch dann, wenn sie etwas ganz anderes macht. Die Wohnzimmer gehören wieder ihr. Heller, kühler, durchwogt von Blumendüften; sie arrangiert Sträuße in Kristallvasen, jeden Tag neue. Sie zwickt die Hawaii-Blüten – seit sie nach Hause gekommen ist, nennt sie sie Hibiskus – mit ihrer Nagelschere ab, verliert sich über den Elfenhüten der Blütenblätter hin und wieder in Gedanken und reibt die gelben Staubgefäße mit dem Fingernagel. Dann weiß ich, sie ist auf große Fahrt gegangen, und ich betrachte sie mit verstecktem Neid. Ich sehe Zeiten voraus, wo auch ich nach Hause zurückkehren werde, so braungebrannt, wie man in Dänemark gar nicht sein kann, mit ausgeblasenem Hirn und fernem Blick.

Sie treibt mich vom Flur aus zur Eile an. Ich habe den Monty-Anzug in Erwägung gezogen, aber die Handgelenke schauen aus den Ärmeln heraus, und die Hose ist zu kurz und zu eng. Außerdem finde ich ihn jetzt um einiges zu kindergartenhaft. Es fehlt auch ein Stern an einem Achselstück, wo Großmutter einen Seemannsknopf aus Messing angenäht hat. Ich habe ihn gerade angehabt und schneide noch meinem Spiegelbild Grimassen. Im letzten Augenblick entschließe ich mich zu dem, was Mama mir hingelegt hat. Ein Pullover mit Schachbrettmuster und eine lange braune Hose. Ich versuche, das Haar flachzubürsten und schütte Wasser darauf. Es steht trotzdem ab. Ich nehme Frisiercreme. Eine Minute später springt es wieder hoch. Großmutter pflegt den Wirbel mit einer Haarklemme festzustecken. Normalerweise stört es mich nicht. Heute ist mir das zu mädchenhaft. Es ist mein erster Schultag. Mama trippelt. Sie muß mit Lulú in die Polioklinik, darum haben wir es etwas eilig.

Es sind nur ein paar Schritte um die Ecke, und dann ist man gleich in der Allerheiligenstraße-Schule. Mama trägt einen hellen Staubmantel, der ihre dunkle Haut hervorhebt, und um den Hals hat sie ein Seidentuch mit einer goldenen Reiternadel. Sie trägt keine Damenhüte mehr. Ich bin stolz auf sie. Sie leuchtet weit die Straße hinunter. Kurz bevor wir durch das Schultor gehen, lasse ich ihre Hand los.

Ich bin wenig froh über alle die Kinder, die im Hof herumschreien. Nur die neuen – meine zukünftigen Schulkameraden – sind still und zurückhaltend wie ich. Es kommt ein junger Lehrer und spricht mit uns, als würden wir uns schon seit hundert Jahren kennen. Dann werden wir auf den Flur geführt und in ein Klassenzimmer. Die Mütter werden ganz hinten im Raum auf Stühlen untergebracht, hier sitzen sie und nicken einander mit kleinen vornehmen Mienen zu. Besonders die in den billigen Mänteln. Wir werden in Bänke gesetzt, die nach eingetrockneter Tinte und Butterbroten riechen, und ich folge mit den Augen den tiefen Rillen und Maserungen, die mit Kugelschreiberspitzen in das Pult gepflügt worden sind. Eine miefige Langeweile steigt von der Schreibfläche hoch. Schulbeginn: acht Uhr. Nach Hause: um zwei Uhr. In Papas Büro bekommen sie Geld dafür.

Der junge Lehrer geht wieder. Gerade als man glaubte, man würde sich jetzt kennen. Dann hat Fräulein Olsen ihren Auftritt. Sie sollen wir also als Klassenlehrerin haben. Sie ist alt wie Methusalem, hat aber etwas, das ich mag. Sie erinnert ein wenig an Großmutter, aber sie wirkt furchtbar dünn und grau in ihrem altmodischen Kostüm. Vielleicht erinnert mich ihre Brosche mit Klunkersteinen, die ihren Spitzenkragen zusammenhält, an Großmutter. Sie hält von ihrem Pult aus eine kurze Rede. Ich schiele zu den Eltern. Sie sehen schuldbewußt aus. Bis auf den heutigen Tag können sie einfach nicht zuhören, sobald sie in einem Klassenzimmer sitzen. So wird man also, wenn man in die Schule geht. An sich ist es sehr klug, was sie sagt, einiges ist für Kinder, einiges für Erwachsene. Alles in allem glaube ich, ich werde mit ihr gut auskommen. Sie kann so fein lächeln, während sie zuhört, und sie läßt gern die Kinder zu Wort kommen.

Jetzt schickt sie die Eltern hinaus – Mama kommt nicht wieder, sie muß weiter mit Lulú und winkt mir leicht mit zwei scherenschneidenden Fingern zu, ehe sich die Tür schließt. Als wir unter uns sind, breitet sich Sonnenschein auf dem Gesicht der Lehrerin aus. Erst jetzt fühlt sie sich richtig wohl mit uns, sie lockert uns auf und versucht, einen Weg durch den Wald eifriger Stimmen zu finden! Einer nach dem anderen, Kinder, einer nach dem anderen! Dann schafft sie Ruhe, indem sie unsere Namen aufruft, was Ewigkeiten zu dauern scheint. In Wirklichkeit ist sie weder jung noch alt. Sie ist immer hier gewesen, und wenn wir anderen schon zwanzig Jahrhunderte lang das Gras von unten gesehen haben, steht sie noch an ihrem Katheder und wiederholt, ohne einen einzigen zu vergessen, die Namen unserer Urenkel. Fräulein Olsen. Die ewige Greisin. Ich kenne sie nur zu gut, weil ich selbst so bin.

Ich bin von der schwarzen Tafel verschluckt worden. Sie saugt mich auf, wirbelt meine Gedanken aus dem Raum, so daß er sich nach und nach entleert, bis nur das Licht noch da ist. Wie immer verschwinden die Stimmen in diesem tiefen Grab, aus dem mich keine Mutterseele herausziehen kann. Ich verliere mich in Gedanken, und darum kann ich heute nicht sagen, wer ich bin. Ich war abwesend während meines ersten Namenaufrufs und habe nie geantwortet.

Wir bekommen früh frei. Wir bekommen Bücher mit nach Hause, die in Wachspapier eingebunden werden sollen. Hefte mit dünnen blauen Linien, die mit Buchstaben gefüllt werden müssen. Als ich um die Ecke biege, bleibe ich mit weit aufgerissenen Augen stehen. Jemand ist im Parterre eingezogen! Ich weiß, es muß der junge Brack mit seiner Frau und ihrem neugeborenen Kind sein. Ein Kartenhaus stürzt in mir ein, die langen Korridore, die vielen Säle, die Halle mit Geländern und dem Treppenabsatz, die Golfkeulen, die Nischen mit den Büsten der Ahnen und die vornehmen Gemälde lösen sich in Luft auf.

Übrig bleibt eine erste Etage in der Breitestraße mit drei Wohnzimmern, einem Schlafzimmer und einer Küche. Und oben, auf jeder Seite des Trockenspeichers, haben Lulú und ich unsere Zimmer. Wenn es ein Verlust ist, dann spüre ich ihn nicht mehr, zucke einmal die Achseln und laufe die Haupttreppe hinauf.

Es ist niemand zu Hause. Ich habe einen Schlüssel, aber er läßt sich im Schloß nicht bewegen. Ich werde wütend. Ich kann alles, aber ich kann einen Schlüssel nicht dazu bringen, sich im Schloß zu drehen. Ich lasse ihn stecken und setze mich auf die Treppe, schwer von den Jahren, die ich schon hinter mir habe. Mein Körper ist ein einziger langer Nachklang von getrockneter Tinte mit Metallgeschmack und schwarzen Tafeln, die, solange jemand zurückdenken kann, Licht aufgesaugt und es wieder als mit Kreide gemalte Formeln und Alphabete von sich gegeben haben. Bald werde ich schreiben und rechnen lernen. Der Gedanke macht mich unendlich müde. So finden sie mich. Schnarchend auf der Treppe.

Es ist noch hell, als Lulús Stimme mich aus dem Schlaf klingelt. Im Fischauge des Halbschlafs erscheint sie als groteske kleine Statue mit viel zu kurzen Beinen und viel zu großen Lippen. Mama lacht herzlich und hilft mir auf die Beine. Die Ärzte haben gesagt, sie werde wieder normal gehen können – allein das geht über ihren Verstand –, aber den Rest ihres Lebens einen lahmen Arm haben. Das klingt fast wie ein Kompromiß, den sie eingegangen sind. In nächster Zukunft werden sie eine Reihe orthopädischer Operationen vornehmen, die den Handwurzelknochen fixieren sollen. Dann werde sie besser imstande sein, den gelähmten Arm zu gebrauchen, meinen sie. Ich nicke schläfrig dazu. Ich habe es schon gehört. Aber sie kennen Lulú nicht.

Sobald wir allein sind, gebe ich ihr das Zeichen von damals, als wir einen geheimen Klub mit Olaf hatten. Warum ist alles plötzlich so lange her? Sie lebt auf wie ein weißer Pudel im Zirkus, der auf den Hinterbeinen steht, während der Dompteur in seiner Reithose nach dem Zuckerstückchen sucht.

– Jetzt, wo du selbst gehen kannst, beginne ich feierlich, werde ich dir zeigen, wo der Soldat liegt.

Wir schleichen hinunter. Das Abendlicht verschwindet über den Baumkronen im Garten der Bibliothek. In unserem eigenen sind nur noch Büsche. Ich gehe unendlich langsam mit ihr, denn sie will jeden Schritt auskosten. Die einfallende Dunkelheit legt sich weich um uns herum, es ist windstill, und die Fahne hängt schlaff herunter. Jemand hat vergessen, sie abzunehmen. Zwischen den Armen des Kreuzes ist sie schwarz statt rot.

Die Erde in den Beeten riecht nach frühem Herbst. »Vorsicht hier,« flüstere ich Lulú zu – zwischen den Ampferblättern stehen Brennesseln, aber sie brennen wohl nicht zu dieser Jahreszeit. Oder doch. Ich muß dafür sorgen, daß sie nicht von einer Brennessel gestreift wird, denn sie soll unberührt von Schmerz sein, wenn wir ankommen. Ich nehme ihre Hand und führe sie hindurch, biege den großen Bärenklau für sie zur Seite und gehe mit ihr um die Stachelbeerbüsche mit den scharf zuschlagenden Zweigen herum. Sie gleicht Klein-Hiawatha, so sehr gibt sie sich Mühe. Sie kann sogar auf Zehenspitzen gehen.

An dem Tümpel vorbei, den meine Phantasie auch in dieser Jahreszeit mit Kaulquappen füllt und der mich, vergangener Siege gedenkend, zum Lächeln bringt. Ich habe angefangen, Erinnerungen zu haben!

Dann stehen wir endlich an der Stelle, wo die Kastanie war. Ein Stumpf ist noch da. Er ist oben zugeteert, damit er nicht mehr ausschlägt. Das Sägemehl liegt noch frisch um ihn herum. Die Krone ist zersägt und mit Erde bedeckt worden, so daß über dem Soldaten ein Grabhügel entstanden ist.

– Können wir ihn sehen? fragt Lulú.

Ich werfe einen Blick auf das Geflecht von Ästen und Erde, das sich vor uns auftürmt. Ich kann nichts sagen, schüttle aber den Kopf. Wir halten uns an der Hand, vereint in einem Schweigen, das schon lange dauert. Lulú hat ihre Augen geschlossen, jetzt schließe ich meine. Wenn wir noch etwas länger horchen, werden wir gedämpfte Hufschläge hören, dort draußen in der Nacht, wo er schlaflos in neue Zeiten reitet.

Der Gast auf Zimmer siebzehn packt. Er zieht die schweren currygelben Vorhänge auf, öffnet das Fenster und sieht, wie der Würfel aus Rauch sich aus dem Raum hinaus in den Neondunst verflüchtigt. Er sammelt die Papiere auf. Wie ein routinierter Kartenspieler ordnet er den Stapel, indem er die Kanten auf den Tisch aufstößt. Dann legt er sie in einen großen Umschlag und schreibt mit Filzstift darauf: *Für Lulú.*

Die Fotografien legt er in eine wurmstichige Bibel mit einer Silberschließe. Von dem Goldkreuz ist nur noch die Vertiefung sichtbar, und der schwarze Ledereinband ist voller Wachs- und Fettflecken. Er kehrt sorgfältig die Spiegelscherben in seine Hand und schüttelt sie im Papierkorb ab. Reibt die Hände mehrmals am Hosenbein; mit einem Anflug von Panik, als ließen sich die Splitter nicht mehr entfernen.

Er berührt mit Daumen und Zeigefinger den Augenwinkel. Im Schlaf hat sich ein Sandkorn abgesetzt, das die dünne Haut ritzt, die noch von den Träumen der Nacht zittert. Er verzieht das Gesicht wegen der Proportionen des Raums, die Tapete vergilbt unter seinem allzu hellen Blick, wellt sich an den Rändern –

Wieder ist er über Victoria und sieht in einer Krängung den grünen Palmensaum, die Schaumköpfe der Wellen und die leuchtende Zeichnung des Korallenriffs. Wieder merkt er, wie das Zwerchfell zur Brust hochgesaugt wird und das Flugzeug sich im Sturz beschleunigt, während das Blut hinter den Augen gefriert.

– Auffangen, zum Teufel! brüllt er dem gecharterten Piloten durch den Lärm im Cockpit zu und nestelt am Sicherheitsgurt. Aber die *Piper* kommt ins Trudeln, und im selben Augenblick setzt der Motor aus. Mit einem furchtbaren Laut fährt der Wind durch die Rippen, und der Flugzeugrumpf wippt auf und ab, als wolle er aus dem Sturz hinausflattern. Die Baumkronen laufen zusammen und verwandeln sich in einen Kreisel aus Spinat. Im selben Augenblick prallt das Flugzeug auf, und ein Hitzesturm schleudert ihn in die Luft. Sein letzter Gedanke gilt Viggos Notiz, die in seiner Hand zu einer steinharten Kugel zerknüllt ist.

Und später, viel später, als er blind ins Cockpit greift und versucht, den Piloten herauszuziehen und das glühend heiße, verbogene Metall des Pilotensitzes berührt ...

Er landet mit einem trockenen Laut auf dem Tisch. Die Fingerspitzen summen. Er greift in die Toilettentasche, nimmt ein Paar gazeartige Handschuhe heraus und reibt die Hände mit Salbe ein, ehe er die Handschuhe anzieht.

Dann räumt er auf. Er stellt einen Scheck aus und steckt ihn im Spiegelrahmen fest. Er legt die Bibel in die Reisetasche. Mit einem Lappen hebt er die Maske hoch, wickelt das Tuch fest um sie herum und drückt sie hart gegen die Tischkante, bis sie ein gedämpftes Knacken von sich gibt. Er bringt das Paket ins Badezimmer und läßt es in den Abfalleimer gleiten. Einen Augenblick horcht er nach dem Tropfen der Hähne im Waschbecken. Dann dreht er sie mit schmerzendem Handgelenk zu. Er kommt wieder heraus und sieht noch einmal unters Bett.

Er läßt den Schlüssel in der Tür stecken. Ein Lichtstreifen dringt vom Gang herein. Die Schreibtischlampe brennt.

Er setzt sich davor, faltet die Hände hinter dem Nacken und streckt den Rücken, daß der Stuhl knackt. Er greift sich an den Hals und zieht eine Goldkette hervor. Am Ende der Kette tropft eine große dunkle Perle, die er mit dem Jackenärmel blankreibt, ehe er sie in Augenhöhe baumeln läßt.

Als es lange hinter der Stirn gesummt hat, weiten sich seine Pupillen, und die Iris verschwimmt in einem Nebel. In der Perle bildet sich ein immer stärker glühendes Bild. Es wächst: Das Bild eines Schlosses mit rotlodernden Fenstern, festgehalten in dem Augenblick, bevor aus den Flammen ein Meer von Funken bricht und den Winterhimmel verglühen läßt.